蔡東藩 著

後漢演義

從假符命封及賣餅兒至赴西竺求佛典

禍變至斯猶未悟，惡人到底不回頭
粉身碎骨有誰憐，死後還教臭萬年

亂世英雄，復興漢室
英雄崛起，忠義長存

目錄

第一回	假符命封及賣餅兒	驚連坐投落校書閣	005
第二回	毀故廟感傷故后	挑外釁激怒外夷	015
第三回	盜賊如蝟聚眾抗官	父子聚麀因奸謀逆	025
第四回	受脅迫廉丹戰死	圖光復劉氏起兵	035
第五回	立漢裔淯水升壇	破莽將昆陽掃敵	045
第六回	害劉縯群奸得計	誅王莽亂刃分屍	055
第七回	杖策相從片言悟主	堅冰待涉一德格天	065
第八回	投真定得婚郭女	平邯鄲受封蕭王	075
第九回	斬謝躬收取鄴中	斃賈強揚威河右	085
第十回	光武帝登壇即位	淮陽王奉璽乞降	095
第十一回	劉盆子乞憐讓位	宋司空守義拒婚	105
第十二回	掘園陵淫寇逞凶	張撣伐降王服罪	115
第十三回	誅鄧奉懲奸肅紀	戕劉永獻首邀功	125
第十四回	愚彭寵臥榻喪生	智王霸舉杯卻敵	135
第十五回	奮英謀三戰平齊地	困強虜兩載下舒城	145

目錄

第十六回	詣東都馬援識主　圖西蜀馮異定謀	153
第十七回	抗朝命甘降公孫述　重士節親訪嚴子陵	163
第十八回	借寇君潁上迎鑾　收高峻隴西平亂	173
第十九回	猛漢將營中遇刺　偽蜀帝城下拚生	183
第二十回	廢郭后移寵陰貴人　誅蠻婦蕩平金溪穴	193
第二十一回	洛陽令撞柱明忠　日逐王獻圖通款	203
第二十二回	馬援病歿壺頭山　單于徙居美稷縣	213
第二十三回	納直言超遷張佚　信讖文怒斥桓譚	223
第二十四回	幸津門哭兄全孝友　圖雲臺為后避勳親	231
第二十五回	抗北庭鄭眾折強威　赴西竺蔡愔求佛典	241

第一回
假符命封及賣餅兒　驚連坐投落校書閣

第一回　假符命封及賣餅兒　驚連坐投落校書閣

有漢一代，史家分作兩撅，號為前後漢，亦稱東西漢，這因為漢朝四百年來，中經王莽篡國，居然僭位一十八年，所以王莽以前，叫做前漢，王莽以後，叫做後漢。且前漢建都陝西，故亦云西漢，後漢建都洛陽，洛陽在關陝東面，故亦云東漢。《前漢演義》，由小子編成百回，自秦始皇起頭，至王莽篡國為止，早已出版，想看官當可閱畢。此編從《前漢演義》接入，始自王莽，結局三國。曾記陳壽《三國志》，謂後漢至獻帝而亡，當推曹魏為正統。司馬溫公沿襲壽說，也將正統予魏，獨朱子《綱目》，黜魏尊蜀，仍使劉先主接入漢統，後人多推為正論。咳！正統不正統，也沒有什麼一定系緒，敗為寇，成為王，古今來大概皆然，何庸聚訟？一部廿四史從何說起，便是此意。不過劉先主為漢景帝後裔，班班可考，雖與魏吳分足鼎峙，地方最小，只是就漢論漢，究竟是一脈相傳，必欲拘拘然辨別正統，與其尊魏，毋寧尊蜀。羅貫中嘗輯《三國演義》，名仍三國，實尊蜀漢，此書風行海內，幾乎家喻戶曉，大有掩蓋陳壽《三國志》的勢力。若論他內容事蹟，半涉子虛，一般社會，能有幾個讀過正史？甚至正稗不分，誤把羅氏《三國演義》，當作《三國志》相看，是何魔力，攝人耳目。小子不敢訾議前人，但既編《後漢演義》，應該將三國附入在內。《前漢演義》附秦朝，《後漢演義》附三國，首尾相對，卻也是個無獨有偶的創格。可謂戛戛獨造。唯小子所編歷史演義，恰是取材正史，未嘗臆造附會；就使採及稗官，亦思折衷至當，看官幸勿誚我迂拘呢。

若要論及後漢的興亡，比前漢還要複雜。王莽篡國，禍由元后，外戚為害，一至於此。光武中興，懲前毖後，親攬大權，力防外戚預政。明帝猶有父風，國勢稱盛。章帝繼之，初政可觀，史家比諸前漢文景，不意後來寵任后族，復蹈前轍。和帝以降，國事日非，外立五帝，安帝懿帝質帝桓帝靈帝。臨朝六后章帝后竇氏，和帝后鄧氏，安帝后閻氏，

順帝后梁氏，桓帝后竇氏，靈帝后何氏。婦人無識，貪攬國權，定策帷帟，委政父兄，嗣主積不能容，勢且孤立，反因是倒行逆施，委心閹豎。於是宦官迭起，與外戚爭持國柄，外戚驕橫不慎，動輒為宦官所制，輾轉消長，宦官勢焰熏天，橫行無忌，比外戚為尤甚，正人君子，被戮殆盡。天變起，人怨集，盜賊擾四方，不得已簡選重臣，出為州牧，內輕外重，尾大不掉。勢孤力弱的外戚，欲借外力為助，入清君側，結果是外戚宦官，同歸於盡，國家大權，歸入州牧掌握。一州牧起，群州牧交逼而來，又釀成一番州牧紛爭的局面，或勝或敗，弱肉強食，董卓曹操，先後逞凶，天子且不知命在何時，還有什麼漢家命令？當時中原一帶，盡被曹氏併吞，唯東南有吳，西南有蜀，力保偏壤，相持有年。曹丕篡漢，僅存益州一脈，不絕如縷，又復出了一個庸弱無能的呆阿斗，終落得面縛出降，赤精衰歇，都隨鼎去，豈不可悲？豈不可嘆？慨乎言之。總計自光武至章帝，是君主專政的時代，自和帝至桓帝，是外戚宦官更迭擅權的時代，自桓帝至獻帝，是宦官橫行的時代。若獻帝一朝，變端百出，初為亂黨交訌時代，繼為方鎮紛爭時代，終為三國角逐時代，追溯禍胎，實啟宮闈。母后無權，外戚宦官，何得專橫？外戚宦官無權，亂黨方鎮，何得騷擾？古人有言：「哲夫成城，哲婦傾城」，這是至理名言，萬世不易呢。即如近數十年間之亂事，亦啟自清慈禧后一人，可謂古今同慨。

　　大綱既布，須敘正文。且說王莽毒死漢平帝，又廢孺子嬰，把一座漢室江山，平白地占據了去，自稱新朝，號為始建國元年，佯與孺子嬰泣別，封他為定安公，改大鴻臚府為定安公第，設吏監守。所有乳母傭媼，不得與孺子嬰通語，一經乳食，便把他錮置壁中。尊孝元皇后為新室文母，命孝平皇后為定安太后，一是姑母，一是女兒，所以仍得留居深宮。當下封拜功臣，先就金匱策書，按名授爵。這金匱是梓潼人哀

第一回　假符命封及賣餅兒　驚連坐投落校書閣

章，私造出來，持至高廟，欺弄王莽，見《前漢演義》末回。王莽視為受命的符瑞，就藉此物欺弄吏民。計金匱中所列新朝輔佐，共十一人，首列王舜、平晏、劉歆、哀章，莽號為四輔，令舜為太師安新公，晏為太傅就新公，歆為國師嘉新公，章為國將美新公，四輔以後，就是甄邯、王尋、王邑，莽又號為三公，令邯為大司馬承新公，尋為大司徒章新公，邑為大司空隆新公。尚有四人號為四將，甄豐為更始將軍，孫建為立國將軍，王興為衛將軍，王盛為前將軍。這一道新朝詔旨頒將出來，哀章是喜得如願，買得一套朝衣朝冠，昂然詣闕，三跪九叩，謝恩就封。餘如王舜、平晏、劉歆、甄邯、王尋、王邑、甄豐、孫建等八人，本是王莽爪牙，即日奉命受職。只有王興、王盛兩姓名，乃是哀章隨筆捏造，當然無人承認，好幾日沒有影響，哀章不敢直陳，只是背地竊笑。偏王莽遣人四訪，無論貧富貴賤，但教與金匱中姓氏相符，便命詣闕授官。事有湊巧，訪著一個城門令史，叫做王興，還有一個賣餅兒，叫做王盛，當即召他入朝，賜給衣冠，拜為將軍。這兩個憑空貴顯，還道身入夢境，仔細審視，確是無訛，無端富貴逼人來，也樂得拜爵登朝，享受榮華。天落饅頭狗造化。

莽又因漢家制度，未免狹小，特欲格外鋪張，自稱為黃帝虞舜後裔，尊黃帝為初祖，虞舜為始祖，凡姚、媯、陳、田、王五姓，皆為同宗，追尊陳胡公為陳胡王，田敬仲為田敬王，齊王建孫濟北王安，為濟北愍王。其實齊王建本姓田氏，齊亡後尚沿稱王家，因以為姓。莽藉端附會，故由齊追及虞舜，由虞舜追及黃帝。硬要誇張。立祖廟五所，親廟四所，稱漢高祖廟為文祖廟，凡惠、景以下諸園寢，仍令薦祀。唯漢室諸侯王三十二人，貶爵為公，列侯一百八十一人，貶爵為子，所有剛卯金刀的舊例，不得再行。向來漢朝吏民，於每年正月卯日，制符為佩，或用玉，或用金，或用桃木，懸以革帶，一面有文字鐫著云：「正

月剛卯，」謂可避一年疫氣。金刀乃是錢名，形如小刀，通行民間，莽以劉字左偏，有卯有金，右偏從刀，故將剛卯金刀，一律禁止，另鑄小錢通用，徑只六分，重約一銖。又欲仿行井田遺制，稱天下田曰王田，人民不得私相買賣。如一家不滿八口，田過一井，應將餘田分給九族鄉黨。且不準私鬻奴婢，違令重罰，投御魑魅。後從國師劉歆奏議，遵照周制，立五均司市泉府等官。此外所有官職，多半改名，大約是不古不今的稱號，胡弄一番，換名不換人，有何益處？後世亦多蹈此轍。唯俸祿尚未酌定，往往有官無俸。後來又欲踵行封建，封了好幾千諸侯，但用菁茅及四色土，作為班賞，並沒有指定采邑，但給月錢數千，使居都中。看官試想，這種制度，果可行不可行呢？

正在喜事紛更的時候，忽由徐鄉侯劉快，起兵討莽，進攻即墨，莽方擬遣將往御，那即墨已傳來捷報，劉快已經敗死了。原來快係漢膠東恭王授次子，恭王授係景帝五世孫。有兄名殷，嗣爵膠東王，莽降殷為扶崇公，殷未敢叛莽，獨快卻志在討逆，糾眾數千人，從徐鄉趨即墨城，意欲踞城西向。偏即墨城中的吏民，閉城拒守，快眾多係烏合，不能久持，漸漸潰散。守吏趁勢殺出，把快擊走，快竟竄死長廣間。殷聞弟快起兵，惶恐得很，緊闔城門，自繫獄中，一面上書謝罪。莽既得捷報，只命快妻子連坐，赦殷勿問。越年為始建國二年，莽恐劉氏餘波，僕而復起，索性將漢室諸侯王，一體削奪，廢為庶人。只有前魯王劉閔，中山王劉成都，廣陽王劉嘉，曾頌莽功德，侈陳符命，故仍得受封列侯。無恥之徒。嗣復由立國將軍孫建等，奏言：「漢氏宗廟，不當覆在長安，應與漢室一同罷廢。」莽欣然許可，唯言國師劉歆等三十二人，夙知天命，夾輔新朝，可存宗祀。歆女為皇子妃，使仍劉姓，餘三十一人皆賜姓王氏，並改稱定安太后為黃皇室主，示與漢絕婚。

定安太后雖是莽女，卻與乃父性情不同，自從王莽篡位以後，鎮日

第一回　假符命封及賣餅兒　驚連坐投落校書閣

裡悶坐深宮，愁眉不展，就是莽按時朝會，亦屢次託病，未嘗一赴。莽還道她年方二九，不耐孀居，所以將她改號，好與擇配，暗思朝中心腹，雖有多人，唯孫建最為效力，建有子豫，又是個翩翩少年，若與黃皇室主配做夫妻，恰是一對佳偶。當下召入孫建，與他密商，建欣然受命，歸詢子豫，也是喜出望外。得皇后為妻室，且是現成帝婿，有何不願？於是想出一法，由豫盛飾衣冠，裝束得與子都宋玉相似，帶著醫生，託詞問疾，竟至黃皇室主宮中。宮中侍女，不敢攔阻，將他放入。豫得進謁黃皇室主，說是奉旨探視。黃皇室主大為驚異，又見他一雙色眼，儘管向自己臉上瞟將過來，料知來意不佳，慌忙退入內室，傳呼侍女，責她擅納外人，親加鞭撲。豫立在外面，聽得內室有鞭撲聲，當然掃興而去，報知王莽。莽始知女兒志在守節，打消前議。

誰知此事一傳，偏有一個綺袴郎君，豔羨黃皇室主，要想與她做個並頭蓮。這人為誰？乃是更始將軍甄豐子甄尋。尋素來佻達，專喜漁色，前聞王莽要招孫豫為婿，不由的因羨生妒，背地含酸。後來豫事無成，尋私心竊幸，還道是大好姻緣，應該輪著自己身。死在目前，還想快活。朝夜思想，定下一計，便悄悄的自去施行。從前尋父甄豐，與王舜劉歆等，同佐王莽，不過依莽希榮，尚未欲導莽篡位，至符命諸說，紛然並起，豐等也不得不順風敲鑼，爭言符瑞。莽既據國，嘗遣五威將帥，分使五方，頒示符命四十二篇，籠絡人心，因此符命諸說，充滿天下。且內外官吏，一陳符命，往往封侯，有幾個不願捏造，輒互相嘲戲道：「汝奈何沒有天帝除書？」統睦侯司命陳崇，司命官名，由莽創造。密白王莽道：「符命可暫用，不可久用，若長此過去，奸人都好藉此作福，反致生亂。」莽點首無言，俟崇退出，即頒出命令，謂非五威將帥所頒，盡屬無稽，應下獄論罪。嗣是符命偽談，漸漸絕口。甄豐本為大司空，資格名位，不亞王舜劉歆，就是甄尋亦得受封茂德侯，官居侍

中，兼京兆大尹。至莽封功臣，依照金匱符命，但拜豐為更始將軍，使與賣餅兒王盛同列，不但與王舜劉歆等人，相去太遠，甚且也不及弟，連甄邯都出豐上，豐父子當然怏怏。實在由豐素性剛強，平時未免唐突莽前，所以莽有意貶抑，藉著符命為名，把豐貶置下列。豐子尋垂涎莽女，錯疑莽真信符命，遂從符命上做出文章，先借別事一試，只說新室應當分陝，設立二伯，甄豐可為右伯，太傅平晏可為左伯，得周公召公故事。這道符命呈將進去，竟得王莽批准，令甄豐為右伯，使他西出。豐尚未行，尋越覺符命有效，又是一篇進陳，內言：「故漢氏平帝后，應為甄尋妻。」滿望王莽再行準議，好教黃皇室主下嫁過來，做個乘龍嬌客。哪知宮中傳出消息，很是不佳，據言：「王莽怒氣勃勃，謂黃皇室主為天下母，怎得妻尋？」尋才知弄巧成拙，若再不走，必被逮捕，當下密取金銀，一溜煙似的逃出家門。不到半日，果有許多吏卒，來圍甄第，入捕甄尋。甄豐尚未知尋所犯何罪，及問明情由，也嚇得魂飛天外，急忙自己尋覓，意欲綁子入朝，為自免計。偏偏四覓無著，又經朝使坐索，迫令交出，一時無法對付，只好拚著老命，服毒自盡。朝使見甄豐已死，又入室搜捕，終不得尋，乃回去覆命。

　　莽聞尋出走，下令通緝，一面窮究黨羽，查得國師劉歆子侍中劉棻，棻弟長水校尉劉泳，及歆門人騎都尉丁隆，與大司空王邑弟左關將軍王奇等，統是甄尋好友，一古腦兒拿入獄中，逐加訊問。數人因甄尋在逃，無從對質，自然極口抵賴，不肯承認。案情懸宕多日，那在逃未獲的甄尋，竟被獲到。尋本跟著一個方士，逃入華山，蟄居多時，想到外面詢探音信，適被偵吏遇著，便將他一把抓住，解入長安。他與劉棻等雖是友善，唯此番想娶故后，假託符命，全是他一人作主，未曾商諸別人，既經到案，卻也自作自認，供稱劉棻等不過相識，並未通謀。偏問官有心羅織，嚴刑逼供，沒奈何將劉棻等牽扯在內。劉棻等已被扳

第一回　假符命封及賣餅兒　驚連坐投落校書閣

入，百喙難辭，遂都連坐罔上不道的罪名，讞成死罪。倒是生死朋友，患難與共。還有劉棻的問業師，係是莽大夫揚雄，莽大夫三字頭銜，樂得敘出。也做了此案的嫌疑犯，竟遭傳訊。雄字子雲，蜀郡成都人，素來口吃，卻具才思，平時嘗慕先達司馬相如，每有著述，輒為摹仿。漢成帝時，由大司馬王音舉薦，待詔宮廷，獻入〈甘泉〉、〈河東〉二賦，得邀成帝特賞，授職為郎，嗣經哀平兩朝，未獲超遷，平居憂鬱無聊，但借筆墨消遣，著成《太玄經》及《法言》。《法言》是摹擬《論語》，文尚易解，《太玄經》摹擬《周易》，語多難明。獨劉歆借閱一週，嘗語揚雄道：「《太玄經》詞意深奧，非後生小子所能知，將來恐不免覆瓿呢。」瓿音部，是貯醬小甕。話雖如此，意中卻很重雄才，特令子棻拜雄為師，學習奇字。此時雄得為莽大夫，方在天祿閣校書，忽聞被劉棻案情牽連，要去聽審。自思年過七十，何苦去受嚴刑，不如一死為愈，乃即咬定牙齦，竟從閣上躍下，跌了一個半死半活。我說他是條苦肉計。朝史見他老年投閣，撞得頭青面腫，很覺可憐，慌忙將他扶起，令人看守，自去返報王莽，具述慘狀，且說他並未知情。莽才令免議，但命將甄尋劉棻等，一併誅死。

更有一種可笑的事情，莽欲仿行虞廷故事，流劉棻至幽州，放甄尋至三危，殛丁隆至羽山，三人已經就戮，卻將他屍首載入驛車，輾轉傳致，號為三凶。此外牽連朝臣，也不下數百人。獨揚雄九死一生，想去趨奉王莽，特著一篇〈劇秦美新文〉，謹敬呈入。時人因此作謠道：「唯寂寞，自投閣，愛清靜，作符命。」為此一謠，文名鼎鼎的揚子雲，遂致貽譏千古。雄至王莽天鳳五年，方才病死。小子有詩詠揚雄道：

　　才高倚馬算文豪，一落塵汙便失操。
　　贏得頭銜三字在，千秋筆伐總難逃。

揚雄投閣以後，卻有一位鐵中錚錚的老成人，為漢殉節，亙古流芳，與揚雄大不相同。欲知此人為誰，待至下回說明。

　　本回除楔子外，敘入王莽封拜功臣，爰照金匱符命，分授四輔三公四將，連賣餅兒亦得廁入。夫以王莽之狡詐，寧不知金匱之為偽造？其所以依書封拜者，無非為欺人計耳。不知欺人實即欺己，以賣餅兒為將軍，寧能勝任？多見其速亡而已，寧待法令紛更，激成眾怒，而始決莽之必亡耶？莽女為漢守節，不類乃父，尚有可稱，何物甄尋，欲妻故后，其致死也固宜。劉棻丁隆等人，不免枉死，史家因其同為逆黨，死不足惜，故不為辨冤。揚雄甘為莽大夫，投閣不死，反為〈美新〉之文以諂媚之，老而不死是為賊，區區文名，何足道乎？揭而出之，亦維持廉恥之一端也。

第一回　假符命封及賣餅兒　驚連坐投落校書閣

第二回
毀故廟感傷故后　挑外釁激怒外夷

第二回　毀故廟感傷故后　挑外釁激怒外夷

卻說前漢哀帝時候，有個光祿大夫龔勝，年高德劭，經明行修，他因王莽擅權，上書乞休，退歸楚地原籍，家食自甘，不問世事。及莽已篡位，意欲羅致老成，特遣五威將帥，齎著羊酒，問候勝家，嗣又召為講學祭酒，勝一再託疾，不肯應命。莽立夫人王氏為皇后，即王盛女，見《前漢演義》。生有四男，長子宇為了衛姬一案，被莽逼死，衛姬係平帝生母，莽不令入宮，宇謀近衛姬，事洩被殺，亦見《前漢演義》。次子獲無故殺奴，亦由莽迫使自殺；三子安向來放蕩，為莽所嫉，因立四子臨為太子。且為臨招致師友各四人，一是故大司徒馬宮，令為師疑；一是故少府宗伯鳳，令為傅丞；一是博士袁聖，令為阿輔；一是故京兆尹王嘉，令為保拂，音弼。這便叫做四師。又用故尚書令唐林為胥附，博士李充為奔走，諫大夫趙襄為先後，中郎廉丹為禦侮，這便叫做四友。胥附奔走先後禦侮語，見《詩經》。莽假古立官，故有是名。四師、四友以外，還欲添設師友祭酒，因再派吏至楚，使持璽書印綬，徵勝入都。

吏奉莽命，到了楚地，料知勝不願就徵，預先邀同郡守縣吏，及三老諸生，約千餘人，齊集勝門，強為勸駕。勝自稱病篤，奄臥床上，首向東方，朝服拖紳，方邀朝使入室，朝使入付璽書，並給印綬，勝當然辭謝，經朝使先勸後迫，定要勝應召入朝，勝喟然嘆道：「勝素愚昧，更兼老病侵尋，朝不保暮，若迫令起行，必死途中，轉負新朝養老盛意，如何是好？」朝使聽了，倒也不敢硬逼，退居郡舍，每閱五日，必與郡守一問起居，且向勝子及勝徒高暉，屢言朝廷厚意，將加侯封，就使病不能行，亦當出居傳舍，示有行意，此事關係子孫，不可錯過等語。暉等頗為所動，入內白勝，勝作色道：「我受漢家厚恩，愧無以報，今年已老邁，旦暮入地，難道尚好出事二姓麼？」說罷，即命二子預備後事，自己絕粒不食，餓至十有四日，氣絕而亡，年終七十九歲。朝使聞得死耗，尚疑勝有詐謀，親與郡守往弔，審視屍體，果已絕氣，方才慨然辭

去。勝家當即開喪，門徒畢集，代為料理。忽有一老翁策杖前來，徑至靈帷前哭了一場，哭畢又嘆惜道：「薰以香自燒，膏以明自銷，嗚呼龔生，竟夭天年，非吾徒也！非吾徒也！」一面說，一面走，揚長自去。確是一奇。大眾莫名其妙，也不知他何姓何名，後來到處查問，有人識他是個彭城隱士，年約百歲，姓名不傳，但共號為彭城老父罷了。

朝使復報王莽，莽也為唏噓。未必真情。轉思唐林唐尊紀逡諸人，俱係一時名士，幸已羅置朝端。尚有齊人薛方著名已久，亦應遣使招徠。乃更命安車駟馬，往迎薛方，方向來使拜謝道：「堯舜在上，且有巢由，今明主方著唐虞盛德，小臣願守箕潁高風，請善為我辭。」措詞甚妙。使人回覆朝命，備述方言，莽聽他稱頌自己，很覺愜意，遂不復再徵。南郡太守郭欽，兗州刺史蔣翊，常因廉直得名，當王莽居攝時，已皆託病辭職，終身不起。又有沛人陳咸，此非前漢時陳萬年子。曾為哀帝時尚書，莽殺何武鮑宣，見《前漢演義》。咸即驚嘆道：「《易》稱見機而作，不俟終日，我亦好從此去了。」當下謝職歸田。莽篡漢後，召為掌寇大夫，仍稱病不就。咸有三子參、豐、欽，俱已出仕，由咸陸續召歸，杜門不出。平時尚用漢家祖臘，或說他未合時宜，咸勃然道：「我先人怎知王氏臘呢？」遂家居以終。此外還有齊人慄融，北海人禽慶蘇章，山陽人曹竟，並以儒生為吏，因莽辭官。這都是潔身自好的志士，可法可傳，比諸莽大夫揚雄，原是清濁不同呢！歷舉志士，維持風節。唯孝元皇后死後誄文，還是莽大夫揚雄所作，語雖寥寥，尚將他列入漢家，不把那新室文母四字，提敘出來。曾記得誄語有云：

太陰之精，沙麓之靈，作合於漢，配元生成，著其協於元城。

相傳孝元皇后王政君，初生時曾有奇異，母李氏夢月入懷，方孕政君，所以誄文中說為太陰之精。政君為元城人，元城郭東，有五鹿墟，

第二回　毀故廟感傷故后　挑外釁激怒外夷

　　就是春秋時代的沙麓地方，春秋魯僖公十四年，沙麓崩，《春秋傳》作沙鹿。晉史卜得爻辭，見有陰為陽雄，土火相乘二語，嘗嘆為六百四十五年後，宜有聖女興起，大約應在齊國田氏。是一個亡國婦人，何有聖女？王氏為齊王建後裔。見前回。王賀徙居元城，正當沙麓西偏，孫女便是王政君，為元帝后，經元成哀三朝，尚然健在。哀帝時由政君攝政，正與魯僖公十四年，相隔六百四十五載，所以誄文中說為沙麓之靈。揚雄援據故事，敘入誄文，原為頌揚元后起見。但漢無元后，或不致為王莽所篡，是元后實係亡漢罪魁，何足稱道。不過她見莽篡位，也覺悔恨，且莽改稱元后為新室文母，與漢絕體，越令元后不安。莽又毀壞劉氏宗廟，連元帝廟亦被拆去，獨為新室文母預造生祠，就將元帝廟故殿基址，作為文母篡食堂。篡音撰，具也。建築告成，號稱長壽宮。特請元后過宴，元后至新祠中，見元帝廟廢徹塗地，不禁驚泣道：「這是漢家宗廟，當有神靈，為何無端毀去，頹壞無餘？若使鬼神無知，何必設廟？倘或有知，我乃漢家妃妾，怎得妄踞帝堂，自陳饋食呢？」王莽聽了，毫不介意，仍請元后入席，元后不得已坐下，勉強飲了幾杯，便即起身告歸，私語左右道：「此人慢神太甚，怎能久叨天祐？我看他敗亡不遠哩！」語雖近是，但試問由何人縱成？

　　莽見元后怏怏回去，料她心懷怨恨，不得不格外巴結，賣弄殷勤，所有一切奉養，常親往檢視，不使少慢。那元后卻愈加愁悶，鎮日裡不見笑顏。漢制令侍中諸官俱著黑貂，莽獨使改著黃貂，獨元后宮中的侍御，仍著黑貂，且不從新莽正朔，每遇漢家臘日，自與左右相對，飲酒進食，總算度過殘年。好容易過了五載，至王莽始建國五年二月，得病告終，享壽八十有四。若早死一二十年，當可少許免咎。莽為元后持三年服，奉柩出葬渭陵，雖與元帝合墓，中間卻用溝夾開。所建新室文母廟中，歲時致祭，反令元帝配食，設座床下，這真叫做陰陽倒置，婦可

乘夫了。想就是陰為陽雄之驗。

唯元后在日，曾云王莽不得久安，莽總道是老嫗恨語。那知元后殁時，已經內外變起，岌岌不寧。先是莽遣五威將帥王駿，率同右帥陳饒等，北撫匈奴，使單于交出漢璽，改換新朝圖印，鑴文為新匈奴單于章。匈奴烏珠留若鞮單于，即囊知牙斯。問明情由，才知漢朝絕統，另易新皇，卻也沒甚話說，就將圖印換訖。陳饒恐單于變計，再求故印，即將原印用斧劈毀。到了次日，果由單于遣人持印，出語王駿道：「我聞漢朝制度，凡諸侯王以下印綬，才稱為章，我雖受漢冊封，原是稱璽，今易去璽字，又加新字，是與中國臣下，毫無分別了！我不願受此新章，仍須還我舊印為是。」陳饒聞言，將原印取示，已經分作數片，且與語及新朝體制，與漢不同。番使返白單于，單于知已受欺，待至莽將南歸，便即勒兵朔方，伺隙入寇。

警報到了長安，莽正欲耀武塞外，特改號匈奴單于為「降奴服於」。莽生平無甚奇巧，不過善改名目。簡派立國將軍孫建等，募兵三十萬人，約期大舉，進擊匈奴。且分匈奴國土為十五部，飭立前單于呼韓邪子孫十五人，同為單于。呼韓邪子孫，散處朔漠，各有職使，哪個肯來應命？莽乃再遣中郎將藺苞，副校尉戴級，率兵萬人，多齎金帛出塞，招誘呼韓邪諸子，前來聽封。匈奴右犁汗王鹹，居近中國，聞有金帛相贈，不免心動，因率子助、登二人，來會藺苞戴級，藺戴即傳述莽命，拜鹹為孝單于，賜給黃金千斤，雜繒千匹，助為順單于，賜給黃金五百斤。鹹受金後，便欲挈子同歸，不意藺苞戴級，將他二子截留，只準鹹一人歸廷，鹹怏怏自去。藺苞戴級，遂把助登傳送長安，王莽大喜，封苞為宣威公，拜虎牙將軍，級為揚威公，拜虎賁將軍。事為烏珠留單于所聞，頓時大怒道：「先單于受漢宣帝恩，原不可負，今天子非宣帝子孫，如何得立！我豈肯從他偽命麼？」當下縱兵入塞，大殺吏民。莽得

第二回　毀故廟感傷故后　挑外釁激怒外夷

知消息，更選出十二部統將，令分率募兵三十萬眾，各齎三百日糧草，分道並出，為滅胡計。將軍嚴尤，亦奉命與徵，獨上書諫莽道：

臣聞匈奴為害，所從來久矣，未聞上世有必徵之者也。後世如周秦漢徵之，亦未聞有得上策者，周得中策，漢得下策，秦無策焉。當周宣王時，獫狁內侵，至於涇陽，命將徵之，盡境而還。其視戎狄之侵，譬猶蚊虻之螫，驅之而已，故天下稱明，是謂中策。漢武帝選將練兵，約齎輕糧，深入遠戍，雖有克獲之功，胡輒報之，兵連禍結，三十餘年，中國罷耗，匈奴亦創艾，而天下稱武，是謂下策。秦始皇不忍小恥而輕民力，築長城之固，延袤萬里，轉輸之行，起於負海，疆境雖完，中國內竭，卒喪社稷，是謂無策。今天下遭陽九之厄，比年饑饉，西北邊尤甚，若發三十萬眾，具三百日糧，必東援海岱，南取江淮，然後乃備，計其道裡，一年尚未集合，兵先至者聚居暴露，師老械敝，勢不可用，此一難也。邊既空虛，不能奉軍糧，內調郡國，不相及屬，此二難也。計一人三百日食，須用糧十八斛，非牛力不能勝，牛又當自齎食料，加二十斛，重矣，胡地沙鹵，輒乏水草，以往事揆之，軍出未滿百日，牛必盡斃，餘糧尚多，人不能負，此三難也。胡地秋冬甚寒，春夏多風，多齎釜鍑薪炭，重不可勝，兵士又不服水土，動有疾疫之憂，故前世伐胡，不過百日，非不欲久，勢有不能，此四難也。輜重自隨，則輕銳者少，不得疾行，虜徐逃遁，勢不能及，幸而逢虜，又累輜重，如遇險阻，銜尾相隨，虜要遮前後，危且不測，此五難也。大用民力，功不可必立，臣竊憂之，今既發兵，宜縱先至者，令臣尤等深入霆擊，但期創艾胡虜足矣。若必窮兵累日，轉餉經年，非臣之所敢聞也。

王莽得書，不肯聽從，仍飭照前旨辦理。看官試想，這三十萬兵士，三百日糧草，豈是容易所能辦到？百姓又最怕當兵，最怕輸糧，地方官刑驅勢迫，東敲西逼，招若干壯丁，備好若干芻粟，還要陸續轉運出去，不是僱船，就是裝車，舟子車伕，又沒有多少薪資，統皆畏縮不前，眼見得有年無月，不能成事。嚴尤所言，還多從塞外立說，其實內

地已不堪徵求，民皆疲命，始終總是一死，不如去做盜賊，還可劫掠為生。國家之亂，大率如此。莽待了數月，聞得兵糧尚未辦齊，更遣中郎「繡衣執法」各官，四面督促勒定嚴限，一班似虎似狼的奸吏，樂得依勢作威，壓迫州郡，於是法令愈苛，地方愈亂。那匈奴卻屢為邊寇，外患日甚一日，莽所遣派各將帥，都因兵餉未集，不敢出擊，一聽胡騎縱橫邊境，飽掠而去。從前北方一帶，自漢宣帝後，好幾代不見兵革，戶口浸繁，牛馬滿野。至莽與匈奴構釁，人畜不及遷避，多被掠奪，又害得屍骸盈路，朔漠一空。莽尚望孝單于咸，肯為效力，牽制匈奴，所以咸子助登，入都以後，還是好生看待，優賜廩餼。助不幸病死，莽令登代為順單于，哪知孝單于咸，前次出塞歸廷，自恨為莽將所欺，便去告訴烏珠留單于，涕泣謝罪。烏珠留單于貶咸為於粟置支侯，且令他入寇中國，將功補過。咸乃令子角出沒塞上，會同匈奴部眾，騷擾不休。莽將陳欽王巡，出屯雲中，分兵防堵，捕得匈奴遊騎，訊知為咸子角部下，忙即報達王莽。莽當然發怒，立將順單于登拿下，梟首市曹。

　　一波未平，一波又起，西夷鉤町王弟承，起兵攻殺牂牁大尹周欽，擾亂西陲。鉤町與牂牁相近，漢武帝時，征服西南，建置郡縣，但蠻夷部酋，往往仍使王號。鉤町王亡波，曾助漢兵平亂，得受冊封，傳至王莽時候，被莽派出五威將帥，傳達朝命，硬要他貶王為侯。鉤町王邯，係亡波支裔，自思未曾得罪，何故遭貶？免不得與五威將帥，略有違言。偏莽得了五威將帥報告，遽使牂牁大尹周欽，誘殺鉤町王邯，全是鬼蜮手段。邯弟承為兄報仇，傾國大舉，攻入牂牁，把欽擊死。牂牁附近諸州郡，慌忙連合拒守，飛章上聞。莽正想專力滅胡，不防西夷也這般厲害，只好另簡馮茂為平蠻將軍，往討鉤町。茂方起行，又得益州警耗，乃是蠻夷部落，響應鉤町，攻殺益州大尹程隆。莽聞蠻夷迭叛，恐馮茂兵少勢孤，不足平蠻，乃令茂大發巴蜀犍為吏士，就地徵餉，分討

第二回　毀故廟感傷故后　挑外釁激怒外夷

蠻夷。這消息傳到西域，各國亦皆有貳心。車師先叛，降入匈奴。戊己校尉刁護，戊己校尉，係漢時所置。遣吏屬陳良、終帶，扼守要害，免得匈奴車師串同入寇。陳良、終帶潛懷反側，竟將刁護刺死，脅掠吏士二千餘人，也去投降匈奴。匈奴收納良帶，使為烏賁都尉。莽方想掃平匈奴，誰料到變端百出，連西域也是生亂，邊吏膽敢刺死校尉，去做胡奴，那時無名火高起三丈，更派使至高句驪國，徵發兵民，要他速渡遼河，夾攻匈奴。高句驪為漢武所滅，夷作郡縣，雖遺種尚受侯封，卻沒有什麼兵甲，急切如何成行？偏王莽一再催逼，惱動高句驪遺眾，索性拒絕莽使，也為寇盜。

嗣是東西南北諸邊疆，無一不亂，弄得王莽顧此失彼，踽踽不安。未幾焉耆國又叛，西域都護但欽被戕，越使王莽焦急，臨朝時常帶愁容。群臣見莽有憂色，還要當面獻諛，只說是夷狄為亂，無傷聖德，不久便可蕩平。莽亦意氣方張，未肯悔過，但務剿襲古制，粉飾太平。自從小錢頒行，民感不便，莽更作金銀龜貝錢布諸品，號為寶貨，種類錯雜，名目紛繁，民間愈覺煩擾，屏諸不用，但將漢朝遺留的五銖錢，賣買交易。莽乃將寶貨停辦，另鑄五十大錢，使與一文小錢並行，所有漢朝的五銖錢，概令銷毀，如百姓尚敢私藏，罪當投荒。官吏藉端搜尋，鬧得雞犬不寧，偶被搜出，即將全家充戍，如有私鑄銅錢，責令五家連坐，一併充軍。最可惡的是犯人夫婦充發出去，不準完聚，竟將婦女另行改配，或罰做軍人奴婢，永不放還，這真是古今罕有的虐政。莽仿行周官王制，周官即《周禮》，王制即《禮記》。特置卒正連率，同帥。及大尹屬令屬長州牧，更分六鄉六尉六隊六服，合為萬國，所有郡縣名稱，輒為變易，一郡易至五名，官吏都不能記憶。莽且自為得計，以為制度改定，天下自然平定。因此召集公卿，日夕會議，聚訟紛紜，甚至各處案件，申報上來，無暇批發出去，就是守令各官，也不遑考績，聽他作

惡舞弊，貽害閭閻。每歲雖有「繡衣執法」，與十一公士，十一公，即前四輔三公四將等官，公之掾屬稱士。持節出巡，名為察吏善惡，稽民勤惰，實是縱他出刮地皮，到處索賄，死要銅錢。地方官怎肯破囊？無非是取諸民間，移作賑儀。有幾處吏民抱屈，詣闕訴冤，亦被尚書擱置，連年守候，不得告歸。至若拘繫郡縣，無故待質，也是沉滯得很，往往至莽下赦文，然後得出。這是亂時通病，不特新莽時為然。就是內外衛兵，本可一年交代，或且遲至三年，邊兵陸續招赴，不下一二十萬，都要仰食縣官，縣官無從取給，只好暴斂橫徵。五原代郡諸民，受禍最烈，為亂最早。莽不問民生疾苦，只知遣兵征剿，百姓外遭胡寇，內受兵災，除死以外，幾無他法。還虧匈奴烏珠留單于，一病遂死，右骨都侯須卜當，方執大權，素與於粟置支侯咸友善，把他擁立，勸咸與中國和親，咸自稱烏累若鞮單于，頗怨烏珠留將他貶號，也把烏珠留諸子降職，且尚未知子登死狀，所以依著須卜當計議，遣使入塞，有意請和。莽查得須卜當妻，就是王昭君女須卜居次，因此封昭君兄子王歙為和親侯，王颯為展德侯，使他齎著金幣，往賀單于即位，偽言侍子登無恙，但教單于送出陳良、終帶諸人，便可將登遣歸。單于貪得莽賂，又欲與登相見，遂捕交陳良終帶，及手殺刁護賊芝音等人。王歙兄弟，將良帶等押解長安，莽援《周易》「焚如死如」的遺訓，放起一把大火，把良帶等推入火中，燒成灰燼！良帶等原是該殺，但必用火燒，亦是過虐。下令召還諸將，罷歸屯兵，一番勞師動眾的大禍，總算暫時打消。是年王莽改元號為天鳳元年。小子有詩詠道：

　　未諳武略想平胡，功未成時萬骨枯。
　　買得罪人付一炬，可憐民命已難蘇。

　　莽與單于言和，單于遣使報謝，並迎侍子登歸國。登已早死，如何遣還？欲知王莽對付情形，容待下回再表。

第二回　毀故廟感傷故后　挑外釁激怒外夷

　　偏愛者不明，好詐者必敗，是二語好為王氏姑姪，作一注腳。孝元皇后之寵莽，全為愛莽而起，莽以媚術博姑母之歡，使之墮入計中而不之覺。迨莽篡竊漢祚，始悔偏愛之失策，晚矣。夫帝可弒，國可盜，則漢室宗廟，何不可毀？孝元后之且驚且泣，料莽不永，純是婦人咒詈口吻，豈真能預測先機？且黑貂漢臘，何益夫家，大勢已去，小節無論已。莽挾詐以欺國人，而不足以欺外夷，匈奴發難，邊警迭聞，尚不肯從嚴尤之請，竟欲大舉平胡，北征之師未出，而東西南三面，變端迭起，莽已旰食之不遑，尤復師心稽古，一何可笑。孔子所謂「反古之道，災必及身」，況如莽之身為亂賊，無在非詐乎？好詐必敗，王莽其已事也。

第三回
盜賊如蝟聚眾抗官　父子聚麀因奸謀逆

第三回　盜賊如蝟聚眾抗官　父子聚麀因奸謀逆

　　卻說烏累單于，遣使至長安報謝，擬即迎登回國，王莽如何交得出？只託言登方病死，當令人送喪出塞，一面厚賕胡使，遣令歸報。烏累單于又覺得為莽所欺，但因自己新立，威信未行，不能不暫時容忍，姑與言和。不過近塞戍兵，仍聽劫掠，未嘗禁止。莽聞邊境未靖，還想討伐匈奴，適值天變迭興，彗星出現，乃不敢動兵。既而災異不絕，日食無光，莽不知責己，但知責人。太師王舜，大司馬甄邯，已經早死，莽獨咎太傅平晏，免去尚書事省侍中兼職；又將繼任大司馬逡並，一併策免。哪知變異越多，時有所聞：當夏隕霜，草木枯死，盛暑時黃霧四塞，新秋後大風拔樹，雨雹殺牛羊。至天鳳二年仲春，日中現星，都下人民，訛言黃龍墮死黃山宮中，相率往觀。莽自稱黃德，不免寒心，令有司捕系百姓，問及訛言緣起，亦無從證實。適匈奴又遣使到來，求登屍骸，莽因復遣王歙等送登棺木，出至塞下，當由須卜當子大且渠奢，來迎登喪。歙等將棺木交訖，復傳述莽命，另贈烏累單于金帛，叫他改號匈奴為恭奴，單于為善於。用了若干金帛，買出恭善兩字，有何益處？並封須卜當為後安公，大且渠奢為後安侯，各給印綬，並賜多金。大且渠奢稱謝而返，報知烏累單于。烏累單于利得金帛，就依了莽命，遇有使節往來，暫稱恭奴善於。既得實惠，何惜虛名？莫謂胡兒不智！唯部兵入塞寇掠，仍然如故。

　　越年夏季，長平坂西岸堤崩，涇水不流，莽遣大司空王邑巡視。邑還朝奏狀，偏有幾個媚臣諂子，向莽上壽道：「『河圖』所謂『以土填水』，應該匈奴滅亡，速討勿遲！」如何附會上去？莽以匈奴雖然言和，尚是寇盜不息，非大加懲創，不足示威。湊巧群臣有這種計議，正好趁勢發兵，乃遣并州牧宋弘，及游擊都尉任明等，先出屯邊，準備北討。復令五威將帥王駿，西域都護李崇，率同戊己校尉郭欽等，往撫西域，也欲仿漢武遺計，截斷匈奴右臂，免得相連。王駿等到了西域，諸國多

出郊迎接，奉獻方物。駿因焉耆國前殺但欽，意欲乘便襲擊，為欽報仇，當下使戊己校尉郭欽，與偏將何封，另率精兵後進，自與李崇先行。焉耆國王刁猾得很，佯遣人恭迓駿崇，謝罪乞降。駿以為樂得前進，好使焉耆無備，可以得志。那知焉耆境內四布伏兵，一俟駿兵入境，突然殺出，把駿圍住。李崇見不是路，拍馬返奔，單剩駿陷入圍中，衝突不出，竟致斃命。焉耆兵復追趕李崇，幸喜郭欽何封，率兵馳至，才得將崇救免，復麾眾敵焉耆兵，焉耆兵也即退去，遺下老弱數百人，被郭欽等殺得精光，引兵歸報。莽拜欽為塡外將軍，塡同鎮。封剡鬍子；剡音芟，絕也。何封為集胡男；令李崇退鎮龜玆，靜待後命。

　　天下不如意事，十常八九。那平蠻將軍馮茂，往擊鉤町，差不多已兩三年，兵馬調動了好幾萬，賦斂民財，值十取五，弄得怨聲載道，仍一些兒沒有功勞，反報稱部下士卒，多染疫病，十死六七。頓時觸動莽怒，立將馮茂召還，下獄論死。別遣寧始將軍廉丹，統兵往剿。大發天水隴西騎士，及巴蜀吏民十萬人，浩蕩前進，轉輸相望。初至時還算得手，斬馘數千；後來蠻夷據險死拒，丹軍漸至疲睏，疫氣燻蒸，糧道不繼，仍落得無功而還。越雟蠻酋任貴，見官軍再舉無成，也乘隙為亂，殺死太守枚根，自稱邛谷王。莽再想發兵繼進，哪知內地亂民，已經蜂起，騷擾的了不得，還有什麼餘力，與蠻夷角逐呢？這叫做剝床及膚。

　　先是莽有事四夷，歲需浩大，特設出六筦名目，課稅民間：一鹽稅，二酒稅，三鐵稅，四名山大澤採辦稅，五賒貸稅，六銅冶稅。如有人違法不納，即科重罪，貧民無自謀生，富民亦不能自保。當時草澤中間，已多伏莽，再加蠹胥猾吏，代為驅迫良民，叫他去投盜賊。於是愈聚愈眾，到處揭竿。臨淮人瓜田儀，依據會稽長州，首先發難。未幾即有琅琊婦人呂母，也聚黨數千人，入海為盜。呂母是一個老嫗，為何膽敢作亂？她本來家況小康，未嘗犯法，只因有子為海曲縣吏，被縣宰冤

第三回　盜賊如蝟聚眾抗官　父子聚麀因奸謀逆

枉殺死，遂致呂母忿起，散財募士，招致少年百餘人，攻入海曲，殺死縣宰，取首祭子。自思禍已闖大，不能中止，索性逃入海中，明目張膽，去做強盜。就近的亡命無賴，陸續趨附，竟至一萬多人。未幾又有新市人王匡、王鳳，也糾結徒眾，出沒江湖。原來荊州歲饑，人民無穀可食，都到野田間去採鳧茈，即荸薺。烹食為生，你搶我奪，免不得有爭鬥情事。王匡、王鳳，本是就地土豪，出與排解，處置公平，大眾統皆悅服，願受指揮。獨地方官罔恤民艱，非但不知賑給，還要向他加徵，饑民忿恨異常，遂推匡鳳兩人為首領，反抗官吏，聚眾起事。南陽人馬武，潁川人王常、成丹，也是著名盜目，聞風趨集，一同入夥，就借洞庭湖北的綠林山，作為巢窟。綠林山勢甚險峻，可居可守，黨徒聚至七八千人，四出打劫搬回山中。官吏雖派兵往捕，終因山高勢險，不敢深入。一班綠林豪客，竟得快活逍遙。後世稱盜藪為綠林，便本此事。同時南郡人張霸，江夏人羊牧，亦分頭為盜，黨羽亦不下萬人。王莽連聞盜警，沒奈何遣使招撫，叫他急速解散，方可赦罪。群盜方興高采烈，怎肯聽命？使臣只好返報，莽問及盜賊情形，使臣稟白道：「百姓因法禁煩苛，不得安居，力作所得，又不敷租稅，就使閉門自守，還要被鑄錢挾銅的鄰伍，牽連犯罪，大眾無從求生，只得去做盜賊了。」莽見他出言不遜，立即攆逐出朝，革職為民，另遣他人查辦。他人不敢實報，複稱亂民狡黠，應該捕誅；或謂時運適然，不久必滅。莽很覺愜意，輒命超遷，自己親往南郊，禱天禳災，採辦五彩藥石，熔一銅斗，象北斗形，長二尺五寸，號為威斗，謂可厭勝眾盜。斗既鑄成，付司命官掌管，莽出巡時，令他背負前行，入令在旁相隨，彷彿與兒戲一般。無非欺人。

好容易混過一兩年，已是天鳳五年了。前此諸盜，一處不得蕩平，反增添了好幾處警耗。琅琊人樊崇，勇猛絕倫，為群盜所敬憚，奉為盜

魁，盤踞莒縣，一歲間聚至萬餘人。又有樊崇同郡人逢安，及東海人徐宣、謝祿、楊音，亦皆起應樊崇，轉掠青徐二州間。再加刁子都，《漢書》作力子都。橫行東海，獨張一幟，亦在徐兗二州，打家劫舍，出沒無常。莽改撫為剿，屢遣兵吏防禦。偏是這班兵吏，只能欺貧壓懦，不能獲醜殲渠，一遇盜賊，大都畏縮不前，反被盜賊擊退，這真徒喚奈何了。

　　天鳳六年春月，莽因盜賊四起，特令太史推算三萬六千歲曆紀，決定六歲一改元，下書布告天下，自言當如黃帝昇天，意在誑耀百姓，銷解盜賊。誰知百姓已瞧透機關，知莽專事欺人，無一尊信，反加誹笑，群盜更無所畏忌，越聚越多。會匈奴烏累單于病死，弟輿繼立，號為呼都尸道皋若鞮單于。他因烏累單于在世時，常得中國厚賂，至此也想騙取金銀，特令須卜當子大且渠奢，入報嗣位日期，並獻各種方物。莽又想入非非，召入和親侯王歙，陰囑祕謀，使他照計行事。歙依了莽命，帶著一隊人馬，託詞送奢，偕行出塞，使奢往召須卜當，同來領賞。須卜當轉告單于，單于眼巴巴的望得財帛，一聞賞賜頒來，當然心喜，便令須卜當父子，往會和親侯王歙。不意王歙見了須卜當，說是朝廷有旨，要他入都覲見。須卜當不禁詫異，但手下沒甚兵士，只有兩子隨來，長子大且渠奢，又被王歙管束，不得脫身，乃命次子回報單于，自與奢入都見莽。莽見須卜當父子入朝，格外優待，面拜須卜當為須卜善於，兼後安公。看官道莽懷何意？無非欲誘服匈奴，他想匈奴易主，未見得服從中國，只有須卜當為王昭君女夫，素主和親，若將須卜當立為單于，自然感恩降服，又恐須卜當身在匈奴，不便應允，所以將他誘來，特賜尊號，並擬出兵護送，使他歸國為王。實是呆想。哪知呼都尸道皋單于，接得須卜當次子歸報，非但不得財帛，且將須卜當父子劫去，氣得兩目圓睜，立即調動兵馬，入寇邊疆。是時嚴尤為大司馬，知

第三回　盜賊如蝟聚眾抗官　父子聚麀因奸謀逆

莽失計，曾勸莽勿迎須卜當，莽不肯聽尤。及聞匈奴侵入邊界，欲遣尤與廉丹，共擊匈奴，賜姓徵氏，號為二徵將軍，且面加慰勉，大致說是誅興立當，興即單于，名見上文。可使匈奴久服，一勞永逸。嚴尤獨面駁道：「陛下且先憂山東盜賊，匈奴事且置作後圖。」莽聞言變色，竟將嚴尤免官，改擢降符伯董忠為大司馬，廣募天下丁男，及死罪囚吏民奴，充作銳卒，並稅天下吏民家貲，三十取一，厚兵聚餉，出討匈奴，又徵集天下奇能異士，為衝鋒選。說也可笑，竟有數人應召前來，或言能渡水不用舟楫，只用馬匹接連，足渡百萬兵士；或言出兵不費斗糧，但教服食藥物，便能永久不飢；或言插翅能飛，一日遠翔千里，不難窺探敵情。首二說未便立試，只自言能飛的技士，叫他當場試演。那人取出兩翼，乃是鳥羽編成，繫諸身上，兩翼中間，縋住機紐，用手一扳，果然徐徐飛起，約數十步，便即墜落，不能再飛。也是後世飛機的濫觴，不可蔑視。莽亦明知無用，但欲激勵他人，誇示外國，不得不隨便收納，使為理軍，賞給車馬。忽有夙夜即東萊不夜城，莽時改為夙夜。連帥韓博，保薦一人，用著大車四馬，裝載入都。這人叫做巨毋霸，生長蓬萊海濱，身長一丈，腰大十圍，臥嘗枕鼓，箸嘗用鐵，輜車不能載，三馬不能勝，所以特用大車四馬，載至闕下。王莽召見巨毋霸，果然是個碩大無朋的人物，卻也暗暗稱奇。待巨毋霸行過了禮，略問數語，便叫他充當衛士，隨侍鑾輿。巨毋霸謝恩退朝，那王莽忽然躊躇起來，暗思自己表字，叫做巨君，韓博應亦知悉，如何不令巨毋霸改名，公然敢觸犯忌諱？並且毋霸兩字，也覺可疑，莫非叫我毋行霸道，故意替他取這名字，侮弄朕躬？越想越恨，竟不管他是是非非，傳旨召博入都，從重處罪。博還道薦賢有功，特蒙寵召，匆匆的赴都聽命，不料一到闕下，便見衛士趨出，宣讀莽詔，說他慢上不敬，綁出斬首。可憐博希旨求榮，反害得身首兩分，不明不白。誰叫你去巴結逆莽。博既殺

死，由莽命巨毋霸改名，號為巨母氏，取義在文母授璽，助己霸王的意思。巨字犯諱，何故不改？

越年本為天鳳七年，莽依六歲改元的詔命，改號為地皇元年。春夏二季，只是籌備兵馬，想擊匈奴。適須卜當寄寓長安，不得回國，愁病而亡。莽令須卜當子大且渠奢，襲爵後安公，且將庶女陸逯任，嫁為奢妻，陸逯係莽女封邑，莽改稱公主為任，故名陸逯任。奢得為莽婿，倒也安心住下。莽更加意撫慰，謂俟兵馬調齊，總當送他回國，立為單于。無如莽有此想，天不相容，莽嘗改稱未央宮前殿，叫做王路堂，忽被一陣極大的秋風，吹倒許多牆壁。莽以為天變告儆，或由臨為太子，安獨向隅，舍長立幼，因致上干天怒。乃封安為新建王，臨為統義陽王，撤銷皇太子名稱，聊自解嘲。

先是臨母王氏，因二子宇獲被殺，時常悲悼，涕泣失明。宇子名宗，曾封功崇公，私服天子衣冠，擅刻璽章，又由莽查出情弊，迫令自盡。宗姊妨為衛將軍王興夫人，詛姑殺婢，莽使中常侍躛惲責妨，並及王興，躛音帶。興夫婦又皆自殺。莽自娶王氏，又將孫女亦嫁王家，好古者奈何如是？莽后王氏，既哭二子，又哭孫兒孫女，遂致悲上加悲，激成疾病，奄臥不起，莽令臨入侍母疾，日夕在側。偏有一個點婢原碧，生有三分姿色，楚楚動人，更兼口齒伶俐，眉目輕佻，王氏倚為心腹，寵愛逾恆。該女卻不安本分，常向莽殷勤獻媚，引得莽慾火上炎，往往瞞著王氏，與她演幾齣祕戲圖。至臨入宮奉母，時與原碧相見，原碧又賣弄風騷，勾動臨心。臨雖已娶劉歆女為妻，他覺得原碧姿容，比妻尤豔，況由她自來勾引，樂得移篙近舵，兜搭成歡。父子聚麀，倒是古訓。俗語說得好：「月裡嫦娥愛少年」，臨年正少壯，與原碧諧歡魚水，比乃父大不相同，原碧很是快意。不過原碧既為莽所幸，怎得再與臨私通？倘或發覺，坐致送命，因此喜中帶憂，有時與臨歡臥，裝出一

第三回　盜賊如蝟聚眾抗官　父子聚麀因奸謀逆

種嗟嘆聲，說出幾句蹊蹺話。臨不禁心疑，摟住細問，才知她怕著這老厭物，自己也不覺吃驚。原碧又故意撒手，欲與臨中斷情緣，此時臨已為所迷，怎肯中止？輾轉思想，只有弒父一法，尚可免患，當下告知原碧，正中原碧心坎，既得除去眼中釘，復好做個現成妃子，那有不贊成之理？於是兩人商定，待時下手。臨妻劉愔，得父歆家傳，能觀星象，夜見金木二星，聚會一處，心知有異，趁著臨回至東宮，即與臨語道：「星象告變，恐宮中將有白衣會。」臨聽了白衣會三字，想是指著喪服，大約莽命該死，謀將有成，心下當然暗喜，卻未便與妻說明，支吾一番，又跑入中宮，告知原碧。原碧得了此信，正擬安排毒藥，俟莽入宮，加入茗中，把他毒死。偏莽頒下詔書，貶臨為統義陽王，遷出宮外，臨只好向母告辭，又與原碧流涕訣別，姑從緩圖。莽因妻病未痊，雖將臨遷出東宮，尚未遣令就國。臨既不得見慈母，又不得會情女，滿懷悵望，愁極無聊，乃寄書與母，略言父皇待遇子孫，很是嚴酷，前次兄姪等多壯年早死，臣兒年亦及壯，恐母后不測，兒亦不知命在何時。王氏見書，愈增傷感，就將臨書擲置案上，可巧莽入宮問疾，覽著臨書，又起了一種疑心，意欲徹底查問，及見妻病垂危，不便發作，因將臨書藏入袖中，忿然趨出。過了數日，莽妻竟死，由莽飭令左右收殮，不準臨入宮會喪，待至喪葬已畢，就要將臨事追究，仔細考察。得知臨與原碧通姦，當下召入法吏，拿下原碧，把她刑訊起來。原碧是個柔弱女子，禁不起粗鞭大杖，一經敲撲，就一五一十，供出實情，通姦以外，還有逆謀。當由問官詳報，莽立命搥死原碧，並囑心腹人刺斃問官，把屍首並埋獄中，省得他傳揚出醜。掩耳盜鈴，徒滋人怨。一面賜臨鴆毒，逼命飲下，臨不肯取飲，寧可自剄，拔刀刺胸，須臾畢命，莽賜諡曰繆。又有詔書付與劉歆，謂臨本不明星學，事由臨妻劉愔妄言，致臨犯罪云云。這數語明是歸咎劉愔，叫歆轉囑女兒。歆自恐坐罪，慌

忙將女兒召去，責備一番。愔無從訴冤，含淚回來，服藥自盡，這是地皇二年正月間事。這一月內，莽子新建王安，及莽孫公明、公壽，統皆病死，匝月四喪，莽還不自恐懼，反毀壞漢武漢昭兩帝廟室，騰出空址，作為子孫葬地。看官試想王莽所為，惡不惡，凶不凶呢？小子有詩嘆道：

親生骨肉且尋仇，事到其間也可休。
禍變至斯猶未悟，惡人到底不回頭。

莽既這般凶惡，報應不遠，自然要東反西亂，來殺這逆莽了。欲知後來亂事，且看下回再詳。

古人有言：「外寧必有內憂」，獨王莽則先挑外釁，而內憂乃因之而起，此則莽自欲速禍，故有此變例耳。莽不欲用兵夷狄，則租稅當不至過苛，租稅不苛，則盜賊亦不至過繁，天下方受莽欺而不之察，若莽能噢咻示惠，逆取順守，其或能保全身家，亦未可知。乃外夷未叛而莽獨迫之，平民未亂而莽又毆之，何其悖謬若此！意者其天奪之魄而益其疾歟？況內有逆子，又有淫婢，暗設機謀，欲行大事，禍機伏於肘腋，莽之不死亦僅矣。然天不欲莽之死於兒女子手，姑使之自翦子孫，然後孤危莫救，供人臠割，足快眾心。惡愈稔者報愈酷，非藥死所足蔽辜也。

第三回　盜賊如蝟聚眾抗官　父子聚麀因奸謀逆

第四回
受脅迫廉丹戰死　圖光復劉氏起兵

第四回　受脅迫廉丹戰死　圖光復劉氏起兵

卻說鉅鹿地方，有一男子馬適求，聞莽暴虐不道，意欲糾合燕趙壯士，入都刺莽，事為大司空掾屬王丹所聞，立即上告，莽即發兵捕到馬適求，把他磔死。又遣三公大夫，窮治黨羽，輾轉株連，殺斃郡國豪傑數千人。於是人心益憤，共思誅莽。魏成大尹李焉，素與卜人王況友善，況進語李焉道：「新室將亡，漢家復興，君姓李，李音屬徵，音止。徵有火象，當為漢輔，不久必有應驗了。」焉深信況言，厚自期許。況又東湊西掇，整合讖文十萬言，出示焉前。焉奉為祕本，囑吏抄錄，吏竟竊書逃走，入都報莽，莽忙命捕焉及況，下獄殺死。汝南人郅惲，研究天文歷數，知漢必再受命，慨然上書，勸莽還就臣位，求立劉氏子孫，方能順天應人，轉禍為福。莽自然動怒，飭將惲拘繫詔獄，轉思惲未起逆謀，不過妄言無忌，情跡還有可原，因此格外加恩，下令緩決，後來下詔大赦，才得將惲釋放。想是惲命未該死，故得重生。真正僥倖。莽見人心思漢，越起噁心，索性遣虎賁將士，攜著刀斧，馳入漢高廟中，左斫右劈，毀損門窗戶牖，又用桃湯赭鞭，鞭灑屋壁，即將高廟作為兵營，使輕車校尉住著。又記起王況讖文，謂漢室當興，李氏為輔，因特拜侍中李棽為大將軍揚州牧，賜名為聖，遣令統兵擊賊。上谷人儲夏，自請招降盜首瓜田儀，莽即授官中郎，使他招撫。儲夏去了一趟，取得儀降書，返報王莽，請莽加恩封賞。莽又令儲夏召儀入朝，面授官爵。誰知儲夏再往，儀已死去，只得向莽覆命。莽再命往求儀屍，厚加棺殮，代為起塚設祠，賜諡瓜寧殤男，想藉此羈縻餘盜。偏偏一盜甫死，又添出男女強盜兩人，男強盜叫做秦豐，在南郡間糾眾人，劫掠良民；女強盜叫做遲昭平，家居平原，粗通文字，擅長博弈，居然招集亡賴少年，約數千人，也想入山落草，做個一時無兩的女大王。前有呂母，後有遲昭平，可謂無獨有偶。莽聞報驚心，召集群臣，詳詢平盜方略。群臣尚應聲道：「這都是天囚行尸，命在漏刻，何必多憂？」獨左將

軍公孫祿抗聲道:「盜賊蜂起,咎在官吏,現在太史令宗宣,迷亂天文,貽誤朝廷;太傅唐尊,崇飾虛偽,偷竊名位;國師劉秀,即劉歆,詳見後文。顛倒五經,毀滅師法;明學男官名。張邯,地理侯孫陽,造作井田,使民棄業;羲和亦官名。魯匡,創設六筦,毒虐工商;說符侯崔發,阿諛取容,壅塞下情,為陛下計,亟應誅此數人,慰謝天下。更宜罷討匈奴,仍與和親,休兵息民,方可圖治。臣看新室大患,不在匈奴,卻在這封域間呢!」對牛彈琴,徒失人格。這一席話,說得莽翹起短鬚,現出一張哭喪臉,遽命殿前虎賁,將祿驅出,但嚴令內外牧守,督捕盜賊。荊州盜王匡、王鳳等,盤踞綠林,氣焰甚盛,牧守接到莽詔,不敢違慢,只好選募壯士二萬人,往討綠林。王匡等出來迎擊,大破官軍,荊州牧自去督戰,又被王匡等擊敗,奪去許多輜重,嚇得荊州牧屁滾尿流,慌忙返奔。約行里許,忽突出一大隊強徒,截住去路,為首一位彪形大漢,鬚眉似戟,手持一桿長矛,厲聲呼道:「好漢馬武在此,爾等快留下頭來!」後來馬武降漢,稱為中興名將,故此處獨留身分。荊州牧魂飛天外,忙命驅車旁逸,哪知馬武的長矛,已刺入車中,回手一鉤,立將車轅鉤倒,把一個金盔鐵甲的荊州牧,覆出地上。荊州牧已拚著一死,又聽馬武大叫道:「我等為飢寒所迫,苛政所驅,不得已落山為盜,並非敢戕殺命官,怎奈汝等蠹吏,不思救民,反要虐民,豈不可恨!我今權寄下汝首,叫汝知過必改,勿再肆虐,如若不信,請看此人!」說著,手中矛起,刺死驂乘一將,呼嘯而去。荊州牧方敢爬起,旁顧左右,已皆散走,只有一屍首橫在地上,越覺得膽顫心寒,勉強按定驚魂,呆立片刻,才見逃兵陸續趨回,七手八腳的豎起覆車,請令乘坐,急急的奔歸州署,此後再不敢輕出擊賊,但閉門高臥罷了。

王匡等殺敗官軍,復攻破竟陵城,轉掠雲杜安陸,虜得婦女數十人,仍回綠林山中,縱歡取樂。百姓失去妻女,無從追尋,報官也是無

第四回　受脅迫廉丹戰死　圖光復劉氏起兵

益，徒落得家離人散，十室九空。皇天有眼，也不使綠林盜賊，安享溫柔，驀然降下一場大疫，把綠林山中的嘍囉，瘟死無數，可見盜賊亦有惡報。盜目乃不敢安居綠林，分途引散。王常、成丹西入南郡，號為下江兵。王匡、王鳳、馬武，及支黨朱鮪、張卬等北入南陽，號為新市兵。莽遣司命大將軍孔仁，出徇豫州，再起嚴尤為訥言大將軍，與秩宗大將軍陳茂，同略荊州。兩路已發，又接東海警報，盜魁樊崇，勢甚猖狂，乃更命太師王匡，與更始將軍廉丹，率兵討崇。莽曾改更始將軍為寧始將軍，至此複稱更始。是時郡國官吏，多畏盜如虎，不敢進剿，唯冀平連帥田況，素稱勇敢，募得壯丁四萬人，各給庫械，明定賞格，刻石為約，樊崇等聞風知懼，相戒不入。況上書自請擊賊，所向皆克，莽擢況領青徐二州牧事。況又上書白莽，略言：「盜賊始發，為勢甚微，咎在地方長吏，不以為意，縣欺郡，郡欺朝廷，實百言十，實千言百，朝廷忽略，不加督責，遂致蔓延連州。及遣發將帥，出擊盜賊，又索郡縣供張，竭資迎送，猶恐不足，尚有何心再顧盜賊？將帥復不能躬率吏士，奮勇前敵，每戰輒為賊所創，遂致罷兵豢寇，釀成鉅變。今洛陽以東，連年饑饉，米石數千錢，臣聞朝廷復遣太師與更始將軍，東向討賊，二人為爪牙重臣，兵多人眾，沿途饑匱，何處供求？愚以為不如慎選牧尹，明定賞罰，叫他收合災民，徙入大城，積藏穀食，併力固守，賊來攻城，急不得下，退亦無從掠食，勢難久存，然後可剿可撫，攻必破，招必降。若徒然多遣將帥，勞苦郡縣，恐為害且過盜賊，請陛下即日徵還各使，俾郡縣少得休息。臣況既蒙委任，二州以內，自可平定，願陛下俯允臣言，定能奏效。」這一篇奏章，正是當時良策，偏莽陰加猜忌，疑他沮撓軍心，遽召況為師尉大夫，另派別人替代。

況一入都，齊地遂空，樊崇等只畏田況，聞況奉調入朝，相率慶賀。可巧女盜呂母病死，餘盜多散歸樊崇，黨羽益盛，遂有意窺齊，嚴

申約束，殺人抵命，傷人償創，居然定出軍律，檄示山東。那莽太師王匡，與將軍廉丹，奉命東征，就擇定地皇三年孟夏，辭行出都，文武百官，都至都門外餞行。適值天下大雨，全軍皆溼，有幾個老成練達的長者，看著兵士帶水拖泥，不禁背地長嘆道：「是謂泣軍，泣軍不祥。」天雨也是常事，實因人心怨莽，才有是言。王匡廉丹，共率銳士十萬人，長驅東進，沿途徵餉索械，備極嚴苛，東人作歌謠云：「寧逢赤眉，莫逢太師；太師尚可，更始殺我。」原來樊崇聞匡丹東來，必有大戰，恐黨徒與官兵混鬥，致不相識，因令徒眾用朱塗眉，作為記號，嗣是號作「赤眉」。崇自申明紀律以後，稍禁擄掠，反不若官軍過境，驅脅吏民，廉丹頗得軍心，唯縱兵為虐，比匡尤甚，故時人有此歌謠。百姓恐慌得很，更兼飢不得食，大率扶老攜幼，奔入關中。關吏次第報聞，差不多有數十萬人，莽不得已開發倉廩，派吏賑饑，吏多貪汙，竊取廩粟，饑民仍不得一飽，十死八九。中黃門王業，掌管長安市政，有事白莽，莽問及饑民情形，業詭答道：「這等皆是流民，並非真由饑荒，臣看他流寓都門，還是持粱齒肥呢！」乃出取市上所賣粱飯肉羹，入宮示莽，說是流民所食，大概如是。莽信作真言，遂以為關東饑荒，全是虛報，乃一再遣使至軍，催促廉丹，趕緊剿賊。丹得書惶恐，夜召掾屬馮衍，出書相示。衍乘間進說道：「海內人民，懷念漢德，好比周人追思召公，人所鼓舞，天必相從，將軍今日，莫若屯據大郡，鎮撫吏士，選賢與能，興利除害，方可顯揚功烈，保全福祿，何必衝鋒陷陣，委身草野，反弄得功敗名喪，貽笑後人呢？」丹搖首不答，衍乃退出。越宿即拔營再進，到了無鹽，正值土豪索盧恢等，據城附賊，丹與王匡，麾兵進攻，一鼓直入，殺死索盧恢，斬首萬餘級。當即飛書告捷，莽遣中郎將齎著璽書，慰勞軍士，晉封匡丹為公，賞賜有功將吏十餘人。王匡既得榮封，急思蕩平盜賊，探得赤眉別校董憲等，聚眾數萬，據住梁郡，乃遽令出

第四回　受脅迫廉丹戰死　圖光復劉氏起兵

兵擊憲。廉丹進諫道：「我軍新拔堅城，不免勞乏，今且休士養威，徐徐進行！」匡忿然道：「行軍全靠銳氣，既得勝仗，正好鼓勇深入，君若膽小，我願獨進。」說著，便號令軍士，速赴梁郡，自己一躍上馬，揚鞭出城。丹不好坐觀，也只得帶領親兵，隨後繼進。行至成昌，望見前面排著賊陣，幾與泰山相似，軍士不戰先慌，紛紛倒退，王匡連聲喝阻，尚不肯止。那賊眾已驅殺過來，勢如潮湧，銳不可當，匡知不能支，也即退走，慣說大話，往往無能。賊眾在後追趕，殺斃官軍無數。匡抱頭逃回，正與廉丹相值，高聲說道：「賊勢浩大，不可輕敵，快逃走罷！」丹不覺瞋目道：「能戰方來，不能戰便死，奈何遽走！」匡滿面懷慚，俯首無言。丹越覺氣憤，從懷中取出印綬符節，擲付與匡道：「小兒可走，我為國大將，除死方休。」一面說，一面即躍馬前進，突入賊軍。賊一擁齊上，把丹困住垓心，丹格殺賊徒數十人，終因寡不敵眾，力盡身亡。為莽戰死，殊不值得。麾下校尉汝雲、王隆等二十餘人，同聲說道：「廉公已死，我等何為獨生？」當即拚命血鬥，並皆戰死。只王匡已經走脫，不得不據實報聞，莽下書哀悼，諡丹為果公。國將哀章，自願赴軍平賊，也要出去送死了。莽即遣章東行，與王匡合力御盜。又使大將軍陽浚屯兵敖倉，大司徒王尋統兵十萬，鎮守洛陽。嗣聞嚴尤、陳茂一軍，先勝後敗，未見得利，免不得焦灼萬分，乃擬遣風俗大夫司國憲等，俱是莽時官名。分巡天下，飭除井田奴婢山澤六筦諸禁，與民更始。

　　書尚未發，忽覺得一聲霹靂，突出一位漢家後裔，起兵南陽白水鄉，即舂陵封地。要來討滅王莽，索還漢室江山。真命天子出現，應該大書特書。這人為誰？乃是漢景帝七世孫，為長沙定王發嫡派，本姓是劉，單名為秀，表字文叔，身長七尺三寸，美鬚眉，大口隆準，確是漢朝龍種，比眾不同。從前景帝生長沙定王發，發生舂陵節侯買，買生郁林太守外，外生鉅鹿都尉回，回生南頓令欽，欽娶湖陽樊重女為妻，生

下三子，長名縯，次名仲，又次名秀。秀生時，適有嘉禾一莖九穗，因以秀字為名。九齡喪父，寄居叔父劉良家，成童後好稼穡。長兄縯，表字伯升，獨有大志，好俠養士，常笑秀為耕傭，比諸高祖兄仲。秀受兄揶揄，也覺業農非計，乃入都求學，拜中大夫許子威為師，肄習尚書，能通大義，嗣因資用乏絕，仍然歸家。秀有一姊，曾適新野人鄧晨，彼此誼關郎舅，時相往來。一日邀秀至穰人蔡少公家，適值賓朋滿座，敘談朝事，晨與秀都是後生，幸得少公招呼，參坐末席。少公素習圖讖，與大眾述及讖語道：「將來劉秀當為天子！」座中有一人起問道：「莫非就是國師劉秀麼？」原來莽臣劉歆，也嘗究心讖緯，依著讖文，故意改名為秀，回應上文。所以座客聞少公言，還道是秀為國師，容易得為天子，故有是問。少公尚未及答，但聽末座上笑聲忽起，接說一語道：「怎見得不是僕呢？」大眾聞聲瞧著，乃是劉秀發言，都不禁哄堂大笑。誰知果然是他。秀揚長趨出，晨亦告退。

　　宛人李守，曾為莽宗卿師，素好星曆讖紀，嘗私語子通道：「劉氏不久當興，李氏必將為輔。」通將父語記諸心中，也想做個攀龍附鳳的功臣。至新莽地皇三年，新市兵竄入南陽，平林人陳牧廖湛，也聚眾千餘人，起應王匡、王鳳，號平林兵，鬧得南陽境內，風鶴皆驚。李通從弟李軼，因向通進說道：「今日四方擾亂，想是漢室當興，南陽宗室，只有伯升兄弟，泛愛容眾，可與共謀大事，願兄勿失此機！」通欣然道：「我意也是如此。」可巧劉秀來宛賣穀，通與軼乘便迎入，與商起義，秀並不推辭，即與訂約，歸告兄縯。縯自王莽篡位後，常懷不平，暗中散財傾產，結交豪傑，約莫有百餘人，至此一齊召集，面與計議道：「王莽暴虐，海內分崩，今復枯旱連年，兵革並起，這是天亡逆莽的時候，我等正好舉事，起復高祖舊業，平定萬世了！」眾豪傑統拍手贊成，乃分遣親友四出，招募士卒，自發春陵子弟，指日興師，子弟視為畏途，

第四回　受脅迫廉丹戰死　圖光復劉氏起兵

各謀躲避，競言伯升造反，必將殺我。嗣見劉秀亦穿著軍裝，披絳衣，戴大冠，不由的驚疑道：「他是有名謹厚，為何也這般裝束，莫非果好起事麼？」竟究是謹厚的好處。乃稍稍趨集，共得子弟七八千人，縯自稱柱天都部，秀年方二十有八，助兄舉義，專待李通兄弟到來。通使弟軼出招徒眾，自在宛城暗暗布置，準備起應。不料事機未密，被人發覺，當由守吏帶著兵役，來捕李通。通聞風逃去，通父守與全家眷屬，不及奔避，盡被拘去。官吏立即報莽，莽立即下令族誅，共死六十四人。一事未成，便至傾家，也覺可憐。縯探得李通家屬，俱被捕戮，料知通不能起應，乃使族人劉嘉，往說平林新市諸頭目，求他幫助。嘉素有口才，憑著那三寸舌，說動了兩路兵，彼此定議，合兵進攻長聚，又搗入唐子鄉，誘殺湖陽縣尉。沿途奪取財物，卻是不少，盜眾欲據為己有，劉氏子弟，也要分肥，兩下裡爭奪起來，勢且決裂，虧得劉秀臨機應變，好言勸解族人，令將所得財物，盡畀兩路盜兵，盜眾方才喜歡，願與劉秀共攻棘陽。棘陽守兵寥寥，兩三日即得奪下，李軼鄧晨，亦從他處招得壯丁，來會劉縯。縯擬進取宛城，率眾至小長安聚，忽來了莽將甄阜、梁邱賜，帶領兵馬，截住中途。縯怎肯退還？自然麾眾接戰，已殺得難解難分，驚見天空中降下大霧，籠住兩軍，咫尺不辨南北，莽軍多係騎兵，趁勢蹴踏，縯眾統是徒步，如何支持？一時紛紛四散，潰走各方。此次縯傾寨前來，連家眷都帶在後面，滿望順風順勢，直達宛城，不防途中遇著這般敗仗，只好各走各路，顧不得家屬存亡。劉秀亦匹馬奔逃，路旁碰著女弟伯姬，急忙喚令上馬，並騎前奔。走了半里，又與姊遇，復促令上馬同逃。姊即鄧晨妻室，單名為元，見秀已挾妹同走，怎好三人一馬？便揚手一揮道：「弟妹快走！此時已不能顧我了！毋令一齊喪命！」秀還想要勸，怎奈後面喊聲震地，有追兵驅殺過來，那時只得急走，可憐姊元及三女兒，盡被追兵殺死。還有秀從兄劉仲，及

族人數十,亦敗死亂軍中。縯退保棘陽,收集殘兵,十去四五,及見秀與妹到來,心中稍慰。秀與述及姊元兄仲,陷入敵兵,恐怕不能生還,縯待了許久,未見蹤跡,想是已死,禁不住涕淚交併。俄而新市、平林兩路賊目,入見劉縯道:「莽將甄阜、梁邱賜,已渡過潢淳,屯兵泚水,聞他兵勢浩大,不下十萬,所有輜重,悉數留住藍鄉,他卻斷橋塞路,示無還心,眼見得來奪棘陽,與我拚命,我等寡不敵眾,弱不敵強,如何抵禦?不如棄城先走,還可保全生命!」劉縯聽了,很是焦急,只得好言勸慰,教他少安毋躁,另籌良謀。正惶惑間,忽有一人馳入,朗聲呼道:「下江兵已到宜秋,何不前去乞援呢?」劉秀在旁接口道:「李兄前來,好了好了!」卻是一條生路。縯尚未知來人為誰,及劉秀與他說明,才知便是李軼的從兄李通。當下延通入座,問及下江兵來歷,通答說道:「通未曾起事,家屬先亡,只剩得子身孤影,奔走四方。探聞下江兵帥王常,頗有賢名,特地致書相招,邀他來攻宛城,今彼已到宜秋,又知君困守棘陽,所以急忙趕來,請君往會下江兵。」縯問通曾否熟識王常,通答說道:「素來相識,何妨往見?我等俱有口舌,還是怕他不成?」劉縯大喜,即與通同行,並囑秀隨往,一徑至宜秋軍營。營兵見縯等馳至,問明來意,縯即答說道:「願見下江一位賢將,與議大事。」兵士當即入報。此時下江營內,王常以外,尚有成丹等人,共推王常出見,常乃迎入縯等,見縯兄弟姿表不凡,已是起敬。兩下問答姓名,敘及軍事,縯口講指畫,詞辯滔滔,再加李通從旁參議,常頓時大悟道:「王莽殘虐,百姓思漢,今劉氏復興,就是真主,常願助君一臂,佐成大功。」豪爽得很。縯笑答道:「事若得成,難道我家獨享麼?」當下面訂契約,起座告別,常送出營外,還白黨徒,成丹等齊聲道:「大丈夫既經起事,當思自主,何必依人?」常搖首道:「王莽苛酷,致失眾心,現在人皆思漢,蠢然欲動,所以我等得乘機起事,但欲建大功,必須應天順

第四回　受脅迫廉丹戰死　圖光復劉氏起兵

人，若徒負強恃眾，雖得天下，亦必復失，試想秦皇項羽，何等威武，尚致覆亡，何況我等布衣，嘯聚草澤呢？今南陽諸劉，舉族起兵，我看他來議諸人，統是英雄，非我輩所能及，若與併合，必成大功，這是上天保佑吾儕，不可錯過！」成丹張卬，方才悅服，即與常引兵至棘陽，與縯相會，新市、平林諸兵，見有援兵到來，亦皆歡躍。這一番有分教：

漫道鯨鯢吞海甸，好看龍虎會風雲。

欲知劉縯如何排程，且至下回敘明。

食人之祿，忠人之事，此為古今通論。但如廉丹之戰死成昌，史家不言其死節，或反大書特書曰：「赤眉誅廉丹。」夫赤眉賊耳，廉丹助逆，亦不過一賊而已，以賊殺賊，獨書曰誅，詞似過激。然即此可以見出處之大防，助逆而死，死且遭譏，為人臣者，顧可不擇主而事乎？劉縯倡義，秀乃輔之，閱史者必以為秀之中興，實賴長兄，不知秀亦非真事田產，無志光復者，觀其「安知非僕」之言，已見雄心；乃絳衣大冠，身服軍裝，而族中子弟，謂謹厚者亦復如是，此正所以見秀之權略耳。遵時養晦，一飛沖天，秀之才實過乃兄，宜乎兄無成而弟獨得國也。

第五回

立漢裔淯水升壇　破莽將昆陽掃敵

第五回　立漢裔淯水升壇　破莽將昆陽掃敵

卻說劉縯會合下江兵，氣勢復振，連新市、平林諸兵，亦改易去志，摩拳擦掌，專待廝殺。縯令各路兵分作六部，休息三日，大排筵宴，與各將士痛飲一宵，申立盟約，時已為新莽地皇三年十二月中。各將士過了三日，便請縯發令出兵，縯謂出兵尚早，當再緩數天。好容易到了除夕，大眾方預備守歲，忽由縯傳發軍令，叫他潛師夜起，進襲藍鄉。藍鄉距棘陽城約數十里，莽將甄阜、梁邱賜，曾在該處留屯輜重，見前回。縯為劫糧起見，留秀守城，自率各路人馬，偃旗息鼓，悄悄地行至藍鄉。藍鄉輜重屯聚，非無守兵，只因除夕守歲，大都飲酒至醉，睡夢甚酣，驀被縯軍攻入，連逃避都是不及，還有何心保守輜重？有幾個腳長手快的，披衣急起，開步就逃，僥倖保住頭顱；若少許遲慢，便做了刀下鬼奴。縯等掃盡守兵，就將所屯輜重，一古腦兒搬運回城，天色不過黎明，已經是正月元日了。縯又點齊軍士，置酒犒勞，大眾喜氣洋洋，巴不得立攻泚水，誅死莽將。縯見士氣可用，立命畢飲，引軍再出，直向泚水出發。莽將甄阜、梁邱賜，方接得藍鄉敗報，輜重盡失，急得倉皇失措，不意敵眾復到眼前，沒奈何出兵抵敵。縯分部兵為左右翼，使下江兵攻東南，自率本部攻西南。甄阜、梁邱賜，也分隊接仗，阜拒縯眾，賜敵下江兵。下江兵銳厲無前，才閱半時，便把賜陣突破，賜望後退走。甄阜方督兵奮鬥，望見賜軍已潰，不禁氣沮，部下愈加洶懼，一動百動，盡皆散走，阜禁遏不住，隨勢返奔。偏後面有潢淳水阻住，急切無從飛渡，一大半不顧死活，紛紛投水，一小半是尚在徘徊，被後面追兵趕到，亂戮亂剁，殺斃了萬餘人。甄阜、梁邱賜心慌意亂，先後斃命。潢淳水中，又溺斃無數。尚有殘眾好幾萬人，得渡彼岸，統覓路逃生去了。寥寥數語，卻寫得有聲有色。

莽將嚴尤、陳茂，聞知下江、新市諸兵，連合劉縯，殺斃甄阜、梁邱賜，料知宛城垂危，慌忙引著大軍，前來守宛。早有探馬報達劉縯。

縯因宛城堅固，倘被莽兵守住，與前途大有妨礙，因即陳師誓眾，焚積聚，破甑釜，鼓行直前。兩軍在淯陽相遇，縯匹馬當先，持槊陷陣，各將士奮勇繼進，一當十，十當百，百當千，殺得莽兵東逃西散，人仰馬翻。嚴尤、陳茂，從未經過這般厲害，只恐喪掉性命，拍馬走還，連部兵都不暇顧及。兵士見無主將，多半投械乞降，逃去的不過二三成。縯乘勝進攻宛城，查點降卒，不下二三萬，自己部兵也有一二萬，加入新市、平林、下江三大部，差不多有十萬人，此外尚有陸續投附，今日數十，明日數百，真是多多益善，如火如荼。縯即紮下大營，命各軍分布城外，把一座宛城，圍得鐵桶相似。諸將以兵多無主，不便統一，欲立劉氏為主，借從人望。南陽豪傑，均擬立縯，獨新市、平林諸頭目，憚縯威明，選出一個庸懦無能的人物，奉為漢帝。這人也是劉氏宗室，名玄字聖公，係是舂陵侯買長子熊渠曾孫，前回所敘郁林太守外，就是熊渠少弟。與劉縯兄弟系出同支，曾在平林軍中，列入頭目，號為更始將軍，生性懦弱，無甚勇略，新市渠帥王匡、王鳳、朱鮪、張卬，平林渠帥陳牧、廖湛，都欲利用劉玄，暗中定議，叫他做個傀儡皇帝，方好任所欲為。縯尚未聞知，及各渠帥與縯說明，縯始慨然道：「諸將軍欲推立漢裔，厚情可感，唯愚見略有不同，目下赤眉嘯聚青、徐，有眾數十萬，若聞得南陽，已立宗室，必然照樣施行，彼一漢帝，此一漢帝，兩帝不能並立，怎能不爭？況王莽未滅，宗室先自相攻，坐失威權，如何再能破莽？自古以來，首先稱尊，往往不能成事，陳勝項羽可為前鑑，今舂陵去宛三百里，尚未攻克，便想尊立，是使後人得乘吾敝，寧非失策？愚意不如暫稱為王，號令軍中，若赤眉所立果賢，我等不妨往從，當不至奪我爵位。否則西破王莽，東收赤眉，然後推立天子，也不為遲。」劉縯此議，未嘗輕玄，而輕玄之意，自在言外。南陽諸將，聽了縯語，當然稱善，就是王常亦極口稱同。不料新市黨徒張卬，怒目起

第五回　立漢裔淯水升壇　破莽將昆陽掃敵

座，拔劍擊地，且悍然道：「疑事無功，今日我等已經定議，不得再有二言！」縯只好含忍過去，默然無語。諸將見縯且如此，樂得做個好好先生，於是決議立玄，就在淯水岸上，築起一罈，擇期二月朔日，立劉玄為皇帝。玄首戴帝冕，身服皇袍，由諸將帥擁登壇上，南面升座，大眾都稱臣拜賀。玄不敢坐定，戰兢兢的起立座前，心中七上八下，好似小鹿兒亂撞。聽得眾人山呼萬歲，不由的面龐發赤，冷汗直流。如此無用，何不固辭？待至朝賀禮畢，惘然下壇。回入營中，自有一班捧戴的臣工，預先擬定國號，稱為更始。又封拜王匡、王鳳為上公，朱鮪為大司馬，劉縯為大司徒，陳牧為大司空，劉秀為太常偏將軍，此外諸將，亦各有職使，不及備述。史家載是年為更始元年，削去王莽地皇年號。但是十月，莽亦被誅，事見後文。劃清眉目。

且說王莽聞劉縯起兵，大加震懼，特懸出重賞，購緝劉縯，如有人將縯擒住，封邑五萬戶，賜金十萬斤，位居上公。又令長安中官署，及天下鄉亭，各繪縯像，每旦起射，作為厭勝。呆賊。一面佯示鎮定，命有司廣選淑女，得一百二十一人，送入都中，莽親自審視，個個是美貌娉婷，最看中有一麗姝，乃是杜陵人史諶女兒，輕盈嬝娜，豔冶無雙，可惜薄命！當下選為繼後，召入史諶，特給黃金三萬斤，當作聘禮，還有車馬奴婢，雜帛珍寶，不可勝計。莽年已六十有八，鬚髮盡白，他卻用煤塗髮，用墨染鬚，假充壯年男子。且使史氏女出外復入，載以鳳輦，直至殿前下輿，由莽行親迎禮，出殿迎女，至上西堂同牢合巹，備極隆儀。封史諶為和平侯，拜寧始將軍，諶子二人，並授官侍中。又將一百二十名淑女、悉數納入後宮，賜號和嬪美御，和為上號，計三人，祿秩如公；嬪為次號，計九人，祿秩如卿；又次為美，計二十七人，祿秩如大夫；又次為御，計八十一人，祿秩如元士。既要縱樂，何必附會古制，多設名目？這一百二十人添居宮內，意欲輪流召幸，可奈年力已

衰，不能如願。乃再徵方士入宮，叫他製合仙藥，務使返老為童，可御諸女。方士等有何仙術？無非把提神興陽的藥品，熔合成丸，供莽服食。莽略覺有濟，勉力合歡，也是這一百二十個美人兒，數合遭晦，無端做那老賊的玩弄品！想莽賊亦自知速死，樂得肆淫。莽又大赦天下，飭令四方盜賊，一律解散，不咎既往，若有迷惑不返，將遣百萬雄師，一體剿絕。覆命各路將士，趕緊進兵，沿途遇賊來降，不得妄殺，否則合力殄滅云云。此等文書，連日頒發，約莫有好幾十萬。偏文告日多一日，亂端亦日盛一日，俄而劉玄稱帝的消息，傳入宮中，又俄而劉縯圍宛，劉秀等又別攻潁川，下昆陽，拔郾縣，入定陵，急得王莽無心縱樂，不得不召集群臣，會議發兵。當時只有大司空王邑，大司徒王尋，係莽心腹子弟，最算效忠，當由莽遣令至洛，大發郡國兵馬，擬召集百萬，號為虎牙五威兵，使邑便宜行事，得專封賞。邑乘驛先行，尋復繼進，既到洛陽，分頭徵兵，好容易調動四十二萬人，號稱百萬，直指昆陽。莽又選募知兵能人，得六十三家，人數有好幾百，使至軍前參謀。再命巨毋霸為壘尉，歸王邑王尋節制。巨毋霸能役使猛獸，特至上林獸圈內，放出許多虎豹犀象，使作前驅，一路上張牙舞爪，耀武揚威，直抵王邑、王尋營中。就是嚴尤、陳茂，收合敗兵，尚有二三萬人，一併與王邑王尋會合，旌旗輜重，千里不絕，自從秦漢以來，沒有見過這般大軍，幾乎好橫行天下，無人敢當。反跌下文。劉秀正奉更始皇帝命令，帶同王鳳、王常、李軼等，連下數城，留守昆陽，聞得莽軍大至，乃遣偏師數千人，往截陽關。數千人到了關前，正值莽兵遠遠馳來，望將過去，好似螞蟻攢集，不勝指數。更奇怪的是前驅大將，身長體偉，面醜髯張，坐下一乘極大的兵車，兩面插著虎旗，帶領一大群猛獸，搖尾前來，漢兵見所未見，不知是何妖魔，來助新莽，你也驚，我也慌，索性回頭就跑，逃還昆陽。劉秀問他何故逃歸？大眾一片譁聲，說得莽

第五回　立漢裔淯水升壇　破莽將昆陽掃敵

軍如何厲害，如何怪異，不但守兵聞言大駭，連王鳳、王常、李軼諸人，也是面面相覷，形色倉皇。襯跌劉秀。獨劉秀從容自若，還像沒事一般。王鳳忍不住說道：「莽兵如此奇悍，來迫我城，小小昆陽，眼見是固守不住，何如知難先退，還得共保身家？」眾皆應聲如響，無一異詞，劉秀慨然道：「今兵穀既少，突遇強寇，全靠將士併力抵禦，方可圖功，若望風解散，必至玉碎，萬難瓦全。況宛城未下，不能相救，再加昆陽一破，寇眾長驅直進，恐在宛諸部，亦被滅亡。諸公不思同心合膽，共立功名，反欲牢守妻子財物，難道妻子財物，果能就此保全麼？」眼界獨超。王鳳等聞言發恨道：「劉將軍有何膽略，竟敢如此？」秀一笑而起，諸將各分頭理裝，亟欲出走，忽又有探馬報入，莽兵已至城北，迤邐數百里，不見後隊，大約總有數十萬人。諸將聽了，越加失色，轉思敵臨城下，走亦嫌遲，只可別圖良策，暫濟眉急。當下無人可商，只有劉秀紆徐不迫，究未知他有何良謀，乃再與秀計議。秀答說道：「諸公若聽我言，未必有敗無成，今日城中只有八九千人，勢難出戰，幸虧城堅濠闊，尚可相持。但外無救兵，內乏現糧，最多亦不過守住旬餘，眼前只有派出數人，至郾與定陵兩縣，招集守兵，背城一戰，方可解圍。究竟誰守誰出，還請諸公自認。」王鳳因敵已憑城，不敢輕出，因高聲答應道：「我願居守！」秀再問何人敢出，好多時不聞聲響，乃毅然直任道：「諸公既都願守城，由秀自往。」言未畢，又有一將道：「我亦願往！」全是激出來的。秀見是李軼應聲，遂邀與同行，留王鳳、王常居守，自率壯士十人，束裝停當，待夜乃發，還有將軍宗佻，見秀義勇可嘉，亦願從行。共計有十三人，乘著天昏月黑，潛開南門，跨馬銜枚，向南疾走。莽軍初臨城下，統在城北駐紮，休息一宵，約定詰旦攻城，未嘗顧及城南，秀等十三騎竟得馳脫。也有天幸。

到了翌晨，王邑縱兵圍攻昆陽，嚴尤向邑獻議道：「昆陽雖小，城郭

甚堅,今劉玄盜竊尊號,乃在宛城,我軍不若乘銳趨宛,彼必駭走,宛城得勝,哪怕昆陽不服哩!」邑搖首道:「我前為虎牙將軍,圍攻翟義,一時不得生擒,便遭詰責,今統兵百萬,遇城不拔,如何示威?我當先屠此城,喋血再進!」說著,即指揮部眾,環繞昆陽城,約數十匝,列營百數,鉦鼓聲達數十里。一面豎起樓車,高十餘丈,俯瞰城中,且用強弩亂射,箭如飛蝗,城中守兵,輒受箭傷,甚至居民汲水,統是揹著門戶,不敢昂頭。再用衝車撞城,泥土粉墜如雨。王鳳等提心吊膽,寢食不遑,沒奈何投書乞降。王邑不許,自謂旦夕可下此城,要想殺個痛快,表揚聲威。嚴尤復進諫道:「兵法有言,圍城必闕一角,宜使守兵出走,免得死鬥,況有兵逃出,亦可使宛下偽主望風破膽,豈不更善?」邑勃然道:「我正要屠盡此寇,還好縱令逃走麼?」又不聽尤言,意氣甚豪。是夜有流星墜入營中,到了詰旦,復有黑氣蔽營,狀如山倒,當營隕下,營兵統皆驚伏,詫為奇事。覆敗之兆。

約莫過了旬餘,已是六月朔日,城中守卒,待援不至,已覺得無法再生,可巧劉秀、李軼等,悉發郾、定陵兩邑守兵,冒險進援。兩邑兵也不過萬人,由秀自為前鋒,領著步騎千人,向著王邑大營,遠遠挑戰。王邑在營中遙望,見來兵寥寥無幾,不值一掃,因只遣數千人出敵。秀麾兵猛進,斬首數十級,竟把敵兵嚇退,諸將不禁喜躍道:「劉將軍生平,見小敵尚有懼容,今遇大敵,反覺勇氣百倍,真正奇極,我等願前助劉將軍。」不如是不成為劉將軍。於是人人思奮,個個爭先,隨著劉秀追殺過去,又梟得數百顆頭顱。邑聞前軍敗退,再遣數千人援應,也阻不住漢兵,反被他砍倒無數,只好紛紛倒退。劉秀得直抵城下,遙呼守兵道:「汝等無恐!宛下兵已悉數來援了!」看官聽著,這是秀故意偽言,安定城中士心。城上守兵,雖略有所聞,但見來兵不多,尚未敢出城夾擊。秀又使弁目佯墜軍書,使王邑部兵拾去,書中無非說是宛

第五回　立漢裔淯水升壇　破莽將昆陽掃敵

兵大至，請守吏無恐等語。王邑得書，也覺驚心，但尚自恃人多勢旺，足敷抵禦，下令諸營不得妄動，自與王尋等列陣城西，依水待著。也欲擺背水陣麼？昆陽城西北有滍川，東流入汝，王邑就在岸上踞住。劉秀選得敢死士三千人，直衝邑陣，統是以一當百，不顧死生。從來行軍接仗，越惜命越是要死，越拚命越是得生，秀部下都是拚命，邑部下都是惜命，所以邑兵雖眾，反不及秀軍的厲害，好容易突入中堅，殺得邑兵七零八落。呆頭呆腦的王尋，還想上前攔截，被劉秀大喝一聲，嚇退三步，秀部下的敢死士，知是敵營大將，一擁上去，你一刀，我一槍，把王尋砍落馬下，立時斃命。王邑見王尋被殺，無心戀戰，只有退走一法。各營復守著軍令，不便出援，那漢兵膽氣越壯，喊殺聲震動天地，再加昆陽城內的守兵，望見援軍得勝，也由王鳳等帶同出城，來湊順風。莽軍壘尉巨毋霸，本尚依令守營，耐心待命，及聞王尋陣亡，王邑退卻，不出的咆哮起來，當即驅出猛獸，衝突漢兵。漢兵倒也著忙，只恐為獸所噬，稍稍住腳。驀聽得雷聲大震，雨勢狂奔，豁喇喇的幾陣怪風，竟將虎豹犀象等吹轉，反去衝動巨毋霸。巨毋霸弄得沒法，也只好向後退走，後面就是滍川，退無可退，偏猛獸不省人事，儘管向巨毋霸擠去，巨毋霸立腳不住，撲通一聲，墜入水中，身重腳沉，不能上躍，簡直是無影無蹤，漂入水國去了。這叫做巨而毋霸，名足副實。巨毋霸一死，各營皆震，統是不待軍令，棄營亂跑。虎豹犀象等獸，還在岸邊狂竄，往往連人帶獸，並墮入水。水復驟漲，就使素善泅水的兵士，也落得無技可施，活活溺死。王邑、嚴尤、陳茂等，跨馬鳧水，虧得水中有許多死屍，替他填底，才得渡過彼岸，狂奔而去。劉秀傳令軍士，不必窮追，但命將敵營輜重，搬運入城，一時不能盡取，聽令遺留，待至明日再取。所有數十萬莽兵，除死亡數萬人外，任他四逸，自與諸將緩轡入城，真是好整以暇。次日再令兵士出搬輜重，仍然不盡，接連搬運

了好幾日，還有零碎雜物剩下，付諸一火。這便是昆陽大捷，成就了漢室光復的首功。小子有詩讚道：

身當大敵反從容，一鼓能銷百萬鋒。

水漲血流風效順，天公畢竟助真龍。

昆陽解圍，群情鼓舞，更可喜的是一座宛城，早由劉縯攻下了。欲知宛城攻克情形，待看下回分解。

劉伯升知首事之難成，勸諸將不必立玄，言固甚是。但伯升亦自犯首事之戒，若稍示退讓，姑且韜晦，則使他人當其咎，而一己受其成，亦未始非權宜之善策。惜乎其英鋒太露，為人所嫌，卒至宵小播弄，不得其死，可悲亦可憫也。若乃弟文叔，則深知此道矣，見小敵反怯，見大敵獨奮，令人無從端倪。昆陽一戰，以什不及一之兵士，能摧王邑王尋之軍鋒，是何神勇，得此奇捷，雖天心助順，風雨齊來，然必有義勇之過人，始得仰邀天佑耳。史稱昆陽一役，為漢室中興之基礎，本回摹寫聲容，亦覺筆酣墨舞，有其事不可無其文，勿遽以小說目之可也。

第五回　立漢裔淯水升壇　破莽將昆陽掃敵

第六回

害劉縯群奸得計　誅王莽亂刃分屍

第六回　害劉縯群奸得計　誅王莽亂刃分屍

卻說昆陽大捷以前，宛城守將岑彭，已經出降。彭字君然，係是棘陽人氏，居守本縣。棘陽為劉縯所奪，彭率家屬奔往甄阜，阜責他不能固守，拘彭母妻，令他立功贖罪。至阜敗死，彭得挈領母妻，奔入宛城，與副將嚴說共守。劉縯等進軍攻宛，約經數月，城中糧食已盡，望援不至，累得勢窮力竭，只得與嚴說一同出降。諸將欲將彭處斬，縯獨勸阻道：「彭係宛城吏士，盡心固守，不失為義！今既舉大事，當表義士，不如封他官爵，方可勸降。」劉玄乃封彭為歸德侯，隸縯麾下。岑彭亦中興名臣，故詳敘履歷。宛城既下，再加昆陽解圍，漢威大震，海內豪傑，往往起應，殺死牧守，自稱將軍，用劉玄更始年號，靜待詔命。劉秀由昆陽出略潁川，屯兵巾車鄉，擒住郡掾馮異，面加訊問。異字公孫，潁川郡父城人，少好讀書，頗通兵法，曾為潁川郡掾，監督五縣。當時留居父城，與父城縣長苗萌為莽拒漢。及聞劉秀出兵略地，料他必來攻父城，父城守兵甚少，因欲向旁縣招兵，孑身外出，不料被秀軍擒住。押入見秀，異既供述姓名履歷，復申說道：「異子然一身，無關強弱，死亦何妨，但有老母留居城中，若明公肯釋異見母，異願歸據五城，聊報公恩！」秀聽他語誠意美，即縱令回去。異返至父城，對著苗萌，極言劉秀仁明，不如歸降，萌依了異言，即與異出降劉秀，異為傳檄四城，盡令歸漢，秀即留異與萌，共守父城。

嗣是縯秀二人，威名日盛，新市、平林諸將，陰懷猜忌，嘗向劉玄處進讒，以為劉縯不除，必為後患。劉玄本不識好歹，又被他一番浸潤，當然動心，乃與諸將商定密謀，待機發作。會王鳳、李軼等，自昆陽城輸運糧械，接濟宛城，諸將以為時機已至，即入獻狡謀，藉著犒軍名目，大會將吏，縯當然在列。劉玄見縯佩劍，故意的說他奇異，欲即取視，縯性情豪爽，不知有詐，當即拔劍出鞘，付與劉玄。玄接劍在手，把玩不釋，新市、平林諸將，不禁著急，忙使繡衣御史申屠建，獻

上玉玦，玄仍然不發一言。我說他還是厚道。諸將無可奈何，只暗怨劉玄無能，未幾罷會，玄將劍仍付與縯，返身入內，縯攜劍趨出，大眾皆散。縯舅樊宏，私下語縯道：「我聞鴻門大會，范增嘗三舉玉玦，陰示項羽，今日申屠建復獻玉玦，我看他居心叵測，不可不防！」縯似信非信，微笑無言。其實劉玄向縯取劍，明是有人教他，待縯將劍奉上，便好誣他謀弒罪名，把他殺死。偏玄遲疑未決，不敢照行，申屠建獻入玉玦，就是叫玄速決的意思，玄又不省，總算縯命尚未絕，才得脫身。但縯以為劉玄庸弱，不足深慮，因此一笑作罷。獨新市、平林諸將，未肯就此罷休，又去聯繫李軼，一同設法。軼本在劉縯部下，不屬新市、平林黨派，偏他諂事新貴，賣友希榮，竟甘心做那兩黨爪牙，與謀除縯。從前劉秀在宛，曾見軼行為奸詐，勸縯不可信任，縯以為用人不疑，待遇如故，誰知他反覆無常，果如秀言。這是劉縯粗豪之失。有部將劉稷，勇冠三軍，當劉玄稱帝時，稷怒說道：「此次起兵討逆，全是伯升兄弟兩人做成，更始何功，乃敢稱尊號呢？」玄頗有所聞，特授稷為抗威將軍。稷不肯受命，玄遂與諸將陳兵數千人，召稷入問，不待開口，便將他拿下，喝令推出斬首。惱動了劉縯一人，挺立玄前，極力固爭。玄又覺沒有主意，俯首躊躇。不意座旁立著朱鮪、李軼，左牽右扯，暗中示意，逼出劉玄說一「拿」字，道聲未絕，已有武士十餘人，跑到縯前，竟將縯反綁起來。縯自稱無罪，極口呼冤，偏偏人眾我寡，不容分說，立被他推至外面，與稷同斬。一位首先起義的豪傑，竟枉送性命，徒落得三魂渺渺，馳入鬼門關去了。閱至此不禁長嘆。

劉秀時在父城，聞得阿兄遇害，痛哭一場，當即起身詣宛，見了劉玄，並不多言，只引為己過。司徒官屬，向秀迎弔，秀亦唯依禮答拜，不與私談。又未敢為縯服喪，一切起居飲食，仍如常時。有人問及昆陽戰事，他卻歸功諸將，毫不自矜。何等深沉！原非乃兄所能及。劉玄見

第六回　害劉縯群奸得計　誅王莽亂刃分屍

秀不動聲色，反覺得自己懷慚，乃拜秀為破虜大將軍，封武信侯，再遣王匡進攻洛陽，申屠建、李松等進攻武關。

兩路兵馬，領命去訖。那王莽聞得昆陽大敗，險些兒心膽俱碎，還想詭託符命，鎮壓人心。明學男張邯，進言符命，妄引《易經》同人卦九三爻辭云：「伏戎於莽，升其高陵，三歲不興。」這三語說作當代的讖文，莽係帝名，升即劉伯升，高陵即高陵侯子翟義，伯升與義，在新室下暗伏兵戎，最多不過三歲，終不能興。虧他援引，虧他解釋。群臣聽邯滿口荒唐，未免竊笑，不過對著莽前，還只得順旨阿諛，齊呼萬歲。莽又令東方將士，解送罪犯數人入都，途次揚言是劉伯升等，已經擒獲，特送入正法云云。百姓也知他是騙語，無人輕信，付諸一笑。假面具總要戳破。時有莽將軍王涉，素通道士西門君惠，惠好談天文讖記，嘗語王涉道：「讖文謂劉氏復興，國師公姓名，就當應讖文了。」涉記著惠言，往告大司馬董忠，復與忠厯至國師殿中，談及讖緯，國師不應。既而王涉屏人與語道：「涉欲與公共安宗族，奈何公不肯信涉呢？」國師就是劉歆，早已曉得讖文，因改名為秀。他見涉語真情摯，才答說道：「我仰看天文，俯察人事，東方必能有成。」涉接口道：「我知新都侯幼年多病，指莽父。功顯君平素嗜酒，指莽母。未見得定有生育，現在新室皇帝，恐非我家所出。涉與莽同宗，故自稱我家。現在董公指董忠。主中軍，涉領宮衛，公長子伊休侯主殿中，歆長子名疊，封伊休侯，為莽中郎將。若能同心合謀，劫帝降漢，彼此宗族，都可保全，否則難免夷滅了！」歆不禁心動，贊成涉議，且語涉道：「當待太白星出現，方可舉事。」涉將歆言轉告董忠，忠因司中大贅莽時官名。起武侯孫伋，亦嘗主兵，不得不邀令同謀。伋卻也許諾，歸至家中，神色頓變，食不下嚥，伋妻瞧著，料有他事，一經研詰，伋竟和盤說出。伋妻大驚，勸伋速去訐發，一對混帳夫妻。伋尚覺不忍，經妻舅陳邯得知，從旁慫恿，

且云伋不自首,邯當獨告,伋無可奈何,只得同去告發。莽忙使衛士分召忠等,忠方閱兵講武,忽聞詔使到來,便欲應召,護軍王咸進說道:「謀久不發,恐致漏洩,不如斬使起事,免為人制!」忠不敢遽發,當即入朝。劉歆、王涉,也是奉召前來。莽先召忠入,使黃門官躡悷問狀,忠含糊對答:即由中黃門把忠拿住,忠正擬拔劍自刎,又聽得侍中王望傳旨,但說出大司馬反四字,已被中黃門鋒刃交下,將忠砍死。莽意欲厭凶,再使虎賁諸士,持斬馬劍分砍忠屍,盛以竹器,使用醯醢毒藥白刃叢棘,摻雜器中,掘坎埋著,又是奇想。一面下令收捕忠族。唯不聞傳召歆、涉二人,歆、涉已知忠被誅,料亦難免,並皆自殺,莽亦不加查究。看官道是何故?他因歆為勳戚,涉系宗室,統是心膂重臣,若將他聲罪定罰,反致張揚內亂,不如令他自盡,反好暗瞞過去,因此不願明言。且查得歆子伊休侯,素性恭謹,實未與謀,但免去中郎將官職,另授中散大夫。歆本漢宗正劉向子,饒有才名,能承父業,平居嘗彙集群書,編成《七略》,上達漢廷:一輯略,二六藝略,三諸子略,四詩賦略,五兵書略,六術數略,七方技略。都下人士,無不因他廣見博聞,嘖嘖稱賞,只是助莽為逆,熱中富貴,終弄到身死名裂,貽笑後人,這豈不是一朝失足,千古銜悲呢?語重心長,為文人者其聽之!話休敘煩。

且說王莽內遭離叛,外覆師臣,愁得坐臥不安,未遑顧及軍事,乃徵還王邑為大司馬,進張邯為大司徒,崔發為大司空,苗訢為國師,自己但飲酒啖魚,排遣愁悶,暇時又披覽軍書,倦輒假寐,不復就枕,連那一百二十個美人兒,也是無心顧及。忽又接得外來警報,乃是成紀人隗崔隗義,起兵應漢,推崔兄子囂為上將軍,移檄郡國,號召四方,所有雍州牧安定大尹,俱被殺死,凡隴西、武都、金城、武威、酒泉、敦煌等郡縣,統被奪去。急得莽愁上加愁,長嘆了好幾聲,轉思檄文上

第六回　害劉縯群奸得計　誅王莽亂刃分屍

面，不知如何說法？密令心腹衛士西出，取得一紙，還都呈閱。莽見檄文所說，歷數自己罪惡，約十餘條，第一條就是鴆殺平帝。當下出坐王路堂，召集公卿，啟示從前為安漢公時，代帝請命的策書，並裝出一種涕泣情形，曉諭群臣。平帝有疾，莽仿周公遺事，藏策金縢。事見《前漢演義》。正在裝腔作勢的時候，又有兩處急報傳來，一是導江郡卒正公孫述，起兵成都；一是故鍾武侯劉望，起兵汝南。莽以成都較遠，公孫述又不是漢裔，倒還無甚要緊，只是劉玄未平，又出了一個劉望，卻是可憂。未幾又聞望自立為帝，連故將嚴尤陳茂，統去投降，不由的失聲大叫道：「反了反了。」叫煞也是無益。亟派親信將吏出都，探聽虛實。好幾日得了回報，方知劉望已死，嚴尤陳茂並皆伏誅。莽又覺手舞足蹈，連聲呼道：「好好！」才說到第二個好字，復聽得將吏接口道：「不好哩！劉望與嚴尤陳茂，統被劉玄部將劉信擊死，現在劉信占住汝南了！」莽復驚起道：「有這等事麼？」忽又有人馳入道：「不好了！不好了！」莽只說兩個好字，反引出三個不好來。莽大駭道：「為什麼大驚小怪？」那人說道：「劉玄部將王匡攻洛陽，申屠建李松攻武關，已是猖獗得很，今又有析縣人鄧曄、于匡，起兵相應，自稱輔漢左右將軍，攻入武關。武關都尉朱萌，已投降了他，右隊大夫宋綱陣亡，連湖縣都失守了！」索性將四方亂事，並作一束，隨筆寫下，較為突兀得勢。莽聞武關攻破，已覺得藩籬撤去，勢甚可危，再加湖縣是京兆屬縣，也致失守，簡直是寇入堂奧，禍等燃眉。當下無可為計，慌忙召入王邑、張邯、崔發、苗訢四大臣，及一班文武百官，商量禦寇要策。王邑等倉皇失色，不知所出，崔發獨進言道：「臣聞《周禮》及《春秋左傳》，俱言國有大災，宜哭以厭之，故《易》亦云先號咷而後笑，今事變至此，正宜號泣告天，亟求救解！」好一條良策。莽不待說畢，便起座道：「快去快去！」說著即下殿乘輿，由群臣簇擁出城，直至南郊，降輿跪禱，自陳

符命本末,且仰天泣語道:「皇天既將大命授與臣莽,何不殄滅眾賊?若使臣莽有罪,願下雷霆殛死臣莽!」天將假手磔汝,不屑雷霆。說罷,拊胸大哭,哭止再禱,磕了無數響頭,然後起立,再命詞臣作告天策文,自陳功勞千餘言,一面召集諸生小民,使他朝夕會哭,特命有司給與粥飯,視有哭得悲哀,並能朗誦策文,即拜為郎官。於是登輿回朝,策拜將軍九人,號為九虎,令率北軍精兵數萬人,東出禦寇。好像兒戲。待九虎臨行時,要他送入妻子,作為抵押,每人又只給錢四千。此時宮中尚藏有六十匱黃金,一匱約萬斤,此外各官署中,統有好幾匱藏著,珠玉珍寶,尚不勝計,莽越加吝惜,只有每人四千文,作為賞賜。試想這般將士,尚肯為莽效力麼?

　　九虎將至華陰回溪,據險自守,于匡率弓弩手數千人,登高挑戰,鄧曄率二萬餘眾,從閿鄉南山,繞道北行,直出回溪後面,突入九虎營壘。九虎將顧前失後,頓時慌亂,于匡從高阜望見曄軍,當即馳下夾擊,殺得九虎將大敗虧輸,奪路四逸。二虎將史熊、王況,詣闕待罪,莽問他餘眾何在?史熊王況對答不出,抽刀自刎。尚有四虎將竄去,不知下落,只郭欽、陳翬、成重三虎將,收集散卒,退保京倉。鄧曄開了武關,迎入漢將李松兵馬,共攻京倉,數日不下。曄使弘農掾王憲為校尉,率數百人渡過渭水,攻城略地,所過皆降。李松亦遣偏將韓臣等,西出新豐,殺敗莽將波水將軍,追奔至長門宮。諸縣大姓,亦糾眾來會,各稱漢將,王憲乘勢招集,直逼長安都城。莽赦城中囚犯,各給兵械,殺豨大豬名豨。與盟道:「如有與新室異心,社鬼當記罪不貸。」盟畢飲血,令後父寧始將軍史諶,帶領出敵。諶至渭橋,各罪犯一鬨而散,單剩諶一人一馬,如何禦寇?立即拍馬逃回。城外各路兵士,樂得恃眾橫行,發掘莽祖父妻子墳墓,毀去棺槨,並將莽九廟明堂辟雍,盡付一炬,火光照徹城中,晝夜不絕。十月朔日,各兵攻入宣平城門,正

第六回　害劉縯群奸得計　誅王莽亂刃分屍

值莽司徒張邯出巡，被大眾劈頭亂砍，立即倒斃。莽司馬王邑，帶回王林、王巡、苬惲等，分頭堵禦，哪裡抵得住一班亂兵？勉強支持了一日，亂兵洶湧異常，各官府邸第，盡行逃亡。到了次日，城中少年朱弟、張魚等，恐被擄掠，也投入亂兵，充作前導，火燒作法門，斧劈敬法闥，敬法殿之小門。譁聲大呼道：「反虜王莽，何不出降？」連呼了好幾聲，裡面仍絕無聲響。各少年恐有埋伏，不敢遽進，但煩勞那祝融氏作了先鋒，接連放火，火勢竄入掖廷，延及承明宮。宮中為莽女黃皇室主所居，就是漢平帝的皇后，莽女自投火中，還算節烈，故特為敘明後號。她見火已嚮邇，不能避免，遂望火泣下道：「我何面目再見漢家？」說著竟奮身一躍，自投火中，眼見得烏焦巴弓，隨那祝融氏去了。莽避居宣室前殿，但見宮人婦女等，披頭散髮，踉蹌奔入道：「奈何奈何？」莽亦沒法相救，但披著紺服，青赤色為紺。佩著璽紱，手持虞帝匕首，令天文郎持栻在前，栻即近時星盤之類。自己迴旋坐席，隨著斗柄所在，且坐且語道：「天生德於予，漢兵其如予何？」到死還要做作，可笑。轉眼間又過了一夜，亂兵愈逼愈近，群臣倉皇趨進，勸莽避入漸臺。莽已二日不食，頭眩目暈，一時不能起行，由群臣扶掖出殿，南下閣道，西出白虎門，門外已有輕車待著，由莽登車前行，少頃已到漸臺。漸臺築在池中，上架橋梁，四面皆水，群臣以有水可阻，因勸莽至此暫避。莽下車後猶抱持符命威斗，過橋登臺，從官尚有千餘人。司馬王邑，日夕戰守，累得人困馬乏，返奔入宮，四處尋莽，不見形影，乃輾轉至漸臺，途中遇見子王睦，脫去衣冠，意欲逃生，邑怒叱道：「我為大司馬，汝為侍中，應該為主死節，為何逃去？」睦不得已退至臺下，邑亦隨入，父子共替莽固守。時亂兵已殺入殿中，狂呼狂叫道：「反賊王莽何在？」適有宮女出室，顫聲答應道：「已往漸臺。」大眾遂趕至臺前，圍繞至數百重，望見橋梁已斷，一時不能進去，只用強弩亂射。臺

上眾官，亦接連放箭，兩下裡對射一陣，矢已皆盡。亂兵見臺上無箭，便用板迭橋，蜂擁而入，王邑父子，及邠惲、王巡等，還想堵住臺門，奮力接戰，戰至天暮，究竟眾寡不敵，並皆戰死。死得無名。亂兵攻入臺門，拾級登臺，臺上尚有眾官守著，又接鬥了好多時，陸續畢命。著名的是苗訢、唐尊、王盛、王揖、趙博，賣餅兒也結果了。以及中常侍王參等，均皆被殺。臺上已無莽臣蹤跡，單不見莽一人，校尉公賓就，已與眾兵混做一淘，想去殺莽報功，驚見有一人持著璽綬，從內室中出來，便問他道：「璽綬從何處得來？」那人回顧道：「就在內室！」正問答間，又有眾兵到來，便由公賓引入室中，尋至西北角上，果有屍身臥著，仔細一認，正是王莽，當下亂刀分屍，劈做數十段，只有莽首為公賓所梟，持報王憲。其實下手殺莽，便是奪取璽綬的人物，那人本是商民，姓杜名吳。莽年三十八歲為大司馬，五十一歲居攝，五十四歲稱尊，六十八歲誅死，自居攝至伏誅，居然改元四次，共計一十八年。小子有詩嘆道：

粉身碎骨有誰憐，死後還教臭萬年。

用盡機心翻速禍，才知翹首有蒼天。

王憲得了莽首，遂自稱漢大將軍，擁兵入宮。欲知王憲如何處置，待至下回敘明。

有大過人之材智，方有大過人之功業，觀劉文叔之所為，而益信矣。當其昆陽大戰，冒險直前，何等奮勇？及聞兄縯被害，束身詣宛，獨能不動聲色，躁釋矜平，奸黨不能害，劉玄不能殺，乃知劉縯之死，非無自取之咎，令乃弟處之，亦何至死於非命乎？莽至死且欲欺人，亂兵四逼，尚欲效法周孔，卒至身膏鋒刃，授首他人，作偽心勞日拙，如莽其尤甚者也。而後世之機械變詐者，亦可以知返矣。

第六回　害劉繽群奸得計　誅王莽亂刃分屍

第七回

杖策相從片言悟主　堅冰待涉一德格天

第七回　杖策相從片言悟主　堅冰待涉一德格天

卻說王憲擁兵入宮，官吏已皆逃散，只有一班婦女，無從趨避，統是縮做一堆，抖得殺雞相似。憲見婦女們多有姿色，免不得惹起淫心，當令眾兵出外駐紮，只說是婦女無辜，不宜侵犯，但發出庫藏金帛，分犒眾兵。大眾得了犒賞，卻也應令趨出，獨王憲住下東宮，到了夜間，就去傳召一班美女，叫她們侑酒侍寢。就是王莽繼后史氏，偷生怕死，也只好出見王憲，供他糟蹋，直鬧得一塌糊塗。勝似嫁與老夫。憲居然穿帝服，乘法駕，向商人杜吳處，取得天子璽綬，出警入蹕，也想做起皇帝來了。京倉守將郭欽等，聞得京師失守，王莽斃命，沒奈何出降漢營。李松、鄧曄，馳入都城，將軍申屠建、趙萌，從後繼至，查得王憲私懷璽綬，奸占後宮，即把他捕出斬首，憲只快活了三四日，也落得身首兩分。樂極悲生，奈何不慎？當下取莽首級，派人傳送至宛。劉玄命將莽首示眾，百姓恨莽切骨，多去擲擊，甚至將莽舌割下，切作數片，分啖立盡。劉玄因都城已下，會議行止，忽由洛陽傳到捷報，乃是上公王匡，已將洛陽收降，縛住莽太師王匡，國將哀章，械送宛城。王匡縛王匡卻是異聞。劉玄乃待了數日，等到囚犯解入，遣刑官問訊數語，立命誅死。哀章挾詐得官，至此也送命了。又聞得莽將李聖、孔仁，並見前文。俱皆敗亡，豫洛肅清，諸將都勸玄暫都洛陽，不必遠詣長安。玄本來沒有決斷，就依了眾議，命破虜大將軍劉秀，行司隸校尉事，先往洛陽整修宮府，以便定都。

秀自遭兄喪，不願與聞政事，嘗在官舍中閒居度日，想起從前遊學長安時，曾自明志願，留有二語云：「仕宦當作執金吾，官名。娶妻當得陰麗華。」現在身為大將軍，比長安城中的執金吾，似乎還勝過一籌，獨陰麗華年約及笄，未知她曾否適人？遂著人往探消息。麗華係南陽新野人，秀前適新野，見過一面，雖是淡妝素服，卻生得姿容韶秀，落落大方。秀心中時常記著，以為娶妻不得如麗華，寧可終鰥，自古英雄多

好色。所以在舂陵時,年至二十有八,尚未成婚。也是麗華應配真龍,到了十有九歲,尚未許字,至劉秀著人探問,與麗華兄陰識談及,識已無父,樂得與阿妹作主,叫她去做漢大將軍妻室。麗華亦喜逢佳配,便由陰識與來人說明,託他還報。秀欣如所望,當即聘娶,六禮告成,兩美合璧,自然如魚得水,好合無尤。及秀奉玄命為司隸校尉,乃與陰氏告別,仍使歸居新野,自率吏士徑赴洛陽。於是置僚屬,作文移,從事司察,一秉舊章。待至宮府修成,報知劉玄,玄擇日起行。當時三輔官吏,京兆,左馮翊,右扶風,號為三輔。東迎劉玄,見玄麾下諸將,首戴冠幘,服近婦人,莫不暗中竊笑,唯見了司隸僚屬,都不禁心喜道:「不圖今日復見漢官威儀。」嗣是皆歸心劉秀,不願屬玄。玄既都洛陽,遣使招降赤眉。樊崇等聞漢室復興,卻也有心歸漢,因留部眾分駐青、徐,自與部目二十餘人,徑投洛陽,入見劉玄。玄並封為列侯,未給國邑。崇等見劉玄沒甚威儀,已失所望,又不得采邑分封,更難如願,廝混了一二旬,乘隙出走,返入老營。分為二部,崇與逄安為一部,尚有徐宣、謝祿、楊音等黨羽,另成一部,仍然反抗漢命,略地稱兵。此外又出了一個淮南王,乃是廬江連帥李憲,曾由王莽命為偏將軍,出徇江淮,因聞王莽被殺,遂據住廬江,自稱淮南王。劉玄諸將,卻無意東封,獨謀北略,當下議派遣大將,往定河北。大司徒劉賜,繼縯後任,係是劉玄從兄,獨謂劉秀才可大用,應即遣往,朱鮪等意在阻秀,語多蹉跎,賜卻一力保舉,駁去眾議,乃令秀行大司馬事,持節渡河,鎮撫州郡。蟄龍出海了。秀不帶多兵,但率親從數百騎逾河,沿途無犯,察官吏,明黜陟,赦囚徒,革除王莽苛禁,規復前漢官名,吏民大悅,爭持牛酒迎接道旁,秀一律卻還,婉言慰諭,無不歡呼。再前行至鄴城,有一士人杖策追來,報名求見,秀立命延入,下座相迎。這人為誰?乃是南陽人鄧禹,係東漢佐命元功,為將來雲臺二十八將的領袖。鄭重言

第七回　杖策相從片言悟主　堅冰待涉一德格天

之。他少時遊學長安，曾與秀同學，氣誼相投，至是久別重逢，當然歡慰，寒暄甫畢，秀卻笑問道：「我得承制封拜，仲華遠來，莫非想做官麼？」原來仲華是鄧禹表字，故秀有是稱。禹笑答道：「禹不願為官。」秀又笑說道：「官不願為，何苦僕僕風塵，前來尋我？」禹應聲道：「但願明公威加四海，禹得效尺寸功勞，垂名竹帛，便足稱快了。」並非不願做官，實想做個功臣。秀鼓掌大笑，就留禹同食同宿，與語軍情。禹乘勢進言道：「現今山東未安，赤眉等到處擾亂，動輒萬計，更始乃是庸才，不能剛斷，部下諸將，又沒有什麼豪傑，不過志在財帛，但顧目前，明公試想這等庸奴，豈能深謀遠慮？尊主安民，將來四方分崩，必致敗亡！從來帝王崛興，必須天時人事，相與有成，今更始方立，天變不絕，便是不得天時；且中興大業，豈凡夫所能勝任？便是不協人事。明公雖得為藩輔，終屬受制他人，不能自主，依禹愚見，如公盛德大功，為天下所響服，何不延攬英雄，收服人心，立高祖大業，救萬民生命，一反掌間，天下可定，勝似俯首依人，事事受制哩！」秀不覺大悅，「安知非僕」之志願，從此激成。令禹常居左右，事必與商，且飭部眾呼禹為鄧將軍。

先是秀居兄喪，陽為談笑，陰寓悲傷，枕蓆間常有淚痕。父城留守馮異，當秀入洛陽時，路過父城，異嘗開門出迎，奉獻牛酒，秀乃令為主簿，使前縣長苗萌為從事。異遂從秀至洛，且薦舉同里銚期、銚音姚。叔壽、段建、左隆等，併為掾吏。嗣是異一心事秀，秀亦推誠倚任。異見秀平時納悶，料知秀不忘乃兄，時為勸解。秀搖手道：「卿勿多言。」及秀往河北，得遇鄧禹說了一篇獨立的計議，異亦稍有所聞，也向秀進說道：「更始亂政，百姓失依，譬如人當飢渴，一遇飲食，容易充飽，今公專任方面，宜急分遣官屬，徇行郡縣，理冤結，布惠澤，方好收拾人心！」秀點首稱善，依議施行。復北向至邯鄲，騎都尉耿純，

出城迎謁，秀溫顏接見，偕純入城。純字伯山，鉅鹿宋子縣人，父艾為王莽濟平尹，至劉玄稱帝，使李軼招撫山東，艾即請降，純亦隨見，軼使艾為濟南太守，並因純應對不凡，承制拜為騎都尉，授純符節，令他撫集趙、魏各城。純奉令往撫，留寓邯鄲，因此得迎謁劉秀。秀待遇有恩，自然愜意，及趨退後，復見秀部下官屬，各有法度，益加敬服，意欲格外結納，特獻馬及縑帛數百匹。純亦中興名臣之一。故趙繆王子劉林，繆王為景帝七世孫，名元。尚在邯鄲，入見劉秀道：「赤眉現在河東，但教決水灌去，就使他眾至百萬，也好使作魚鱉了。」秀以為此計太忍，默然不應，竟留耿純守邯鄲，自率鄧禹、馮異等出徇真定。

　　劉林因計不見聽，怏怏不樂，自思卜人王郎，向與友善，不若就去問卜，使決後來吉凶。郎素好誕言，見了劉林，便為道賀。林愕然問故，郎說道：「誰不知劉氏當興？君係劉氏宗室，難道不就此復封麼？」林與言獻計劉秀，不得見從，甚是可惜，郎又說道：「君可逕自稱尊，何必仰仗別人？」林頗有難色，郎復進策道：「我聞得王莽在日，曾由將軍孫建，謂有妄男子武仲冒充成帝子子輿，已經誅訖，君本姓劉，何妨就作為子輿，號召四方？」《漢書‧王莽傳》，曾有武仲冒充子輿，謂為成帝小妻所生，今特藉口補敘。林笑道：「我自我，子輿自子輿，怎可混充？如我可冒充子輿，君亦儘可冒充了！」郎躍起道：「君若肯助我起事，我就冒充劉子輿。」好好賣卜，也想稱尊，真是該死。這一席笑語，竟至弄假成真，遂去連結趙國大豪李育、張參等，決議起兵。育與參本認識王郎，平時常向郎卜易，卻有幾句被郎說著，所以信郎甚深。此次郎欲起事，想他必有把握，因此慨然允許，就將家中私財，搬取出來，招募壯丁，不到旬日，就聚集至數千人。當下擁戴王郎，就在邯鄲城內，據住官舍，南面稱尊。邯鄲百姓，曉得什麼真假子輿，並且無拳無勇，如何反抗？只好讓他去做皇帝。獨有耿純不服，與從吏夤夜出走，手中

第七回　杖策相從片言悟主　堅冰待涉一德格天

尚持著漢節，發取驛舍車馬數十乘，載與俱馳，奔歸宋子。至王郎派人捕純，純早已颺去。郎遂假稱劉子輿，傳檄郡國，略言聖公未知，誤稱帝號，翟義不死，已詣行宮，一派荒誕無稽的文告，布示遠近，吏民哪裡知曉？聞風響應。於是趙國以北，遼河以西，多半向郎上表，自請投誠。上谷太守耿況，已受劉玄使命，遣子弇馳赴長安，貢獻方物。弇字伯昭，年方二十有一，與屬吏孫倉、衛包偕行，道出宋子縣，正值耿純帶領從兄訢、宿、植等，約有數百人，起程北趨，弇與純本不認識，見純從行多人，不由的詫異起來，探問行人，才知邯鄲有獨立消息，稱尊的叫做劉子輿，耿純不肯從命，所以他往。弇乃與孫倉、衛包兩人，共商行止，倉與包應聲道：「劉子輿既為成帝後人，應承正統，我等捨此不歸，還想遠行，果將何往？」弇不以為然，按劍叱責道：「子輿小丑，終為降虜，我今至長安，與國家說明，漁陽、上谷的兵馬，勇悍可用，然後求得使節，還出代郡，大約在途數十日，便可歸至上谷，徵發擊騎，驅除小寇，好似摧枯拉朽，立見掃平，兩君不識去就，恐誤投匪人，轉眼間就要滅族了！」弇未識破假子輿，又欲去投劉玄，亦非良策，唯知邯鄲不能成事，也覺有識。倉、包未信弇言，竟悄然逃去，亡歸王郎。只剩弇躑躅道旁，孤蹤西向。忽有途人傳說，謂劉秀轉赴盧奴，自思盧奴與上谷相近，不如還投劉秀，較還得計，乃即返轡北行。

　　時耿純已與秀相會，報知王郎為亂，勢甚猖獗，秀恐幽、薊一帶，為郎所欺，因擬先定幽、薊，還擊王郎，可巧耿弇亦至，遂留為長史，與他同行至薊州。既得入薊州城，乃令功曹王霸，募兵市中，將攻邯鄲。霸字元伯，系潁陽人氏，少為獄吏，慷慨有大志，前時秀略潁川，道出潁陽，得霸與俱，命為功曹令史，至此奉令募兵，偏市人無一應募，轉用冷語相侵，霸不禁懷慚，還白劉秀。秀見人心未附，便擬南歸，官屬也都有歸志，獨耿弇進諫道：「明公從南方到此，大勢未定，奈

何南行？現在漁陽太守彭寵，與公有同鄉誼，弇雖家世茂陵，但弇父方為上谷太守，耿弇籍貫，借他自述，省得另表。耿弇、王霸皆中興之名臣，故敘筆不略。若徵發兩郡兵馬，控弦萬騎，直搗邯鄲，還怕什麼假子輿呢？」秀乃有留意，唯官屬統思南歸，相率喧譁道：「死且南首，奈何北行入囊中？」秀笑指耿弇道：「這是我北道主人，何用多募？」隨即依了弇議，致書漁陽、上谷，徵發援兵，時已為更始二年春月了。秀尚留住薊城，專待兩郡兵馬到來，進擊王郎。不料王郎移文至薊，購索劉秀，標明十萬戶為賞格。有一個故廣陽王劉嘉子接，嘉係武帝五世孫。貪得厚賞，糾眾應郎，全城擾亂，訛言百出，紛紛說是邯鄲兵至，將捉劉秀。秀因兵單將寡，不便久留，當即帶領親信將士，出南城門，城門已閉，由銚期斬關奪路，方得走脫。晨夜南馳，未敢輕入城邑，行至蕪蔞亭，天寒風烈，食盡腸鳴，馮異至民間乞得豆粥，取供劉秀，秀勉強食訖，復起行至饒陽。一班從吏，連豆粥都不得覓食，真是餓腸轆轆，無力再行。秀乃偽稱邯鄲使人趨入驛舍，索供飲食，驛吏依言進供。偏是這班從吏，好像地獄中放出餓鬼，爭先搶食，頃刻便盡。那驛吏當然動疑，自去搥鼓數十通，託言邯鄲將軍，不久便到，眾皆失色，秀亦升車欲馳，忽然情急智生，徐徐還坐道：「既系邯鄲將軍到來，我等應當相見，不妨從緩！」一面說，一面傳語驛吏道：「請邯鄲將軍入見！」催一句，愈妙。驛吏本是假語，偏劉秀要當起真來，哪裡尋得出邯鄲將軍？只好含糊對答。秀方知驛吏詐謀，安坐了好多時，才起身呼眾道：「邯鄲將軍，想是路上逗留，我等也不便久待了。」眾皆應聲而出，秀即上車馳去。賴有機變。仍然晝夜兼行，一路上蒙犯霜雪，凍得面無人色，膚皆破裂。吃得苦中苦，方為人上人。到了下曲陽，傳聞邯鄲追兵，即在後面，大眾又驚慌得很，急趨至滹沱河。前驅候吏，還言河水長流，無船可渡，秀再命王霸往視，霸馳至河濱，但見流水潺潺，寒風獵獵，東

第七回　杖策相從片言悟主　堅冰待涉一德格天

　　西南北，並無一船，不由的嗟嘆起來。轉思追兵在後，死生總須一渡，不如扯一個謊，叫眾人齊至河邊，再作計較。乃趨還白秀道：「河冰方合，正好速渡。」此君也有應變才。眾聞言大喜，開步便走。說也奇怪，待至大眾臨河，果然冰堅可涉，當即依次渡河，渡到對岸，冰又解散，霸暗暗稱奇，一時也無暇說明。莫非人定勝天。及抵南宮，兜頭颳起一陣大風，雨隨風下，滴瀝不絕，累得大眾衣衫盡溼，冷不可當。又是一番苦楚。秀見道旁有一空舍，當即下車避入，好在空舍中貯有積薪，覆有宿麥，並且廚灶兼全，鄧禹、馮異，就做了兩個火夫，一爇火，一抱薪，鍋中煮飯，灶上烘衣。秀脫去外袍，烘了片時，略覺乾燥，麥飯亦已煮熟，便由異盛了一碗，奉與劉秀，尚有餘飯未盡，與眾同食，不夠半飽，但稍稍得過飯癮，已算幸事。此時也不遑尋問主人，由秀登車復走，眾亦隨出。趨至下博，四面各有歧路，不知所從，俄有白衣老人，踉蹌前來，並未問及行蹤，即舉手指示道：「努力努力！此去南行八十里，就是信都，信都太守，尚為長安守住此城，可以前往。」秀正要向他稱謝，不意白衣老人回頭急走，倏忽不見，大眾不勝驚異，秀亦知白衣老人不是凡品，遂依他指導，徑往信都。信都太守任光，表字伯卿，籍隸宛縣，素性謹厚，少為縣吏，漢兵至宛，見光衣服鮮明，意欲加害，虧得光祿勳劉賜，替他救免，薦為安集掾，尋拜偏將軍，隨秀至昆陽，同破王邑、王尋，得遷信都太守。及王郎僭號，傳檄信都，光不肯服從，獨與都尉李忠、縣令萬修等，協力固守。郡掾持檄勸光，光將他斬首示眾，招集精兵四千人，為死守計。適劉秀狼狽到來，光正慮孤城難全，得秀親至，喜出望外，立即開城迎入，吏民素聞秀仁名，亦皆歡呼萬歲。秀略述途中苦況，並言王郎勢大，恐難與敵，意欲還見劉玄，請兵北討。任光見秀兵寥寥，自己亦不過數千部眾，只有護秀西行的能力，沒有助擊王郎的軍容，心下頗費躊躇，李忠、萬修，亦謂不若派兵

送秀，以便請兵。正遲疑間，忽報和戎太守邳彤來會，光當然出迎，與同見秀。彤字偉君，家世信都，曾為莽和成卒正，居下曲陽，前次秀徇河北，彤舉城出降，因改名和成為和戎，使彤居守。彤感念秀德，故與任光同無貳心。兩人皆隸名雲臺，故分敘履歷。彼此相見益歡，共商行止。彤聞秀議定西行，慨然諫阻道：「海內吏民，歌吟思漢，已有數年，所以更始稱尊，天下響應。今卜人王郎，假名乘勢，集眾烏合，雖得牢籠燕趙，究屬根本未固，若明公號召二郡兵民，仗義往討，何患不克？今欲捨此西歸，非但空失河北，必且驚動關洛，墮威失機，甚非良策！試想明公西去，邯鄲無事，必且繕兵整甲，長驅南來，吏民誰肯千里送公？統皆繫念妻孥，中途逃歸，人心一散，尚可復收麼？」秀恍然道：「偉君所言甚是，我當照行。」遂留住信都，光即行文旁縣，徵發兵士，好幾日只得四千人，秀尚嫌不足，欲向城頭子路及刁子都兩處借兵，當有一人閃出道：「不可不可！」正是：

莫呼將伯求為助，畢竟男兒當自強。

欲知何人出諫劉秀，待至下回報明。

鄧禹杖策追秀，相見之下，從容計劃，即進秀以興漢之謀，此為中興名臣所未及。故雖智不及良平，勇不及韓彭，而後人推為功臣之冠，良有以也。王郎僭號，劉接助虐，秀狼狽南趨，幾不得免，豆粥麥飯，何等困窮？孟子所謂「天降大任於斯人，必先苦其心志，勞其筋骨，餓其體膚，然後動心忍性，增益其所不能。」彼劉秀亦猶是耳！必至如滹沱河之不得濟，乃出神力以助之，河冰甫合，復繼以大風雨，此正天之巧為磨練也！非歷過諸艱，寧能造成真主乎？

第七回　杖策相從片言悟主　堅冰待涉一德格天

第八回

投真定得婚郭女　平邯鄲受封蕭王

第八回　投真定得婚郭女　平邯鄲受封蕭王

　　卻說劉秀欲向城頭子路，及刁子都處乞援，即有一人出為諫止，那人就是信都太守任光。光進說道：「城頭子路、刁子都，俱是亡命盜賊，何足深恃？兵不在多，但教協力同心，自能成功。明公前破莽將時，嘗以一敵十，何患王郎？」秀乃罷議。究竟這城頭子路，乃是何人？他姓爰名曾，字子路，本東平人，曾與肥城人劉詡，起兵盧縣城頭，因號為城頭子路，聚眾至二十萬，寇掠河濟間。劉玄初立，曾與詡亦上表稱賀，玄拜曾為東萊太守，詡為濟南太守，皆行大將軍事，暫示羈縻。刁子都起兵東海，前文已經敘及，見第三回。唯刁子都亦受劉玄封爵，拜揚州牧。後來城頭子路、刁子都，皆為部下所殺，這且慢表。隨筆了過。唯劉秀既聽了任光，不願乞援，遂拜任光為左大將軍，兼信都都尉；李忠為右大將軍，邳彤為後大將軍，仍任和戎太守；萬修為偏將軍，並封列侯。李忠字仲都，東萊黃縣人，萬修字君遊，扶風茂陵人，補敘履歷，不略功臣。這數人皆身仕軍將，從秀出城，留南陽人宗廣領信都太守事。耿純自請回鄉招兵，前來會師，秀即令去訖。任光多作檄文，頒示河北，文中偽云：大司馬劉公，率城頭子路、刁子都各兵，有眾百萬，從東方來，擊諸反虜等語。河北吏民，本多為王郎所欺，望風聽命，此次得了檄文，又不禁惶惑起來，轉相告語，未知適從。秀挈眾至堂陽縣境，時已昏暮，趁著天色昏黑，揚旗縱火，散騎澤中，嚇得堂陽縣吏，魂魄飛揚，急忙開城迎降。轉至貫縣，縣吏無法抵敵，也照堂陽一般，出城迎入。昌城人劉植，方聚兵數萬，據城自守，當由秀使人招撫，植即投誠。秀使植為驍騎將軍，仍領舊部，於是兵威少震。可巧耿純亦招集宗族賓客，共二千餘人，連老幼男女一併帶來，與秀相見。秀使為前將軍，封耿鄉侯，純從兄訢、宿、植，並皆授職偏將軍，撥兵為助，令他兄弟前撫宋子城，縣吏卻也聽命。純使訢、宿、植歸燒廬舍，然後返報。秀問純何故毀及家廬，純答說道：「明公單車出使，鎮撫河

北，本沒有什麼重賞，可以餌人，不過靠著平時德惠，曲示懷柔，才見士眾樂附，所過皆降。今邯鄲自立，北州疑惑，純雖舉族歸命，老弱皆行，猶恐宗人賓客，或有異心，仍然逃歸，因此燒去廬舍，絕他返顧，方能使他凝神一志，服事明公哩！」秀不禁讚嘆。再命純帶領前軍，北向出發，降下曲陽，進攻中山。秀亦率眾繼進，得拔盧奴，再傳檄至邊郡，令他共擊邯鄲，郡縣又陸續響應。唯故真定王劉揚，聚眾十餘萬，聯合王郎，未肯歸附。秀頗以為憂，驍騎將軍劉植獻議道：「植與揚有一面交，願借三寸不爛的舌根，說使歸降！」秀聞言大喜，便令植往說劉揚。植只帶得隨身數騎，徑往真定，過了數日，便即返報導：「揚已被植說下了，但揚欲與公結為姻親，植亦替公承認，事同專擅，特來請罪。」秀驚疑道：「我尚無子女，如何聯姻？有妹伯姬，又許字李通為繼室，已有成議了。」應上起下。植答說道：「揚有甥女郭氏，願奉箕帚。」秀又以曾娶陰氏為嫌，植笑答道：「天子一娶九女，諸侯且一娶三女，兩妻也不得為多，況劉揚新附，若不與結為姻親，如何可恃？植所以擅事代允哩！」謝媒酒穩當了。秀乃心喜，即令植齎著金幣，送作聘禮，自己也即隨往，揚率眾迎接，開館延賓，擇了一個黃道吉日，即將甥女郭聖通，裝束停當，送至賓館，與秀成婚。秀見郭氏豐容盛鬋，華服靚妝，雖不及陰麗華的秀雅，卻也纖穠合度，不等凡姝。當下行過了禮，洞房合巹，並枕交歡，不消細敘。嗣聞女父郭昌，素有義行，曾將田宅財產數百萬，讓與異母兄弟，名著全國。女母劉氏，乃是真定恭王普女兒，普為景帝七世孫。生長王家，獨循禮教，持身節儉，有賢母風。秀想父母如此，該女當必不俗，因此由愛生敬，由敬生寵，比從前待遇陰氏，加厚三分。敘明郭氏家族，復伏下被廢禍根。

　　過了數日，就出擊元、氏房子二縣，先後攻下。再進至鄗，鄗城縣長，卻也不敢迎敵，投書請降；偏有大姓蘇氏，不願迎秀，竟去召入王

第八回　投真定得婚郭女　平邯鄲受封蕭王

郎將史李惲，率兵來敵漢軍。當有探馬報知耿純，純請秀暫留驛舍，自領前軍埋伏城隅，專待李惲到來。惲不防有伏，昂然馳至，被純挺馬突出，兜頭一槍，把李惲刺落馬下，各兵驚潰，純乘勝搶入城中，得將鄡城據住。查得大姓蘇氏頭目，殺死數人，餘皆崩角稽首，不敢違命。鄡城一下，移軍進攻柏人，王郎大將李參，方在柏人駐紮，聽得漢軍前來，便引兵至要路截擊，兩下交鋒，漢軍很是奮勇，殺得李參招抵不上，奔還柏人。劉秀麾兵追趕，直抵城下，撲攻數日，不能得手。適有漢中校尉賈復，長史陳俊，奉著漢中王劉嘉命令，詣營下書。此劉嘉與前文廣陽王同名異人。秀立即召見，取閱來書，才知嘉已得勢，定都南鄭，收降武當山草寇延岑，集眾數十萬人，此次與秀通問，意在聯盟，且將賈復、陳俊，薦入秀營，俾作臂助。秀覽畢大悅，賜令二人旁坐。問明履歷，二人答稱同居南陽，不過互分縣籍，復字君文，係南陽冠軍縣人，俊字子昭，係南陽西鄭縣人。書法見前。秀與嘉系出同支，嘉為舂陵侯劉買玄孫，是秀族兄，王莽時被黜為民，劉玄即位，封嘉為漢中王，秀因族兄舉薦人材，定必不謬，且看他英姿吐屬，確非庸常，乃即拜復為破虜將軍，俊為安集掾。兩人方拜命趨出，忽有弁目入報導：「舍中兒犯法不謹，被軍令祭遵格斃了！」祭，讀如債。秀勃然道：「祭遵敢擅殺我舍兒麼？」說著，顧令左右，即欲捕遵。主簿陳副在側，忙進說道：「公嘗欲軍隊整齊，今遵奉法不避，明明是仰承公令，怎得言罪？」秀乃省悟，赦遵不究，且進拜遵為刺奸將軍。嘗語諸將道：「諸卿當慎防祭遵，他敢殺我舍中兒，必不肯私庇諸卿哩！」甚得用人之道。諸將聽了，當然畏服祭遵。遵字弟孫，潁川潁陽人，少好經書，家本饒富，獨遵如貧人，惡衣菲食，及喪母時，親自負土起墳，縣吏目為鄙吝，屢加侵侮，遵乃散財結客，擊殺縣吏，時人因此憚遵，至秀破王邑王尋，還過潁陽，遵孑身投謁，居秀門下，遂得逐漸知名。遵亦中興名臣。

秀軍久圍柏人，兼旬不克，或勸秀留此無益，不如移軍鉅鹿，進圖東北，秀乃引兵略鉅鹿郡，拔廣阿城。夜間披覽地圖，見鄧禹在旁，便指示道：「天下郡國甚多，現在什只得一，汝前言反掌可定，談何容易？」禹答說道：「方今海內擾亂，人望明君，如望慈母，總教有德便興，不在大小緩急哩！」要言不煩。秀一笑而罷。越宿再擬進兵，忽聞外面譁聲不絕，急忙傳問，有人報稱漁陽、上谷兵馬，已到城外，恐是由王郎遣來。帳下諸將，聽了此言，未免失色。秀將信將疑，親登城樓，俯首詰問，驚見來軍中躍出一人，倒身下拜，仔細審視，不是別人，乃是薊城相失的耿弇。當下大喜過望，即命開城延入，詳問一番。弇備述顛末，方知漁陽、上谷兵馬，實是耿弇招來。先是薊城亂起，弇遲走一步，未及相隨，待至混出城門，追了數里，仍然不及，自思前行無益，不如北還上谷，發兵助秀。當下掉頭急走，歸見父況，請發兵急攻邯鄲。況正接得王郎檄文，躊躇莫決，既聞弇言，便即集眾會議，功曹寇恂，門下掾閔業同聲道：「邯鄲猝起，未可信響，今聞大司馬秀，係劉伯升母弟，尊賢下士，何不相從？」況皺眉道：「邯鄲方盛，我不能獨拒，如何是好？」寇恂道：「今上谷完固，控弦萬騎，正可詳擇去就，恂願再東約漁陽，齊心合眾，邯鄲便可蕩平了。」況頗以為然，乃遣恂東往漁陽。時漁陽太守彭寵，亦由王郎移檄，促令歸附，寵部下多欲從郎，獨安樂令吳漢，護軍蓋延，狐奴令王梁，勸寵從秀，寵也覺狐疑。吳漢出止外亭，尚欲設法諫寵，適有一儒生趨至，面目文秀，漢召與共食，詢及道路傳聞。生言邯鄲所立，實非劉氏，只有大司馬劉公，所至歸心。吳漢大喜，便詐為秀書，徵發漁陽兵士，囑生持往見寵，且使具述所聞。生如言持去，漢復隨入，兩人先後白寵，方將寵心說動。可巧寇恂馳到，證明邯鄲偽主，請寵速發突騎二千人，步兵千人，與上谷會師，同攻邯鄲。寵依言發兵，即令吳漢、蓋延、王梁為將，與恂偕

第八回　投真定得婚郭女　平邯鄲受封蕭王

行。南經薊郡，偏遇王郎大將趙閎，併力殺去，將閎砍死。恂使吳漢等守待界上，匆匆報知耿況，況即照漁陽兵數，調發出來，亦令三人為將，一是寇恂，一是耿弇，一是上谷長史景丹。三人領兵出境，與吳漢等相會，六條好漢，所向無前，沿途擊斬王郎將士，約三萬級，連下涿郡、中山、鉅鹿、清河、河間等二十二縣，直抵廣阿。摹寫聲容，數語已足。遙見城上遍懸大漢旗幟，便由景丹勒馬高呼道：「城守為誰？」守兵答道：「是漢大司馬劉公！」其聲震耳。丹等大喜，便令耿弇前導，共至城下。適值劉秀登城，弇一見便拜，起身入城，具述大略。秀即使弇迎入諸將，諸將一一參見，秀看他個個威武，統係將才，便依次問明籍貫姓字：寇恂答稱昌平人，字子翼；景丹答稱櫟陽人，字孫卿；吳漢答稱宛人，字子顏；蓋延答稱安陽人，字巨卿；王梁字君嚴，與蓋延籍貫相同；俱是二十八將中人，籍貫姓氏由他自述，與初敘耿弇時略同。耿弇前已從秀，當然不必問答了。秀問畢大悅道：「邯鄲將帥，屢言發漁陽、上谷兵，我亦謂將發二郡兵馬，聊與相戲，不意二郡將吏，果為我前來，我當與諸君共圖功名便了。」於是宰牛設宴，大饗將士，待至飲畢，立即開城出兵，東赴鉅鹿，令景丹、寇恂、耿弇、吳漢、蓋延、王梁六人，俱為偏將軍，一面承制封拜，遙授耿況、彭寵為大將軍，並封列侯。軍至鉅鹿，正遇劉玄所遣尚書僕射謝躬，亦率兵來討王郎，兩下會合，將鉅鹿城團團圍住，守將王饒，固守不下。忽由信都傳來急報，乃是城中大姓馬寵，潛降王郎，迎納郎將，執住留守宗廣，及右大將軍李忠家屬。忠不禁大怒，因馬寵弟隨為校尉，當即召入，把他格死，諸將皆大驚道：「君家屬在人手中，奈何格死人弟？」忠慨然道：「為國忘家，敢縱賊不殺麼？」秀聞言讚美，便使忠還救家屬，忠尚不肯往，旋聞劧玄已遣兵攻破信都，乃使忠還行太守事。王郎又遣將倪宏、劉奉，率數萬人來救鉅鹿，秀率部將至南巒音戀。逆戰，前軍失利，景丹麾使

突騎出擊，縱橫馳驟，大破敵兵，倪宏等倉皇遁去，秀欣然道：「我聞朔方突騎，乃天下精兵，今果所見不虛了！」道言甫畢，即由耿純獻議道：「久圍鉅鹿，徒致疲敝，不若往攻邯鄲，邯鄲一破，鉅鹿不戰自服了！」說得甚是。秀乃留將軍鄧滿攻鉅鹿，自督將士進攻邯鄲，連戰皆捷，直抵邯鄲城下。王郎勢窮力蹙，使諫議大夫杜威至軍，奉書乞降。秀責王郎偽充劉氏，罪在不赦，杜威不肯承認，還說王郎是成帝遺體，秀奮然道：「就是成帝復生，天下且不可得，況是個假子輿呢？」快語。威復說道：「明公以仁信著名，今日邯鄲既降，亦應封邯鄲主為萬戶侯。」秀又答道：「他敢冒充漢裔，待以不死，也算寬仁，還要想做萬戶侯麼？」威知不可說，轉身自去。秀督兵猛攻，又過了二十多日，城內不能支持，王郎少傅李立，夜開城門，納入漢兵，王郎劉林，從後門出走，覓路竄去。秀將王霸，與臧宮、傅俊等人，黈夜追郎，郎被追及，一介卜人，何來武勇？立被王霸一刀劈死，梟了首級。只有劉林不知去向，無從追尋。當即攜首歸報，秀錄霸功勞，加封王鄉侯，連臧宮、傅俊等，亦並給厚賞。臧宮字君翁，潁川郟人，初為亭長，繼入下江兵中，轉從劉秀，屢立戰功；俊字子衛，亦為潁川襄城縣亭長，襄城為俊故里，合族聚居，及秀至襄城，俊投入秀軍，家族被莽吏收誅，故秀與王邑交戰時，俊爭先突陣，殺敵最多。兩人俱列入雲臺。兩人與霸同郡，甚是投契，在軍中常與霸同營。唯霸善馭士卒，恤死撫傷，事必躬親，所以後來劉秀即位，任霸為偏將軍，兼領宮、俊兩部兵馬，另用宮、俊為騎都尉，事見後文。

　　且說劉秀既收復邯鄲，誅死王郎，所有郡縣吏民，與王郎往來文書，悉令毀去，顧語諸將道：「好使反側子自安。」一面部署吏卒，支配各營，眾言願屬大樹將軍。看官道大樹將軍為誰？原來是偏將軍馮異。異為人謙退不矜，與諸將相遇，常引車避道，進退皆有表識，秩序井井；每當休息時候，諸將並坐論功，獨異屏居大樹下，毫不置議，因此軍中

第八回　投真定得婚郭女　平邯鄲受封蕭王

呼異為大樹將軍。秀聞眾言，也為讚許，待異益厚。護軍朱祐，係南陽宛人，素與劉秀兄弟交遊，留居幕中，至是從容語秀道：「更始不君，未能定國，唯公有日角相，中庭骨起狀如日，故云日角。天命所歸，不宜自誤！」秀不待說畢，便笑語道：「快召刺奸將軍，收逮護軍。」文叔也會使詐。祐乃不敢復言。會由長安使至，持入劉玄封冊，封秀為蕭王，即令罷兵西歸，另派苗曾為幽州牧，韋順為上谷太守，蔡充為漁陽太守。秀暗暗驚異，面上卻未曾流露，照常迎入使人，依冊受封。又復細詢來使，始知劉玄遷都長安，大封功臣，所以自己亦得封拜。究竟劉玄如何遷都？如何授封？應該就此敘明：自從劉玄由宛遷洛，居住了四個月，長安軍將申屠建、李松，屢遣人請玄入關，玄乃令劉賜為丞相，入關繕修宮室，更始二年二月，宮室復舊，遂由申屠建、李松等，迎玄至長安，入長樂宮，升坐前殿，郎吏兩旁站立，玄面有怍容，唯俯首摩席，不敢仰視。實是無用。諸將朝賀已畢，李松、趙萌，勸玄封功臣為王，朱鮪獨抗議道：「從前高祖有約，非劉氏不王，今宗室且未曾加封，如何得封他人？」松與萌乃請先封宗室，後封諸臣，於是封劉祉為定陶王，祉係劉玄族兄。劉慶為燕王，慶係劉秀族兄。劉歙為元氏王，歙為劉秀族父。劉嘉為漢中王，嘉並見前。劉賜為宛王，賜亦劉秀族兄。劉信為汝陰王。信為賜從子。宗室畢封，乃封王匡為泚陽王，王鳳為宜城王，朱鮪為膠東王，王常為鄧王，申屠建為平氏王，陳牧為陰平王，張卬為淮陽王，廖湛為穰王，胡殷為隨王，李通為西平王，李軼為舞陰王，成丹為襄邑王，宗佻為潁陰王，尹尊為鄘王。獨朱鮪辭不受命，乃令鮪為左大司馬，又使趙萌為右大司馬，李松為丞相，共秉內政。命劉賜、李軼鎮撫關東，李通鎮荊州，王常行南陽太守事。趙萌有女，頗具姿色，由萌納入後宮，大得玄寵。因此玄委政趙萌，萌專權自恣，任情予奪，群小膳夫，都向萌極力逢迎，萌各授官爵，俱著錦衣，長安有歌

謠云「灶下養，中郎將。爛羊胃，騎都尉。爛羊頭，關內侯。」為此種種腐敗，遂致關中人士，大失所望。

至劉秀得平邯鄲，遣使告捷，玄乃封秀為蕭王。秀受命後，不由的惶惑不定，晝臥邯鄲宮溫明殿中，默想方法。耿弇乘間趨入，向秀說道：「吏民死傷甚多，弇願歸上谷，添招兵馬。」秀應聲道：「王郎已破，河北略平，還要添什麼兵馬？」弇答道：「王郎雖破，兵革方興，聖公無才，定難成事，恐不久便將敗滅了。」秀驚起道：「卿失言了，我當斬卿！」弇又說道：「大王待弇，情同父子，弇所以敢披赤心。」秀半晌才說道：「我何忍害卿？卿且說明！」弇申說道：「百姓患苦王莽，復思劉氏，聞漢兵起義，莫不歡騰，如脫虎口，復歸慈母。今聖公為天子，諸將擅命山東，貴戚縱橫都內，政治昏亂，比莽更甚，怎能不敗？大王功名已著，天下歸心，若決計自取，傳檄可定，否則恐轉歸他姓了！」前有鄧禹，後有耿弇，前推後挽，自見成功。秀聽了弇言，點頭無語。忽又有一人進言道：「大王請聽弇言，幸勿遲疑！」秀瞧將過去，乃是虎牙將軍銚期。小子有詩詠道：

　　明良會合最稱難，要仗臣心一片丹。
　　莫道攀龍原易事，庸材何自慶彈冠？

欲知銚期如何陳詞，容至下回再敘。

劉秀既娶陰麗華，復納郭氏女為室，陰先郭後，理應以陰為正妻，郭為次妻。乃以劉賜見助之故，加寵郭氏，厥後且立郭氏為后，名不正，則言不順，無怪其凶終隙末也。本編於秀娶陰氏，不過標題，而獨於郭女之成婚，特為揭出，所以志先事之未慎耳。王郎之敗，本意中事，以之敵秀，不亡何待？唯玄於入關以後，委政宵小，不思籠絡劉秀，徒假以蕭王之虛名，令秀速歸，是正所以促其離心耳。蛟龍得勢，志在奔騰，寧待耿弇、銚期之諫阻乎？

第八回　投真定得婚郭女　平邯鄲受封蕭王

第九回

斬謝躬收取鄴中　斃賈強揚威河右

第九回　斬謝躬收取鄴中　斃賈強揚威河右

卻說虎牙將軍銚期，趁著耿弇進言的時候，也入內白秀道：「河北地近邊塞，人人習戰，號為精勇，今更始失政，大統垂危，明公據有山河，擁集精銳，如果順從眾心，毅然自主，天下誰敢不從？請明公勿疑！」秀聞言大笑道：「卿尚欲如前稱趣麼？」原來銚期出薊州城時，為眾所阻，期奮戟大呼道：「趣！」眾皆披靡，方得出城。看官道「趣」字何義，古時唯天子出入，才得警蹕，蹕與趣同，乃是「闢除行人」的意思。秀因期直前勇往，氣敵萬夫，平時很加器重，所以有此戲言。於是決計自立，出見長安來使，與言河北未平，不便還都，來使只好辭去。其實邯鄲內外，原已早平，就是鉅鹿，也相繼投降，秀不過設詞拒復，未肯西歸。從此秀自據一方，竟謝絕了更始皇帝。句中有刺。是時梁王劉永，擅命睢陽，永為梁孝王八世孫，更始元年由劉玄使永襲封。公孫述稱王巴蜀，見第六回。李憲自立為淮南王，見第七回。秦豐自號楚黎王，見第四回。張步起琅琊，董憲起東海，延岑起漢中，田戎起夷陵，並置將帥，侵略郡縣。又有銅馬、大肜、高湖、重連、鐵脛、大槍、尤來、上江、青犢、五校、檀鄉、五幡、五樓、富平、獲索等賊，乘勢蜂起，名目繁多，多約一二十萬，少約數萬，大約不下數十萬眾，所在寇掠。秀擬出兵四討，先遣吳漢北往，調發各郡兵馬，幽州牧苗曾已到，不肯聽命，被吳漢拔劍出鞘，乘曾不備，把他砍死。當下奪得兵符，四處徵調，北州震懾，莫不望風而從，發兵來會，共計得數萬騎，由漢引兵南行。還有耿弇亦奉著秀令，至漁陽、上谷二縣徵兵，亦收斬韋順、蔡充，苗曾、韋順、蔡充共見前回。招得許多突騎，南下返報。可巧秀出至清陽，接著兩路人馬，自然喜慰。便拜吳漢、耿弇為大將軍，往討銅馬賊。銅馬賊帥東山荒禿、上淮況等，方在鄡城，鄡音梟。聞得劉秀引軍進攻，意欲先發制人，立即遣眾挑戰。秀卻令各軍堅壁不動，伺賊至他處劫掠時，卻潛出偏師，截擊要路，奪回財物，一面斷賊糧道。賊

求戰不得，求食無著，勉強支持數日，累得飢乏不堪，夤夜遁去。漢軍從後追躡，到了館陶，大破賊眾，一大半棄械乞降，尚有餘眾四竄。適值高湖、重連兩路賊兵，從東南來，與銅馬餘眾會合，又來抵禦漢軍。秀乃鼓勵兵士，進至蒲陽交戰，復將賊眾殺得大敗。賊勢窮力蹙，只好投降。秀封賊目為列侯，賊尚不自安，只恐將來有變。秀窺知賊意，飭令各軍歸營，自乘輕騎巡行各寨，降眾方相語道：「蕭王推心置腹，親疏無二，我等能不替他效死麼？」嗣是全體悅服。秀因將降眾分配各營，得眾數十萬，因此關西號秀為「銅馬帝」。莫非權略。

　　秀又探得赤眉別帥，與青犢、上江、大肜、鐵脛、五幡，合十餘萬眾，在射犬城，當即乘銳進擊，連毀數十營壘，賊皆西遁。秀順道南略，招諭河內吏民。河內太守韓歆，舉城出降。歆同邑人岑彭，前曾受劉玄封爵，得為歸義侯，見第六回。嗣為淮陽都尉，道阻不得就任，乃至河內依歆。歆既出降，彭亦進見，面語劉秀道：「彭蒙前司徒矜全，未曾報德，今復得遇大王，願為大王效力！」秀溫語獎勉，即令彭與吳漢，往擊鄴城。鄴城由謝躬居守，從前與劉秀共定邯鄲，還屯鄴中，見前回。秀南擊青犢，曾使人語躬道：「我追賊至射犬，必能破賊，尤來在射犬山南，必當驚走，若仗君威力，擊此散虜，定可一鼓殲滅了！」躬亦稱好計。及秀破青犢，尤來果北走隆慮山，躬留將軍劉慶，及魏郡太守陳康守鄴，自率將士往擊尤來。偏偏窮寇死鬥，鋒不可當，躬反吃了一大敗仗，遁還鄴城。秀因躬留鄴中，動遭牽制，此次乘躬外出，先遣辯士說下陳康，然後輕兵繼進，徑入城中。謝躬尚全無所聞，還至城下，門正開著，便縱響進去，不意城門左右，埋伏漢軍，一聲鼓號，便把躬拖落馬下，用繩捆住。岑彭尚欲數躬罪狀，獨吳漢瞋目道：「何必再與鬼徒說話？」道言未絕，已從腰間拔出佩劍，手起劍落，把躬劈作兩段。當下梟首徇眾，眾皆懾伏，不敢異言。躬亦南陽人氏，與劉秀同

第九回　斬謝躬收取鄴中　斃賈強揚威河右

鄉，前曾與秀相識，同事劉玄，至此積不能容。躬妻嘗密誡道：「君與劉公積有嫌隙，乃不知預備，恐遭暗算！」躬視為迂談，終為所戮。就是躬妻亦被陳康拘禁，連將軍劉慶也被拘住，結果是難免一死，同歸於盡。臣殉主，妻殉夫，也似不可厚非。

吳漢、岑彭，既平定鄴城，仍使太守陳康留成，自引部兵回報劉秀。秀欲乘勝北上，略定燕趙，自思長安孤危，將來必為赤眉所破，因又擬遣兵西出，伺釁併吞。乃拜鄧禹為前將軍，特分麾下精兵二萬人，屬禹排程，所有偏裨以下，許得自選，指日西行。禹即部署粗定，向秀告辭，秀復問禹道：「更始雖入關中，朱鮪、李軼等，尚據守洛陽，若我輩北去，將軍又復西行，他必來窺我河內。河內新定，地方完富，不可不擇人居守。究竟是何人可使，還請將軍教我。」禹答說道：「偏將軍寇恂，文武全材，足當此任。」秀點首稱善，遂召恂入帳，面授恂為河內太守，行大將軍事。恂先辭後受，並請任賢為助。秀因中說道：「從前高祖嘗任用蕭何，關中無阻。我今舉河內委公，願公堅守轉運，給足軍糧，率厲士馬，能勿使他兵北渡，便是現今的蕭鄼侯。蕭何曾封鄼侯。至若扼住河上，為公外援，我自當另遣良將便了。」恂拜謝而去。秀再命馮異為孟津將軍，使統魏郡河內各兵馬，屯守河上，拒遏洛陽，異亦受命啟行。既至孟津，擇要築壘，封鎖河內，河內太守寇恂，越得安心籌備，具餱糧，治器械，接濟北軍，源源不絕。蕭王劉秀，自然放膽北進，往擊北寇去了。

是時劉玄方封李軼為舞陰王，田立為廩丘王，使與大司馬朱鮪，白虎公陳僑，帶領部曲，號稱三十萬眾，保守洛陽，又令武勃為河南太守，管領糧食。聞得劉秀北行，將乘虛進攻河內，馮異早已料著，特寫了一書，遣人投與李軼，書中略云：

愚聞明鏡所以照形，往事所以知今。昔微子去殷而入周；項伯叛楚而歸漢；周勃迎代王而黜少帝；霍光尊孝宣而廢昌邑，彼皆畏天知命，睹存亡之符，見廢興之事，故能成功於一時，垂業於萬世也！苟令長安尚可扶助，延期歲月，亦恐疏不間親，遠不逾近，公豈真能安居一隅哉？今長安壞亂，赤眉臨郊，王侯構難，大臣乖離，綱紀已絕，四方分崩，異姓並起，是故蕭王跋涉霜雪，經營河北。方今英俊雲集，百姓風靡，雖邠歧慕周，不足以喻。公誠能覺悟成敗，亟定大計，論功古人，轉禍為福，在此時矣！若待猛將長驅，嚴兵圍城，雖有悔恨，亦無及已！

李軼得書，躊躇了好多時，暗想從前起事，本與劉秀兄弟，很相親愛，悔不該陷沒劉縯，構成嫌隙。現在劉玄庸弱，不足有為，赤眉渠帥樊崇、逢安、謝祿、楊音等，分道入關，樊崇等見第七回。西兵連敗，長安危急，眼見他不能久存，若又事劉秀，恐觸彼前嫌，復難自全，不得已含糊作復，交與來使帶回。馮異正待使歸報，既得覆書，忙展開一閱，但見書中寫著：

軼本與蕭王首謀造漢，結死生之約，同榮枯之計；今軼守洛陽，將軍鎮孟津，俱據機軸，千載一會，思成斷金。唯期轉達蕭王，願進愚策，以佐國安人。

馮異覽罷，已知軼意，當然喜慰。反間計已得告成了。遂只留數千人屯守，自督銳卒萬餘，北攻天井關，連拔上黨兩城，再回師河南，略定成皋以東十三縣，削平各堡，收降至十餘萬眾。河南太守武勃，聞得成皋一帶，俱降馮異，不由的憤懼交乘，忙率兵萬人，往徇成皋。到了士鄉亭邊，正值馮異引兵到來，兩下相見，不及答話，便即彼此交鋒。異軍素皆整煉，又皆是百戰雄師，無人可敵，偌大武勃，怎能抵擋得住？大約交戰了一二時，勃眾多半敗退，獨有勃不顧死活，還想上前廝

第九回　斬謝躬收取鄴中　斃賈強揚威河右

殺，巧巧碰著大樹將軍，見前。橫刀攔住，刀戟相交，不到幾個回合，但聽得砉的一聲，勃首已經落地，太不經殺。敗兵慌忙逃散，一半兒做了刀頭鬼，馮異趁勢攻下河南。果然李軼在洛，不發一兵，坐聽武勃授首，袖手旁觀。異因李軼踐言，才將軼原書報知劉秀。秀此時已至河北，連破尤來、大槍、五幡等賊，追至順水北面，突被賊眾襲擊，倉猝抵禦，竟為所敗。秀只率數騎急走，後面有群賊追來，刃及馬腹，馬負痛欲倒，虧得秀縱身一躍，投落岸下。說時遲，那時快，將軍耿弇，帶同突騎王豐等，前來尋秀，見秀危急萬分，當即奮力殺賊，砍死賊目數人，方將餘賊擊退。王豐見秀在岸下，忙下馬引秀，把他扶起岸上，執轡相授。秀足已受傷，撫住豐肩，方得上馬。耿弇上前請安，秀顧弇微笑道：「幾為賊笑！」是鎮定語。言未已，又有賊眾鼓譟前來，耿弇忙彎弓力射，箭無虛發，射倒前驅賊數名，賊始駭退，弇乃保秀入范陽。餘眾為賊所迫，前已四散，及賊已退歸，才敢趨集，諸將大半聚首，互問主子，都云不見，眾皆錯愕，不知所為。大將吳漢道：「卿等但期努力，就使我王失蹤，尚有王兄子等在南陽，何患無主呢？」諸將聽著稍稍安心。過了數日，才知秀已退保范陽，乃相偕往會。秀得收集將士，搜乘補闕，不到旬日，軍勢復振，乃復進兵安次，再擊賊眾。賊眾飄忽無常，一黨敗去，一黨復來，秀軍雖連日得勝，終究相持不下，五校賊尤為猖獗，競鬥不退。惱動了一位強弩將軍，姓陳名俊字子昭，籍隸南陽，目無北虜，殺到難解難分的時候，挺身突出，與賊渠短兵相搏，拖賊下馬，格去賊手利刃，揮拳擊賊，中腦斃命。再持短刀殺入賊隊，所向披靡，賊方才膽落，紛紛竄去。俊又當先追擊，直趕至二十餘里，斫死賊目數人，然後馳還。劉秀望見嘆息道：「戰將若盡能如此，還有何憂？」力贊陳俊，與前文分敘中興功臣，同體異文。正讚嘆間，陳俊已到面前，報稱賊眾已退入漁陽。秀且喜且憂道：「漁陽險固，賊若負嵎自

守，倒也未易蕩平！」俊答說道：「賊眾輕佻，無糧可因，全恃剽掠為生計，最好是我出輕騎，繞過賊前，諭令百姓堅壁清野，阻絕賊鋒，賊進不得食，退無所據，自然解散，不戰可平了！」秀依計而行，即遣俊帶領輕騎，馳出賊前，巡視民間堡砦，勸令繕守，且代為瞭望保護，所有田野積聚，一併收藏。賊眾無從掠取，果然飢乏，逐漸散去，劉秀益稱俊為神算。

　　正要遣將平賊，適接到馮異捷報，附上李軼原書，秀覽罷後，即手書報異，略言季文多詐，切勿輕信。季文即李軼字。一面將原書頒示守尉，飭令戒備，部將多以為非策。哪知蕭王秀是計中有計，將乘此借刀殺人，報復兄仇。也是李軼自取其禍，不得謂劉秀忌刻。約閱月餘，軼竟被人刺死，主使的乃是朱鮪。鮪與軼同守洛陽，分領部曲，本來是沒甚嫌隙，至軼書宣露，鮪始知軼有異謀，使人斃軼。復遣部將蘇茂、賈強，領兵三萬餘人，渡過鞏河，直攻溫邑，再由鮪自率數萬兵馬，進搗平陰，牽制馮異。警報與雪片相似，迭傳河內，太守寇恂，當即勒兵出城，移文屬縣，諭令發卒禦敵，同會溫下，軍吏都向恂諫阻，謂宜待眾軍畢集，方可前往。恂慨然道：「溫邑為郡城封鎖，失去溫邑，郡城將如何保守呢？」遂不從眾議，驅兵急進。既至溫下，諸縣兵亦陸續到來，就是馮異也遣兵來援，士馬四集，旌旗蔽空。恂令士卒乘城，大呼劉公兵到，接連喧噪了好幾聲，望見敵軍陣動，便麾兵出擊，踴躍直前。敵軍裡面的蘇茂，最是膽怯，不戰先潰；賈強勉力支持，禁不住恂軍奮迅，只好退去。一經退走，陣伍便亂，那寇恂如何肯舍？自然招呼各軍，併力追來，漸漸逼至河濱。蘇茂渡河先遁，茂部下多半溺死；賈強遲了一步，即被恂軍圍住，一時衝突不出，竟至戰死。武勃不武，賈強不強，何況一庸弱的劉玄呢？殘眾不及渡河，都為恂軍所獲。恂長驅渡河，擬迫洛陽，可巧馮異亦引兵過河，擊朱鮪途次，與恂會師，同至洛陽城

第九回　斬謝躬收取鄴中　斃賈強揚威河右

下，環攻了一晝夜。見城上守兵尚盛，料非旦夕可下，乃收兵退歸，各向劉秀處報捷。秀聞河內有警，唯恐失守，及恂書傳入，方大喜道：「我原知寇子翼可重任呢？」子翼即寇恂字，見前文。諸將聯翩入賀，並上尊號，秀搖首不答。忽有一將閃出道：「大王自甘謙退，難道不顧宗廟社稷麼？今宜先即尊位，然後可言征伐，否則彼此從同，究竟誰王誰賊？」快人快語。秀聞聲審視，見是前鋒將馬武，不禁作色道：「將軍休得妄言，莫謂鋼刀不利呢！」想是言不由衷。武乃趨退。

　　先是武為綠林豪客，表字子張，也是南陽人氏。自從劉玄稱尊，武與劉秀同事劉玄，共破王尋，因此傾心劉秀，後來又隨謝躬同攻王郎，王郎破滅，謝躬受誅，武乃投入劉秀麾下，充當前鋒。秀愛他材勇，頗加信任，至此獨拒絕所請，引軍還薊。馬武履歷至此補出。復令馬武為先驅，耿弇、景丹等為後應，吳漢為統帥，出兵數萬，窮追尤來等賊，斬首至三千餘級，直至俊靡，方才班師。餘賊竄入遼西遼東，為烏桓貊人所抄擊，殺掠殆盡。唯都護將軍賈復，追五校賊至真定，十蕩十決，大破賊黨，身上亦受了許多創痕，退臥營中，幾不能起。當下報達劉秀，秀大驚道：「賈復勇敢絕倫，我嘗不令他自統一軍，正恐他輕敵致傷，今果至此，豈不是失我名將？我聞他妻室有孕，如若生女，將來即為我子婦，幸得生男，我女即嫁彼為媳，不使他憂及妻子呢！」敘得得體。這一番言語，傳入復耳，復格外感激，靜心調養，竟得漸痊。因即馳赴薊城，與秀相見，秀慰勞甚厚，待遇益隆。復字君父，亦南陽人，少時習尚書學，師事舞陰人李生，李生見復英姿卓犖，許為將相器。後事漢中王劉嘉，任為校尉。及劉秀出略河北，復辭嘉從秀，戰必先登，不顧身家，真定一戰，受傷頗重，危而復安，好算得一大幸事。復亦二十八將之一。小子有詩讚道：

摧鋒陷陣敢爭先，勇士輕生不受憐。

幸有天心陰鑑佑，傷痕複合慶生全。

賈復至薊，正值同僚諸將，共議勸進，復當然列名。究竟劉秀曾否允議，待看下回自知。

劉秀之出師河北，為蛟龍出水之權輿，而其危難之處，亦不亞於昆陽遇敵之時。東北有群賊，西南有群敵，秀以孤軍支柱其間，一或失算，即有跋前疐後之虞，豈非危難交迫乎？幸而吳漢、岑彭，誘斬謝躬，鄴城下而不憂牽掣；寇恂、馮異，擊斃賈強，河內固而不患侵陵，故本回事蹟頗繁，而獨以二事為標目，揭其要也。若夫賊眾烏合，本不足道，驅而逐之，尚非難事，然順水一役，以智勇深沉之漢光武，且為賊黨所乘，幾不得脫，戰事豈可輕言乎？故劉氏之得中興，雖曰人事，豈非天命？

第九回　斬謝躬收取鄴中　斃賈強揚威河右

第十回

光武帝登壇即位　淮陽王奉璽乞降

第十回　光武帝登壇即位　淮陽王奉璽乞降

卻說劉秀在薊，諸將又共思勸進，表尚未上，偏秀又下令啟行，從薊城轉至中山，大眾只好整裝隨行。及已到中山城下，秀尚無意逗留，不過入城休息，權宿一宵，諸將趁此上表，請秀速上尊號。秀仍不許，詰旦復出城南趨，行至南平棘城，又經諸將面申前議，秀答說道：「寇賊未平，四面皆敵，奈何遽欲稱尊呢？」諸將見秀無允意，正欲退出，將軍耿純奮進道：「士大夫捐親戚，棄鄉土來歸大王，甘冒矢石，無非欲攀龍附鳳，借博功名，今大王違反眾意，不肯正位，士大夫望絕計窮，盡有去志，恐大眾一散，不能復合，大王亦何苦自失眾心呢？」秀沉吟半晌，方答說道：「待我三思後行。」口吻已漸軟了。說著，復前行至鄗，沿途接得兩處軍報，一是平陵人方望等，從長安劫取孺子嬰，到了臨涇，立嬰為帝，自稱丞相，當被劉玄聞知，遣部將李松往攻，一場交戰，望被擊斃，連孺子嬰亦死亂軍中。嬰自被王莽廢黜，黜居定安公第中，及年近弱冠，尚不能識豬狗，莽嘗以女孫妻嬰，即王宇女。及莽已受誅，嬰才得自由，不料方望等把他劫去，硬加推戴，做了一個月傀儡皇帝，竟致斃命，這真叫做禍不單行呢！了過孺子嬰。還有一個公孫述，擊走劉玄部將李寶，已自立為蜀王，此時復聽了功曹李熊諛言，僭稱帝號，紀元龍興。述字子陽，本係茂陵人氏，因自成都發跡，遂號為成家，即用李熊為大司徒，使弟光為大司馬，恢為大司空，招集群盜，奄有益州。劉秀聞得孺子嬰慘死，尚為嘆惜，唯公孫述膽敢稱帝，未免不平，因思一不做，二不休，不如依了諸將的計議，乘時正位，免落人後。主見已定，再召馮異至鄗，與決可否。異奉命進謁，從容獻議道：「更始必敗，天下無主，欲保宗廟，唯仗大王，大王正應俯從眾請，表率萬方！」秀答說道：「我昨夜夢赤龍上天，醒後尚覺心悸，恐帝位是不易居呢！」異聽言甫畢，忙下席拜賀道：「天命所歸，精神相感，還有什麼疑義？若醒後心悸，這是大王素來慎重，乃有此徵，不足為憑。」秀尚未

及答,忽有軍吏入報導:「有一儒生從關中來,自稱為大王故人,願獻祥符。」秀問及姓名,軍吏答稱姓強名華。秀猛然記著,便向軍吏說道:「我少年遊學長安,曾有同舍生強華,今既到來,應該由他進見便了。」軍吏聞言,便返身出帳,引入強華。秀起座相迎,顧視強華,形容非舊,狀態猶存,當然有幾分認識,便向他寒暄數語,然後詢及來意。強華從袖中取出一函,雙手捧呈,秀接過一閱,封面上標明「赤伏符」三字,及被閱內文,開首有三語云:

劉秀發兵備不道,四夷雲集龍鬥野,四七之際火為主。

秀看這三語,已覺費解,乃復質問強華。強華道:「大漢本尚火德,赤為火色,伏有藏意,故名赤伏符。所雲四七之際,四七為二十八,自從高祖至今,計得二百二十八年,正與四七相合。四七之際火為主,乃是火德復興,應該屬諸大王,願大王勿疑。」藉口釋義。秀開顏為笑道:「這果可深信麼?」強華道:「讖文相傳,為王瑞應,強華何敢臆造呢?」究是何人所造,我願一問。秀乃留華食宿,與談古今興廢事宜,夜半乃寢。翌晨即由諸將遞入表文,大略說是:

受命之符,人應為大,萬里合信,不議同情,周之白魚,曷足比焉?今上無天子,海內淆亂,符瑞之應,昭然著聞,宜答天神,以塞群望。

秀批准眾議,乃命有司就鄗南設壇,擇日受朝。有司至鄗城南郊,看定千秋亭畔,五成陌間,築起壇場,高約丈許。並揀選六月己未日,為黃道吉辰,請蕭王劉秀即皇帝位。屆期這一日,巧值天高氣爽,旭日東昇,蕭王劉秀,戴帝冕,服龍袍,出乘法駕,由諸將擁至南郊,燔柴告天,禋六宗,祀群神,祝官宣讀祝文,文云:

皇天上帝,后土神祇,眷顧降命,屬秀黎元,為人父母,秀不敢當。群下百闢,不謀同辭,咸曰:王莽篡位,秀發憤興兵,破王尋、王

第十回　光武帝登壇即位　淮陽王奉璽乞降

邑於昆陽，誅王郎、銅馬於河北，平定天下，海內蒙恩，上當天地之心，下為元元所歸。讖記曰：劉秀發兵捕不道，卯金修德為天子。與赤伏符又不同？秀猶固辭，至於再，至於三，群下僉曰：皇天大命，不可稽留。秀敢不敬承？欽若皇天，祗承大命。

祝文讀畢，祭禮告終，蕭王劉秀，緩步登壇，南面就座，受文武百官朝賀，改元建武，頒詔大赦，改名鄗邑為高邑。是年本為更始三年六月，史家因劉秀登基，漢室中興，與劉玄失敗不同，所以將正統歸於劉秀，表明建武為正朔，且因秀後來廟號，叫做光武，遂沿稱為光武皇帝。小子依史演述，當然人云亦云，此後將劉秀二字擱起，改名光武帝，看官不要駁我前後矛盾呢！特筆敘明。

且說劉玄稱尊三載，毫無建樹，部下諸將，多半離心。再加赤眉稱兵入關，守將聞風瓦解，因此關中大震。河東守將王匡、張卬，又為漢前將軍鄧禹所破，奔回長安，私下語諸將道：「河東已失，赤眉且至，我等不如先掠長安，徑歸南陽，事若不成，復入湖池為盜，免得在此同盡呢！」諸將均以為然，遂由張卬入白劉玄，勸玄為東歸計。玄默然不應，面有慍色，卬乃退出。是夕即由劉玄下令，使王匡、陳牧、成丹、趙萌等出屯新豐，李松移軍掫城，守邊拒寇。張卬心甚怏怏，復與將軍申屠建等密謀，欲劫劉玄出關，仍行前計，建等亦皆贊成。還有御史大夫隗囂，就是前時自稱上將軍，應玄招撫，入關受職，隗囂見第六回。至是聞光武即位，也勸玄見機讓位，歸政河北。玄哪裡肯從？囂因與張卬等通謀，指日劫玄，不料為玄所聞知，竟誘申屠建入殿，伏甲出發，把建殺死。一面遣人召囂，囂早已防著，稱疾不入。玄遂使親兵圍住囂第，並捕張卬，囂與門客突圍夜出，奔還天水。卬卻號召部曲，返擊玄宮。玄親督衛士，且守且戰，那知卬縱火燒門，烈焰飛騰，急得劉玄走投無路，慌忙開了後門，挈領妻子車騎百餘人，奔往新豐，投依趙萌。

萌女為劉玄夫人,見第八回。見玄夫婦狼狽來奔,當即迎納。玄與談及張卬叛亂,並疑王匡等亦有異志,意欲一併除去。萌乃替玄設計,詭傳玄命,並召王匡、陳牧、成丹三人,入營議事。陳牧、成丹,聞召即至,突被萌兵殺出,砍死了事。只有王匡命未該絕,偏偏遲了一步,當有人通知風聲,匡急忙拔營入都,與張卬合兵拒玄。玄既庸弱無能,還要猜忌他人,安得不亡?玄遣趙萌收撫陳牧、成丹兩營,往攻長安。張卬、王匡據城相持,連日未下。玄再遣使至撒城,召還李松,自與松督兵援萌,猛撲長安城門。張卬、王匡,出戰敗績,分頭竄去。玄乃得返入長安,故宮被毀,殘缺不全,因徙居長信宮。

怎奈內訌未平,外寇又至,那赤眉渠帥樊崇等,竟從華陰長驅馳入,迫近長安。先是赤眉部眾,分道西進,見前回。連敗劉玄諸將,會集華陰。適有方望弟方陽,欲為兄望報仇,因迎謁樊崇,乘間獻議道:「更始荒亂,政令不行,故使將軍得至此地,今將軍擁眾甚盛,西向帝都,乃尚無一定名號,反使人呼為盜賊,如何可久?計不如求立宗室,仗義討罪,那時名正言順,自不致有人反抗了!」崇徐答道:「汝言亦自有理,我當照行。」原來崇部下有一齊巫,嘗託詞景王附身,為崇所信。景王就是高帝孫劉章,當時曾與平呂氏,復安劉宗,得由朱虛侯晉封城陽王,歿諡曰景。齊巫藉此惑眾,或笑巫妄言不道,動輒致病。因此部眾亦憚服齊巫,並及景王。崇得方陽計議,頗思求立景王後裔。齊巫亦乘機慫恿,乃決意探訪景王後人。可巧軍中掠得劉氏子二名,一名茂,一名盆子,二人原是一門弟兄,盆子最幼,為樊崇右校劉俠卿牧牛,呼為牛吏。俠卿查問盆子履歷,確是景王嫡派,當下報知樊崇。崇尚嫌他出身卑微,不足服眾,因再四覓景王支裔,共得七十餘人,及與盆子兄弟,互敘世系,唯前西安侯劉孝,及盆子兄弟,總算是直接景王。崇乃率眾進至鄭縣,令在城北築起壇場,設立景王神主,禱告一

第十回　光武帝登壇即位　淮陽王奉璽乞降

　　番，然後書札為符，共備三份，置諸篋中。兩份係是空札，唯一份寫著上將軍三字。上將軍的名義，係是樊崇創說，以為古時天子將兵，嘗稱上將軍，因將這三字作為代名。劉孝年長，先就篋中摸取，啟視札中，不得一字。劉茂繼進，也摸了一個空札。獨盆子取得上將軍符號，樊崇遂扶盆子南向，領眾朝謁，再拜稱臣。盆子年僅十五，披髮跣足，敝衣垢面，驟見諸將下拜，不禁大駭，惶急欲啼。比劉玄還要不如。樊崇忙勸慰道：「不必驚恐，好好藏符！」盆子因懼成憤，竟將符號齧破，擲棄壇下，仍然還依俠卿。俠卿為製絳衣赤幘，軒車大馬，使得服御乘坐，盆子反視為不便，往往偷易舊衣，出與牧兒閒遊。俠卿乃將盆子錮居一室，不準出入，就是樊崇等亦未嘗問候，不過假名號召，愚弄人民。崇本欲自為丞相，因不能書算，才將丞相職銜，讓與徐宣，自為御史大夫，使逢安為左大司馬，謝祿為右大司馬，他如楊音以下，盡為列卿，或稱將軍。於是向西再進，直抵高陵，張卬、王匡使往迎降，反導樊崇等入攻長安。劉玄聞赤眉到來，亟遣將軍李松，領兵出禦，自與趙萌閉城拒守。侍郎劉恭，係是劉盆子長兄，前曾入關事玄，受封式侯，此次聞赤眉擁弟為帝，來攻都城，不得不詣獄待罪。玄無暇究治，但望李松殺退赤眉，尚可求全。哪知李松敗報，傳入都中，不但松軍敗死多人，連松都被活擒了去。玄心慌意亂，忙召趙萌入議戰守，偏是待久不至，再四催促，反報稱不知去向，累得玄倉皇失措，頓足呼天。忽又有一吏入報導：「陛下快走！赤眉已入都城了！」玄顫聲道：「何人敢放赤眉入城？」吏答說道：「就是李松弟李泛。」玄不及再問，搶步出宮，上馬獨行。奔至廚城門，門已大開，加鞭急馳，驟聽後面有婦女聲，連呼陛下，且云陛下何不謝城？於是速忙下馬，向城門拜了兩拜，這是何禮？令人不解。再上馬出城，落荒遁去。

　　樊崇等既得李松，使人走語城門校尉李泛，叫他速開城門，方活乃

兄。泛為救兄起見，當然開門納入，趙萌等統皆投降。補敘明白。劉恭尚留獄中，及聞劉玄出走，乃脫械出獄，追尋玄至渭濱，才得相見。右輔都尉嚴本，託詞從玄，陰懷叵測，欲將劉玄獻與赤眉。為邀功計，因此劫玄至高陵，領兵監守。樊崇等雖入長安，不得俘玄，遂頒令遠近，說是聖公來降，聖公即劉玄字，見前。封為長沙王，若過二十日，雖降勿受。玄已窮蹙得很，得此命令，只好遣劉恭往遞降書。當由樊崇等準令投降，使謝祿召玄進見。玄隨祿還都，肉袒登殿，殿上坐著十有五齡的小牛吏，倒也沒甚凶威，只兩旁站著許多武夫，統是粗眉圓眼，似黑煞神一般，嚇得劉玄不敢抬頭，沒奈何屈膝殿廷，奉上璽綬。何如一死？劉盆子不發一言，旁有丞相徐宣，代為傳命，總算說了「免禮」二字，玄始敢起立。張卬、王匡等人，怒目視玄，手中按著佩劍，各欲拔刀相向。還是謝祿心懷不忍，急引玄退坐廷下。卬等尚未肯干休，又經謝祿代為說情，劉恭極力籲請，仍然無效。卬與匡同白盆子，必欲殺玄報怨。盆子有何主見？只是閉口無言，卬不待應允，便揮玄出去，玄含淚趨出。劉恭追呼道：「臣已力竭，願得先死！」說罷，即拔出佩劍，意圖自刎。虧得樊崇眼快，慌忙下殿阻恭。恭請崇赦免劉玄，方可不死。崇乃還告盆子，請赦玄為畏威侯。盆子自然許可，就是張卬等亦憚崇勢力，未便遽抗，玄始得暫保頭顱，就借謝祿居宅，作為寄廬。劉恭又進告樊崇，謂應實踐前言，封玄為王，借示大信。崇也以為然，方封玄為長沙王。唯光武帝聞玄破敗，猶懷前誼，有詔封玄為淮陽王，所以史家相傳，但把淮陽王三字，作為劉玄的頭銜。至若赤眉授玄的封爵，卻擱過不提，這且毋庸絮表。看官莫視作閒筆。唯劉玄既依著謝祿，更兼劉恭隨時保護，幸得苟且偷生。也不過是個寄生蟲。無如赤眉暴虐，苛待吏民，京畿三輔，即京兆，左馮翊，右扶風。不堪受苦，還覺得劉玄為主，較為寬平，因擬糾眾入都，將劉玄救出虎口，仍把他擁戴起來，好

第十回　光武帝登壇即位　淮陽王奉璽乞降

　　與赤眉為難。可巧光武帝所遣的鄧禹，掃平河東，渡河西進，沿途嚴申軍律，不犯秋毫。關中人民才將救取劉玄的計策，暫從擱置，專待鄧禹到來。外如關西一帶的百姓，已是扶老攜幼，往迎禹軍，禹輒停車慰勉，俯從民望，百姓無不感悅，真個歡聲載道，喜氣盈衢。禹部下亟請入關，偏禹老成持重，不欲速進，獨面諭諸將道：「我兵雖多，不耐久戰，且前無寇糧，後乏饋運，一或深入，反多危險！赤眉新拔長安，糧足氣盛，未可猝圖，必須待他群居致變，方得下手，現不若往略北道，就食養兵，俟釁乃動，一鼓可下，何必勞敝將士，與這盜賊拚命呢？」部將才不復多言。禹即北徇栒邑，所過郡縣，陸續歸附。唯長安人民，眼巴巴的望著王師，不意禹軍迂迴北去，愈望愈遠，好多時沒有影響，又欲試行前計，盜取劉玄。張卬等恨玄切骨，一得消息，正好借這名目，把玄殺死，當下與樊崇等說明利害。崇亦覺得留玄貽患，乃召謝祿入商，囑使殺玄。祿尚不忍許，卬勃然道：「諸營長多欲篡取聖公，一旦失去，合兵來攻，公豈尚能自存麼？」說得謝祿也為所動，退至宅中，偽言至郊外閱馬，邀玄同行。玄只得從去，及出詣郊外，由祿指示兵士，將玄擠落馬下，用繩縊死。是夕為劉恭所聞，方把屍骸收殮，草草藁葬。兩年有餘的過渡皇帝，弄到這般結局，也覺可憐。莫非自取。後來鄧禹入長安，接奉光武帝詔諭，為玄徙葬霸陵。玄有三子求、歆、鯉，奉母往洛陽，俱得封爵。求受封為襄邑侯，承玄遺祀；歆為谷孰侯；鯉為壽光侯，這都是光武帝的例外隆恩。小子有詩嘆道：

　　不是真龍是假龍，玄黃血戰總成凶。
　　聖公一死猶稱幸，妻子安然沐帝封。

　　劉玄死時，光武帝已入洛陽。欲知光武帝入洛情形，且至下回再敘。

少康復夏，宣王紹周，歷史上傳為美談，若漢光武之中興，亦夏少康、周宣王之流亞耳。自鄗南即位，而帝統有歸，當時之盜名竊字者，至此始逐漸淹沒。蓋明月出而爝火無光，理有固然，亦何足怪？必假強華之呈入讖文，資為號召，得毋猶跡近欺人乎？彼庸弱如劉玄，與光武相差甚遠，乃欲擁眾稱尊，是真所謂不度德、不量力者。況古人有言，無為禍首，將受其咎。項羽百戰百克，猶難免垓下之敗亡，何物劉玄，敢貪天位？無惑乎其肉袒奉璽，逃死不遑也。然玄以弱敗，非以暴亡，子孫得受世祿，雖曰幸事，亦有由來，項王無嗣，更始有兒，讀史者可知所鑑矣。

第十回　光武帝登壇即位　淮陽王奉璽乞降

第十一回
劉盆子乞憐讓位　宋司空守義拒婚

第十一回　劉盆子乞憐讓位　宋司空守義拒婚

卻說光武帝即位以後，曾授大將軍吳漢為大司馬，使率朱鮪、岑彭、賈復、堅鐔等十一將軍，往攻洛陽。洛陽為朱鮪所守，拚死拒戰，數月不下。光武帝自鄗城出至河陽，招諭遠近。劉玄部將廩丘王田立請降。前高密令卓茂，愛民如子，歸老南陽，光武帝特徵為太傅，封褒德侯。茂為當時循吏，故特夾敘。一面遣使至洛陽軍前，囑岑彭招降朱鮪。彭嘗為鮪校尉，持帝書入洛陽城，勸鮪速降。鮪答說道：「大司徒被害時，鮪曾與謀。指劉縯冤死事。又勸更始皇帝，毋遣蕭王北伐，自知罪重，不敢逃死，願將軍善為我辭！」彭如言還報，光武帝笑說道：「欲舉大事，豈顧小怨？鮪果來降，官爵尚使保全，斷不至有誅罰情事。河水在此，我不食言！」彭復往告朱鮪，鮪因孤城危急，且聞長安殘破，無窟可歸，乃情願投誠。當由彭遣使迎駕，光武帝遂自河陽赴洛。鮪面縛出城，匍伏請罪。光武帝令左右扶起，替他解縛，好言撫慰。鮪當然感激，引駕入城。光武帝駐蹕南宮，目睹洛陽壯麗，與他處郡邑不同，決計就此定都。洛陽在長安東，史稱光武中興為後漢，亦稱東漢，便是為此。回應前文，語不厭煩。光武帝封朱鮪為扶溝侯，令他世襲。這也未免愧對乃兄。鮪不過一個尋常盜賊，僥倖得志，但教保全富貴，已是滿意，此後自不敢再有貳心了。

御史杜詩，奉著詔命，安撫洛陽人民，禁止軍士侵掠。獨將軍蕭廣，縱兵為虐，詩持示諭旨，令廣嚴申軍紀，廣陽奉陰違，部兵騷擾如故。遂由詩面數廣罪，把他格死，然後具狀奏聞。光武帝嘉詩除害，特別召見，加賜棨戟。棨戟為前驅兵器，彷彿古時斧鉞，漢時唯王公出巡，始得用此；杜詩官止侍御，也得邀賜，未始非破格殊榮。嗣是驕兵悍將，並皆敬憚，不復為非，洛陽大安。唯前將軍鄧禹，已由光武帝拜為大司徒，令他迅速入關，掃平赤眉。禹尚逗留枸邑，未肯遽進，但遣別將分攻上郡諸縣；更徵兵募糧，移駐大要，留住馮愔、宗歆二將，監

守栒邑。誰知馮愔、宗歆，權位相等，彼此鬧成意見，互相攻殺，歆竟被愔擊斃。愔非但不肯服罪，反欲領兵攻禹。累得禹無法禁遏，不得已奏報洛陽。鄧禹實非將才。光武帝顧問來使道：「馮愔所親，究為何人？」使臣答稱護軍黃防。光武帝又說道：「汝可回報鄧大司徒，不必擔憂；朕料縛住馮愔，就在這黃防身上呢！」來使唯唯自去。光武帝便遣尚書宗廣，持節諭禹，並囑他暗示黃防。果然不到月餘，防已將愔執住，交與宗廣，押送都門。是時赤眉肆虐，凌辱降將，王匡、成丹、趙萌等，不為所容，走降宗廣。廣與共東歸，行至安邑，王匡等又欲逃亡，為廣所覺，一一誅死，但將馮愔縛獻朝廷。愔膝行謝罪，叩首無數。光武帝欲示寬大，貸罪勿誅；叛命之罪，不可不誅，光武雖智足料人，究難為訓。一面再促鄧禹入關。

　　禹自馮愔抗命，軍威稍損，又復徘徊河北，未敢南行。於是梁王劉永，自稱為帝，見第九回。招致西防賊帥佼彊，聯繫東海賊帥董憲，琅琊賊帥張步，據有東方。還有扶風人竇融，累代仕宦，著名河西，嘗與酒泉太守梁統等友善，歸附劉玄，授官都尉。至是因劉玄敗死，為眾所推，號為大將軍，統領河西五郡，武威、張掖、酒泉、敦煌、金城，稱為河西五郡。撫結豪傑，懷輯羌胡。此外又有安定人盧芳，詐稱武帝曾孫劉文伯，煽惑愚民，占據安定，自稱上將軍西平王，且與匈奴結和親約。匈奴迎芳出塞，立為漢帝，復給與胡騎，送歸安定，聲焰漸盛。就是隗囂奔還天水，見第十回。仍然招兵買馬，蟠踞故土，自為西州上將軍。三輔耆老士大夫，避亂往奔，囂無不接納，引與交遊。以范逡為師友，趙秉、蘇衡、鄭興為祭酒，申屠剛、杜林為持書，馬援、王元等為將軍，班彪金丹等為賓客，人才濟濟，稱盛一時。鄧禹聞他名震西州，乃遣使奉詔，命囂為西州大將軍，使得專制涼州朔方事宜。囂答書如禮，與禹連和。禹乃放心南下，往擊赤眉。

第十一回　劉盆子乞憐讓位　宋司空守義拒婚

　　赤眉將帥，雖奉劉盆子為主，但不過視同傀儡，無一稟命。建武元年臘日，赤眉等置酒高會，設樂張飲，劉盆子出坐正殿，中黃門等持兵後列。酒尚未行，大眾離座喧呼，互相爭論。大司農楊音，拔劍起罵道：「諸卿多係老傭，今日行君臣禮，反敢擾亂至此，難道宮殿中好這般兒戲麼？若再不改，格殺毋悔！」大眾聽了，並皆不服，霎時間鬧做一堆，口舌紛爭，拳械並起。劉盆子慌得發抖，幸經中黃門扶他下座，躲入後庭。楊音見不可當，只好卻走。亂眾大掠酒肉，飽嚼一頓，還想入內殺音。衛尉諸葛稚，勒兵入衛，格斃亂黨百餘人，方得少定。餘眾陸續散去，稚始引兵退出，楊音亦得馳歸。唯劉盆子遭此一嚇，不敢出頭，但與中黃門同臥同起，苟延性命。當時掖庭裡面，尚有宮女數百人，赤眉置諸不問。不去掠做婢妾，還算有些禮義。可憐這班宮女，鎮日幽居，無從得食，或在池中捕魚，或就園中掘蘆菔根，即蘿蔔根。胡亂煮食，終究是不得療飢，死亡累累，積屍宮中。尚有樂工若干人，衣服鮮明，形容枯瘦，出見劉盆子，叩首求食。盆子使中黃門覓得糧米，每人給與數斗，才得一時救飢，未幾又復絕糧，仍做了長安宮中的餓鬼。俗語說得好：「寧作太平犬，毋為亂世人。」照此看來，原非虛言。建武二年元旦，赤眉等又復大會，聚列殿廷。式侯劉恭，料知赤眉無成，已在前夜密教盆子，囑使讓位。是日樊崇以下，俱請盆子登殿受朝。盆子尚有懼意，勉強跟著劉恭，慢步出來。恭即開口語眾道：「諸君共立恭弟為帝，厚意可感；但恭弟被立一年，擾亂日甚，恐將來徒死無益，情願退為庶人，更求賢才為主，唯諸君省察！」崇等隨聲作答道：「這皆崇等罪愆，與陛下無涉！」恭復固請讓位。突有一人厲聲道：「這豈是式侯所得專主？請勿復言！」恭被他一駁，惶恐避去。盆子記著兄言，急解下璽綬，向眾下拜道：「今蒙諸君推立天子，仍無一定紀律，黨徒四掠，人民怨憤，盆子自知無能，所以願乞骸骨，退避賢路。必欲殺

死盆子，下謝臣民，盆子亦無從逃避。若承諸君不棄，曲賜矜全，貸我一死，感且無窮！」說著，涕灑如雨。虧他記憶，不忘兄教。樊崇等見他情詞悱惻，不禁生憐，乃皆避席頓首道：「臣等無狀，辜負陛下，從今以後，不敢放縱，請陛下勿憂！」語畢皆起，抱持盆子，仍將璽綬佩上，盆子號呼多時，終由樊崇等竭力勸解，護送入內。待大眾退出後，各閉營自守，不復出掠。三輔同聲稱頌，所有避亂的百姓，爭還長安，市無虛舍。不意赤眉等賊心未改，連日不得劫掠，已皆仰屋唏噓，且人民返集都中，免不得攜筐提篋，載貨同歸。赤眉越加垂涎，又復出營打劫，一倡百和，索性大掠一番，無論財貨糧食，一古腦兒取奪得來。驚聞漢大司徒鄧禹，領兵西來，大眾無心對敵，遂收取珍寶，縱火焚闕，把宮廷付諸一炬，方將劉盆子載出，拔隊西行。眾號稱百萬，自南山轉掠城邑，馳入安定北地，沿途所過，雞犬皆空。鄧禹已經入關，探得長安空虛，倍道進兵，徑入長安，屯兵昆明池，大饗士卒。嗣率諸將齋戒三日，禮謁高廟，收集十一帝神主，遣使奉詣洛陽。光武帝加封禹為梁侯，此外各功臣亦晉封侯爵，各賜策文。文云：

在上不驕，高而不危；制節謹度，滿而不溢。敬之戒之，傳爾子孫，長為漢藩！

封賞已畢，便就洛陽建置宗廟社稷，並在城南設立郊天祭壇，始正火德，色仍尚赤。正在制禮作樂的時候，突接到真定警報，乃是真定王劉揚，與綿蔓縣賊勾通，私下謀反。光武帝乃遣將軍耿純，持節往幽、冀間，藉著行赦為名，探驗虛實，便宜行事。揚為郭夫人母舅，從前光武帝嘗投依真定，得納郭氏，結為姻親。見第八回。至光武即位，揚忽陰生異志，不願稱臣。他與光武帝世系相同，均為高祖九世孫，又嘗項上患癭，故詭造讖文，說是「赤九之後，癭揚為主」，意欲藉此欺人，傳聞遠近。純既至真定，留宿驛舍，探得揚造作訛言，謀反屬實，乃邀揚

第十一回　劉盆子乞憐讓位　宋司空守義拒婚

相見。揚因純母為真定劉氏，頗有親誼，料純不敢為難，且胞弟讓與從兄紺，俱各擁兵萬人，勢亦不弱，怕什麼一介朝使？於是帶領將士，及兄弟二人，昂然出城，親至驛舍中拜會。純出舍相迎，延揚入內，備極敬禮，復請揚兄弟一同面談。揚兄弟不以為意，就令將士留待門外，大踏步趨入舍中。純與他周旋片刻，只說有密詔到來，當閉門宣讀，俟門已扃閉，立即指麾從吏，把揚兄弟三人拿下。揚兄弟還自稱無罪，經純詳詰反狀，說得他有口難分。詔命一傳，三首駢落。當下開門徑出，宣布揚兄弟逆案，舉首示眾，眾皆瞠目無言。純又謂汝曹無罪，應該奏聞天子，立揚親屬，仍為汝主。眾情尤為悅服，喏喏連聲，遂引純入真定城。純慰撫劉揚家屬，叫他靜聽後命，方才還報。光武帝果封揚子德為真定王，使承宗祀，真定復平。想仍為了郭夫人面上。

上黨太守田邑，舉部請降。光武帝使邑持節，招降河東軍將鮑永。永即前司隸校尉鮑宣子，宣為王莽所殺，永伏居上黨，以文學知名。更始二年，徵永出仕，遷擢尚書僕射，行大將軍事，鎮撫河東。永領兵赴任，擊破青犢等賊，得超封中陽侯。至劉玄破敗，三輔道絕，光武帝遣使詔諭，永尚有難意，拘繫使人。及田邑持節招降，方知劉玄已死，乃釋放來使，遣散部曲，封上將軍列侯印綬，但與故客馮衍等，幅巾束首，徑詣河內見駕。光武帝召永入問道：「卿擁有重兵，今已何往？」永離席叩首道：「臣前事更始，不能保全故主，負慚實甚，若再擁眾求榮，更覺無顏。所以一併遣散，束身來歸。」光武帝作色道：「卿言亦未免自大呢！」說著，即揮永使退。時懷縣守吏為劉玄親將，負固不服，光武帝遣將往擊，多日不克，乃更召永與語，使永招降。永與守吏素來相識，奉命往撫，片言即下。帝始大喜，拜永為諫議大夫，引令對食，且賜他上商里宅，永拜辭不受。尋聞東海盜帥董憲，分兵擾魯，因拜永為魯郡太守，撥兵數千，使他平亂。永受命即行，獨永客馮衍，向有才

名，與永來歸，也想博取爵位，借展才能。偏光武帝恨他遲遲來降，廢黜不用，衍未免失望。永就職時，私自慰衍道：「從前高祖誅丁公，賞季布，俱有微權，今我與君同遇明主，何必過憂？」衍意終未釋。後來做了一任曲陽令，誅獲劇盜，仍然不得超遷，坎壈終身，唯著述甚富，傳誦當時。後人謂光武知人，尚失馮衍，幾擬衍為賈長沙即賈誼。董江都一流人物，說亦難信，看官但閱〈馮衍列傳〉，自有分曉，毋庸小子曉曉了。敘入鮑永，所以闡揚桓鮑夫婦之前行，至附評馮衍，陰短文人，亦自有特見。

且說光武帝援據讖文，始登大位，因見人心悅服，諸事順手，乃將《赤伏符》作為祕本，事多仿行。符中曾有讖語云：「王梁主衛作玄武。」玄武係水神名號，光武帝以為司空一職，管領水土，想符中玄武名目，當是司空代詞。可巧王梁為野王縣令，當即遣使召入，擢梁為大司空。王梁履歷已見第八回中。梁自隨光武帝，平定邯鄲，便令他出宰野王。至入任司空，才未稱職，年餘罷去，改用長安人宋弘。弘曾為哀平時侍中，王莽使為共工，及赤眉入關，脅弘就職，弘投入渭水，經家人救出，佯作死狀，始得免歸。光武帝聞他清正有操，特徵為大中大夫。弘正色立朝，儀容端肅，更為光武帝所稱賞，乃遷為大司空，使代王梁後任，加封栒邑侯。弘持身儉約，所得俸祿，分贍九族，因此位列公卿，不脫寒素。光武帝體貼入微，徙封弘為宜平侯。宜平采邑，比栒邑為多。弘仍分給族里，家無餘貲。嘗薦沛人桓譚為給事中，為帝鼓琴，輒作繁聲。弘朝服坐府第中，召譚加責，不稍徇情。既而光武帝大會群臣，復使譚入殿彈琴。弘正容直入，惹得譚手足失措，彈不成聲。光武帝未免驚異，顧問桓譚。譚尚未及答，弘離席免冠，頓首謝罪道：「臣薦譚入侍，無非望他忠誠輔主，稱職無慚。不料他詭道求合，反令朝廷耽悅鄭聲，這是臣所薦非人，理應坐罪！」光武帝聞言改容，仍令戴冠，

第十一回　劉盆子乞憐讓位　宋司空守義拒婚

囑譚退席，不復聽琴。弘更別求賢士，引為侍臣。一夕入宮進謁，見御座旁所列屏風，盡繪列女。光武帝屢次顧及，弘即從旁進規道：「未見好德如好色，聖訓果不謬呢！」光武帝聽著，即命將屏風撤去，向弘微笑道：「聞善即改，卿以為何如？」弘答說道：「陛下德業日新，臣不勝喜慶呢！」光武帝有二姊一妹，長姊名黃，次姊名元。元即鄧晨妻室，先已殉難。見前文第四回。妹名伯姬，已嫁李通為繼室。建武二年，追封次姊元為新野長公主，又封長姊黃為湖陽長公主，妹伯姬為寧平長公主。召通入衛，封固始侯，拜大司農。獨湖陽長公主，方在寡居，光武帝憐她岑寂，特與語及大臣優劣，微窺姊意。公主說道：「我看朝上大臣，莫如大司徒宋公，威容德器，非群臣所可及！」光武點首道：「我知道了。」光武頗重名節，奈何欲姊再醮？待至宋弘進見，乃令公主坐在屏後，自出語弘道：「俗語有言：『貴易交，富易妻，』這也是常有的人情，卿可知此否？」弘正色道：「臣聞貧賤交，不可忘；糟糠妻，不下堂！」光武帝不待說畢，便回顧公主道：「事不諧了！」公主怏怏返入，弘亦徐徐引退，一場婚議，從此打消。小子有詩讚宋弘道：

夫宜守義婦宜貞，禮教昌明化始成。
畢竟宋公能秉正，糟糠不棄兩全名。

帝姊不得再婚，帝后卻已冊定。欲知何人為后，請看下回再詳。

劉永、劉揚，雖系漢家支裔，與盜賊不同，然皆非帝王氣象，不足有為，遑問一劉盆子？但盆子固非欲為帝者。一介童子，為盜所掠，得充牧牛小吏，幸全生命，已自知足。無端被迫，脅使為帝，惶怖之念，出自真誠，觀其承受兄教，向眾宣言，亦非蚩蚩無知者比。厥後之得保首領，廩祿終身，亦天之所以報其謹厚耳。永、揚皆死，而盆子不死，有由來也。彼湖陽長公主之寡居，度其年已逾三十，就令不耐守孀，光

武亦宜正言曉諭，完彼貞節。萬一不可，亦唯有代為擇偶已耳。乃使之自擇大臣，且令其坐諸屏後，公然炫鬻，微宋弘之守正不阿，豈非導人為不義之行，使之易妻娶孀乎？光武為中興令主，猶有此失，而宋公之威容德器，誠哉其不可及歟！

第十一回　劉盆子乞憐讓位　宋司空守義拒婚

第十二回

掘園陵淫寇逞凶　張撻伐降王服罪

第十二回　掘園陵淫寇逞凶　張撻伐降王服罪

卻說建武二年五月，冊立郭貴人為皇后，子彊為皇太子。郭氏即劉揚甥女，隨駕入洛。當光武帝即位時，得產一男，取名為彊。時陰麗華也迎入洛陽，陰麗華見第七回。與郭女同受封貴人。麗華容色，實過郭女，並且性情和順，毫無妒意，光武帝本欲立她為后，她卻以為郭氏有子，理應正位中宮，且郭氏生長王家，與自己出身不同，所以情甘退遜，將后位讓與郭氏。看到後來，實可不必。光武帝乃立郭氏為后，就將二歲幼兒，作為儲君。這且待後再表。帝又分封宗室，封叔父良為廣陽王；後來徙封趙王。族父歙為泗水王；族兄祉為城陽王；歙子終為淄川王；追謚兄縯為齊武王；仲為魯哀王；縯子章授封太原王；後來徙封齊王。仲歿無子，命縯次子興過繼，襲封魯王。封爵已定，乃再擬蕩平群寇。唯一時人心未靖，亂端不已，除上文所述諸渠魁外，尚有漁陽太守彭寵，破虜將軍鄧奉，相繼造反，警信頻聞。提敘一筆，暗伏下文。光武帝雖遣將出討，但尚無暇全力對付，只好先就近處著手，次第廓清。自從劉玄敗死，諸將吏散處南方，未肯歸命洛陽。光武帝召集諸將，會議出師，當下向眾宣言道：「鄖城最強，次為宛城，何人敢率兵進擊？」語未絕口，即有一人突出道：「臣願攻鄖城！」光武帝見是執金吾賈復，就笑說道：「執金吾前去擊鄖，朕復何憂？宛城當屬大司馬便了！」復領兵自去。另遣大司馬吳漢，往略宛城。鄖城守將尹尊，曾由劉玄封為鄖王，與賈復相持月餘，城中食盡，因即出降。就是宛城、為宛王劉賜所守，一經吳漢兵到，退保溝陽，未幾亦即歸降。兩處先後報捷，光武帝因賜本族兄，前曾共事，所以召賜入見，封為慎侯。再命賈復進略召陵、新息，統得平定。

復有部將過潁川郡，妄殺良民，正值河內太守寇恂，調往潁川，立即拘復部將，梟首示眾。復引為己恥，顧語左右道：「寇恂敢殺我部將，藐我太甚，我當前去見恂，手刃此仇！」遂自潁川出發。粗莽可笑。恂

聞復挾怒前來，料無好意，故不願與見。姊子谷崇語恂道：「崇為軍將，應帶劍侍側，就使有變，也可抵擋得住，相見何妨？」恂搖首道：「我聞藺相如不畏秦王，獨為廉頗屈志，彼區區趙國，尚知先公後私，難道我反悍然不顧麼？」好寇君。乃飭屬縣盛設酒餚，遇有執金吾軍入界，全體供給，一人須兼二人飲食，縣吏自然遵令，不敢怠慢。恂託辭出迎，行至中途，因疾折回。復正勒馬待著，按劍欲試，不意恂已馳歸，惹得怒上加怒，亟欲勒兵追恂。偏部兵已皆被酒，不願進行，復亦孤掌難鳴，只好罷休。恂使谷崇具狀奏聞，光武帝召復班師，並徵恂入朝。恂奉命進謁，見復在御座前，急起欲避。光武帝與語道：「天下未定，兩虎怎得私鬥？朕當與兩卿和解，互釋前嫌。」說著，賜令共坐，宴敘甚歡。及退出殿外，復令同車並出，兩人曲體主心，自然釋怨平爭，言歸於好，恂復辭回潁川去了。

　　大司馬吳漢，方自宛城往略南陽，忽報檀鄉賊與五校賊會合，寇掠魏郡清河。光武帝召漢還師，自督諸將至內黃，進擊五校賊，大破賊眾，收降至五萬餘人。適值吳漢領兵來會，乃將軍事付漢，折回都中。漢與檀鄉賊連戰數次，無不獲勝，斬馘數萬，降服數萬。先是檀鄉賊徒，統是刁子都餘黨。刁子都見前文。子都為部曲所殺，餘眾轉走檀鄉，後糾集他處盜匪，號為檀鄉賊，共計得十餘萬名。及為吳漢所敗，或死或降，所餘無幾，遁入西山，再推賊目黎伯卿為渠帥。伯卿負嵎數月，仍被吳漢搗破，竄死崖谷間，河右復安。光武帝接得捷書，親往慰撫，增封吳漢采邑，由舞陽侯晉封廣平侯。此外隨漢同徵，尚有建義大將軍朱祐，大將軍杜茂，執金吾賈復，揚化將軍堅鐔，偏將軍王霸，騎都尉劉隆、馬武、陰識等，亦各有功績，俱得獎敘。朱祐字仲先，南陽宛人，曾從劉氏起義，轉戰有年。杜茂字諸公，南陽冠軍人，自光武帝出徇河北，投入麾下，效力戎行。堅鐔字子伋，潁川襄城人，嘗為郡縣

第十二回　掘園陵淫寇逞凶　張撻伐降王服罪

掾吏，頗有幹才，或向帝前推薦，方得召用，積功為揚化將軍。唯劉隆字元伯，本與光武帝同宗，乃父名禮，前與安眾侯劉崇討莽，並皆敗死，隆年尚幼，幸得免禍，後來遊學長安，劉玄召為騎都尉，隆見玄不能成事，託詞迎取家眷，轉至河內從光武帝，光武帝使仍舊職，加封列侯。四人俱列二十八將中，故特提敘。至若賈復、王霸、馬武履歷，已見前文，不復追敘。獨陰識為陰貴人兄，受封陰鄉侯，光武帝因他從軍有功，擬加封邑。識叩頭固讓道：「臣託屬掖庭，累加爵土，不可以示天下，幸勿加恩！」光武帝見他意誠，乃不復加封。識小心謹慎，未嘗以貴戚自驕，就是出征有功，亦謙退不伐，因此為士論所稱。卻是難得。

光武帝慰勞已畢，復遣漢還定南陽，連下洧陽、酈穰、新野諸城。復與偏將軍馮異，北擊五樓、五幡諸殘賊，所向皆捷。偏大司徒鄧禹，入關撫民，又經赤眉還寇長安，屢戰不利，竟從長安退至高陵，兵士飢困，幾難成軍。於是光武帝另費躊躇，不得不改遣他將，往討赤眉。赤眉前次出關西行，意欲入隴，回應前回。隴右方為隗囂所據，遣將楊廣統率銳卒，迎頭截擊，殺得赤眉七零八落，慌忙回走，所掠財物，拋棄殆盡。道出陽城山谷中，適遇大雪，凍死多人，屍骸滿道，沒奈何再返長安。他想長安內外，十室九空，無從再掠，且長安已由鄧禹守住，料不易入，不如往發漢朝陵寢，或可劫取遺藏，免致落空。乃一鬨而往，闖入園陵，守陵吏民，逃得精光，赤眉得任意掘墳。最注意的是后妃各塚，連棺槨盡被劈開，有幾槨用玉匣為殮，屍皆未爛，面目如生。查漢制收殮后屍，自腰以下，用玉為札，長一尺，闊二寸半，垂至兩足，用黃金縷綴繫，叫做玉匣，屍骸得借寶玉精華，歷久不朽。誰知這種奢華的制度，反使各女屍身後不安，當時短命致死，顏色未衰，卻被赤眉賊觸動淫心，竟把她剝去衣服，赤條條的臥在地上，侮辱一番。這也可謂生死交。更可怪的是呂后遺骸，全然不變，面色反比生時嬌嫩，至此也

竟受汙。待到汙辱以後，屍才變色，這難道是生前淫妒，應該受此惡報麼？呂后死時，年已將邁，乃遭此報，定是天道惡淫，故孔聖謂喪欲速朽。獨霸陵為文帝遺塚，文帝素尚儉德，如所幸慎夫人等，衣不曳地，想來總沒有什麼厚殮，故赤眉不去發掘，幸得保全。更有杜陵為宣帝墓所，卻由漢中豪帥延岑，引眾居守，赤眉不敢過犯，安然如故。延岑係南陽人，也是一個綠林流亞，起兵漢中，殺敗漢中王劉嘉，據境稱雄。劉嘉向關中乞師，劉玄尚未敗沒，特遣部將李寶，領兵往會，與嘉並擊延岑。岑寡不敵眾，乃由漢中北出散關，進屯杜陵。他雖往來剽掠，跡同盜賊，但與赤眉相比，尚覺得稍有紀律，差勝一籌。鄧禹聞赤眉發掘陵寢，亟令將士往擊，反為赤眉所敗，傷亡甚眾。禹乃督兵自出，行至雲陽，又接長安警耗，被赤眉乘虛搗入，長安失守，累得禹無路可歸。會聞赤眉將逄安，往攻延岑，也想伺隙進襲。好容易到了長安城下，正要麾兵攻撲，偏又來了赤眉將謝祿，一場交戰，禹又敗走，不得已退至高陵。軍中隨帶糧食，本屬有限，漸漸的食盡囊空，勢難久持，因特奏報洛陽，急求接濟。光武帝籌畫再四，已知鄧禹兵敝，不堪再用。此時唯有偏將軍馮異，智勇兼優，可代禹任，乃特召異入見，囑令西征。異拜命出都，光武帝親送至河南，賜異車馬寶劍，並面囑道：「三輔人民，迭遭變亂，生靈塗炭，無所依訴，今遣卿討賊，並非欲卿略地屠城，期在平定安集，救民疾苦。朕看諸將亦多健鬥，往往未善撫循，獨卿平日能馭吏士，所以委卿重任，卿此行須除暴安良，勿負朕望！」保民而王，莫之能御。異頓首受教，拜別車駕，向西出發。途中宣布威德，民皆畏服，群盜多降。光武帝還居洛陽，連綫馮異軍書，知異威愛並用，定能勝任，乃決計召還鄧禹，專任馮異。會得鄧禹奏稱，劉玄舊將廖湛聯合赤眉，並攻漢中，漢中王劉嘉，出谷迎戰，大破寇眾，陣斬廖湛，嘉因軍士乏食，就穀雲陽，正好乘便招撫云云。光武帝準禹所請，令禹

第十二回　掘園陵淫寇逞凶　張撻伐降王服罪

傳詔諭嘉，禹當然照行。嘉妻為來歙女弟，歙係光武帝姑子，與帝戚誼相關，因即勸嘉從命。嘉始浼禹轉達表文，自請效順，將表文驛遞洛陽，並言廖湛一死，赤眉失勢，近日赤眉將逄安，又被延岑擊敗，約斃十餘萬人，臣料赤眉不久必滅，俟臣籌足軍食，便可一鼓殲滅等語。先生休矣！何必妄想？光武帝已遣異代禹，不改初衷，因復頒詔寄禹，略云：

　　卿慎毋與窮寇爭鋒，赤眉無谷，自當東來，吾以飽待飢，以逸待勞，折棰笞之，非諸將憂也，卿其速歸，無得復妄進兵！

鄧禹得詔，尚以無功為恥，未肯遽歸洛陽。可巧三輔大饑，人自相食，城郭皆空，白骨蔽野，赤眉無從擄掠，果然東下，餘眾還有二十萬人。光武帝得知消息，使破奸將軍侯進等出屯新安，建威大將軍耿弇等出屯宜陽。出發時復傳諭道：「賊若東走，可引宜陽兵會新安；賊若南走，可引新安兵會宜陽。」一面令馮異擇險邀擊，決殲此虜。創業之主，必有良謀。異奉命進駐華陰，正值赤眉東來，即扼要拒擊，先後六十餘日，交戰至數十仗，多勝少敗，收降赤眉將卒五千餘人。

未幾已是建武三年，朝命異為徵西大將軍，節制西行人馬，且促鄧禹交代，限期還都。禹還想鼓勵飢卒，邀擊赤眉，仍然失利，才率車騎將軍鄧弘等東歸。途次與馮異相遇，又欲與異共攻赤眉。貪功之心，何竟至此？異從容道：「異與賊相拒數十日，雖得俘獲賊將，但賊眾尚多，須推示恩信，徐徐招誘，未可遽勞兵力！且皇上已遣諸將分屯澠池，使異在西夾擊，彼此併力，一舉聚殲，乃是萬全的計策。公不若遵旨東還，待異蕩平此虜便了。」禹聽了異言，還道異不肯分功，益加猜忌。就是鄧弘亦有此私意，決欲一戰，遂自請為先鋒，引兵遽進。赤眉齊來接仗，交戰多時，見弘軍微有飢容，卻不望前進，反向後退。弘軍當然追逼，赤眉拋棄輜重，紛紛卻走，弘軍尚不知是計，但見輜重車上，有

豆載著，爭相掬食，頓致行伍散亂，無心戀戰。不防赤眉翻身殺轉，猛擊弘軍，弘軍已經亂伍，倉猝間不能成列，自然四潰，弘亦只得返奔。鄧禹在後面望著，忙邀馮異一同往援，兩人並轡馳往，麾動部兵，截殺赤眉。復酣鬥了好一歇，赤眉稍稍退去。還是誘敵。異亟向禹進諫道：「赤眉小卻，並非真敗，我軍已多飢倦，宜暫休息，毋使前進！」禹不肯聽異，反驅兵急進。異未便停馬，相偕進軍，驀聽得幾聲胡哨，赤眉等四面兜集，踴躍來前。禹與異慌忙對敵，怎禁得赤眉湧至，馳突入陣，把禹異兩軍衝作數截。禹異兩軍，已是飢乏得很，望見敵勢洶湧，統皆怯戰，覓路亂逃。禹亦自知不支，但率親兵二十四騎，衝開血路，徑向宜陽奔去。鄧弘已早經遁走，不知去向，單剩得馮異一軍，也是東逃西散，如何支持？異急走至回溪阪，溪長四里，旁有峭壁，狀甚陡峻。異棄馬逾溪，與麾下數人躍登峻阪，方得馳脫。這番戰仗，漢軍死傷至三千餘人，餘皆散逸。還虧馮異脫身回營，下令收集潰卒，軍士方知異無恙，黈夜奔投，復得萬人，守住營壁。越日復由異整兵募眾，遍召各處城堡戍卒，一併會聚，再與赤眉約期會戰。赤眉恃勝生驕，輕視馮異，待至戰期已屆，便令萬人為前驅，凌晨挑戰。異早經部署，申定號令，一聞寇至，但使銳卒一二千人，出營交鋒。赤眉見異軍寥寥，越加蔑視，存了一種滅此朝食的妄想，悉眾來圍異軍。異乃縱兵大出，與赤眉鏖戰一場，兩下裡旗鼓相當，兵刃交接，吶喊聲震動遠近，好容易殺到日昃，還是未分勝敗，相持不捨。異卻把紅旗一招，突有一支人馬，向赤眉陣中攪入，衣服與赤眉相同，赤眉錯認是自己黨羽，慌忙招呼，誰料到劈頭一撞，都害得頸血模糊，十死五六。赤眉後隊，頓時大亂。再經異麾軍縱擊，殺斃赤眉，不可勝計。看官道這支人馬，究從何處殺來？原來馮異知赤眉勢盛，但憑力敵，未易殺退，所以預先設計，令壯士千人，改服赤眉衣飾，夜伏道旁，約用紅旗為號，叫他搗亂賊軍。果

第十二回　掘園陵淫寇逞凶　張撻伐降王服罪

然赤眉中計，一敗塗地。當由異軍追至崤底，截住男女八萬人，諭令降者免死。八萬男女，一體匍伏，束手歸誠。尚有殘眾十餘萬，東走宜陽。將恃謀，不恃勇，於此可見。異馳書報捷，光武帝特賜璽書云：

　　赤眉破平，士卒勞苦，始雖垂翅回溪，終能奮翼澠池，可謂失之東隅，收之桑榆，方論功賞，以答大勳。

璽書既下，光武帝復親率六軍，至宜陽截住赤眉。赤眉正拚命東走，到了宜陽，見前面戈鋋耀日，旌旗蔽天，當中擁著漢天子御駕，黃屋大纛，八面威風。嚇得赤眉叫苦不迭，如樊崇、逄安等人，經過百戰，殺人未嘗眨眼，至此亦倉皇失措，不知所為。當下經眾會議，只有乞降一法，乃遣劉恭持書請降。恭既至漢營，得見光武帝，行過了禮，呈上降表。光武帝準令降順，恭面請道：「盆子率百萬眾降陛下，敢問陛下如何待遇？」光武帝接說道：「待他不死便罷。」王言如綸。恭因即返報，盆子率徐宣以下三十餘人，肉袒歸降，獻上所得傳國璽綬，並將所有兵甲，悉數繳付，堆積宜陽城外，高與熊耳山相齊。光武帝令縣廚賜食，降眾正苦飢餒，隨到隨食，總算十萬餘人，並得一飽。光武帝見降賊甚多，恐有反覆，特就次日清晨，大陳兵馬，遍布洛水岸旁，令盆子等隨駕觀兵，且顧語盆子道：「汝自知當死否？」盆子跪答道：「罪原當死，但求陛下恩赦呢！」光武帝微笑道：「兒亦太黠，宗室中原無愚人！」說至此，又顧問樊崇等道：「汝等曾悔降否？朕願遣汝等回營，鳴鼓相攻，再決勝負，可好麼？」好權術。徐宣等叩頭道：「臣等出長安東都門，君臣計議，已願歸命聖德，唯百姓可與圖成，難與慮始，所以未曾遍告。今日得降，如脫去虎口，得依慈母，誠喜誠歡，還有什麼悔恨呢？」光武帝語徐宣道：「卿可謂鐵中錚錚、庸中佼佼了！」乃斂兵歸營。更諭諸降將道：「汝等大為不道，所過成墟，屠老弱，溺社稷，汙井灶，殘暴已極，本應駢誅。但朕念汝等尚有三善：攻破城邑，幾遍天下，妻

婦未嘗棄易，算是一善；立君能用宗室，算是二善；他賊乘亂立君，待至危急，往往弒君持首，乞降邀功，獨諸卿尚知大義，奉主來降，算是三善。朕所以網開三面，法外行仁，此後總宜洗心革面，共享太平！」降將都一齊跪下，齊呼萬歲。光武辯論善惡，亦俱得當。光武帝揮眾令起，啟行還都，令降將分居洛陽，每人賜宅一區，田二頃，餘眾給資遣歸。唯楊音與帝叔劉良有舊，良先依劉玄，玄敗沒時，獨良得楊音禮待，才得免害。因此光武帝為叔報德，封音為關內侯，得與徐宣安享天年。劉恭替劉玄報仇，刺死謝祿，繫獄自首，亦得貸死。獨樊崇、逄安，居洛數月，又想造反，謀洩被誅。不死胡為？光武帝矜憐盆子，賞賜甚厚，使為叔父良部下郎中。盆子病目失明，方令免官，尚給滎陽均輸官地，食稅終身。小子有詩詠道：

　　牛吏何堪作帝王，崤山一跌便淪亡。

　　得全首領猶云幸，總為童兒質尚良。

　　赤眉已平，餘寇猶熾，免不得再加征伐，勞動王師。欲知後來情事，且看下回續敘。

　　項羽掘始皇塚，後人以凶殘嫉之，顧未有如赤眉之甚者。赤眉不法，發掘園陵，裸辱女屍，閱《漢書・劉盆子傳》中，載入此事，謂有玉匣附殮者，多被淫穢，姓氏不概傳，獨於呂后則標明之。意者其亦嫉呂后生前之奢淫，特揭此以為後人戒歟？鄧禹已入長安，不能捍衛陵寢，咎實難辭，乃復以飢疲之卒，貪功邀戰，屢致失利，甚且累及馮異，同致覆師。微異之奮翼澠池，則赤眉東來，眾尚二十萬，即如光武之勒兵親征，截擊宜陽，勝負亦未可料，安能不戰屈人乎？光武能專任馮異，卒成大功。至若劉盆子之降，待以不死，陳兵示威，笑語屈賊，光武固一英闢也歟？而樊崇、逄安之自外生成，終遭誅殛，何一非惡貫滿盈之果報也！

第十二回　掘園陵淫寇逞凶　張撻伐降王服罪

第十三回
誅鄧奉懲奸肅紀　戕劉永獻首邀功

第十三回　誅鄧奉懲奸肅紀　戕劉永獻首邀功

卻說赤眉既降，關中無主，盜賊又乘機蜂起，各據一隅。下邽有王歆，新豐有芳丹，霸陵有蔣震，長陵有公孫守，谷口有楊周，陳倉有呂鮪，汧駱有角閎，長安被張邯占住，各稱將軍，互相攻擊。獨延岑屯據杜陵，擊破赤眉將逢安，意氣自豪，再移部眾入藍田，僭稱武安王，分置牧守，居然想做關中霸主。聞得徵西大將軍馮異進兵，亟誘同張邯等眾，共攻異軍。一番接仗，竟被異軍殺斃千餘人。張邯等戰敗先逃，延岑亦向東南竄去。異進駐上林苑中，號令遠近，先撫後剿，所有前時附近諸堡砦，附屬延岑，至此都向異投誠。異又遣復漢將軍鄧曄，輔漢將軍于匡，領兵追岑。到了析縣，正值岑督眾圍城，一遇鄧曄等到來，慌忙解圍對敵，偏部眾懲著前敗，不敢再戰，裨將蘇臣等投械先降。岑不敢再持，奔歸南陽，又被漢建威大將軍耿弇等，迎頭截擊，斬首三千餘級，生擒將士五千餘人。岑勢孤力竭，但率數騎奔投秦豐，嗣復轉詣西蜀，下文自有交代。唯鄧奉本光武帝姊夫鄧晨兄子，從徵有功，官拜破虜將軍。自吳漢出略南陽，兵多侵暴，連鄧奉故鄉新野縣中，亦遭蹂躪。奉返省鄉里，廬舍蕩然，不由的怒氣填胸，竟糾合流氓，造起反來。鄉里遭殃，何妨劾奏吳漢，奈何造反？當即攻入淯陽，逐去守兵。顧應前回。尚有堵鄉人董欣，杏聚人許邯，亦糾眾應奉，四出騷擾。董欣攻入宛城，拘住南陽太守劉欣，幸漢揚化將軍堅鐔，尚未遠去，一聞宛城失守，便引兵夜至城下，使壯士悄悄登城，斬關納入兵士，一鼓而進。欣未曾防備，勢難招架，只好棄城竄去，逃歸堵鄉。光武帝時已聞警，亟授岑彭為征南大將軍，使討鄧奉、董欣，且擬添將助彭。適值王常自鄧來歸，常即前時下江帥，與光武帝同破莽軍，轉事劉玄。玄曾命常為廷尉大將軍，封知命侯，進爵鄧王。至是方挈眷入洛，謁見光武。光武帝與語道：「王廷尉良苦，每念前時與同艱險，無日忘懷！奈何至今始來相見哩？」常頓首謝道：「臣蒙大命，得效鞭策，始遇宜秋，繼會昆

陽，幸賴陛下威武，終破大敵。更始不量臣愚，委任南州。赤眉入關，傷心失望，以為天下復失綱紀。今聞陛下即位河北，如日重明，臣等得見闕廷，雖死亦無遺恨了！」光武帝笑說道：「我與卿戲言，不必介意，今得見卿，南顧無憂了。」遂指常語諸將道：「王將軍曾率下江諸將，輔翼漢室，心如金石，真好算是忠臣呢！」於是面授常為漢忠將軍，使與朱祐賈復、耿弇、郭守、劉宏、劉嘉、耿植等，一同南下，由征南大將軍岑彭節制。彭率眾至杏聚，擊破許邯，邯窮蹙始降。再順便進攻堵鄉，董欣向鄧奉乞援，奉率銳卒萬餘，往救董欣，兩人併力拒守。岑彭等連攻數月，尚不能克。到了建武三年夏間，光武帝下詔親征，帶領六軍出都。行至葉縣，適遇董欣別將數千人，沿途攔阻，車駕不得前進，正要麾兵開道，巧值彭亦引兵殺到，前後夾攻，一霎時掃得精光。光武帝進軍堵陽，鄧奉不禁膽怯，夜奔淯陽。董欣獨力難支，自縛出降。積弩將軍傅俊，騎都尉臧宮，奉著帝命與岑彭等追趕鄧奉，馳抵小長安，得及奉兵，當然再戰。奉抵死格拒，酣鬥經時，互有殺傷。驀聞光武帝親來接應，車騎大至，漢軍越加奮勇，殺死奉兵無數，奉欲逃無路，迫急乃降。光武帝記奉前功，且由吳漢起釁，擬從赦宥。岑彭與耿弇進諫道：「鄧奉背恩造反，致王師暴露經年，罪無可逭！若不誅奉，何以懲惡？」說得光武帝不便徇情，乃將奉正法示眾。國法原是難容。唯許邯、董欣，幸得貸免。光武帝啟駕還都，但使岑彭與傅俊、臧宮等三萬餘人，南擊秦豐去了。

過了月餘，得虎牙大將軍捷報，說是劉永授首，睢陽報平。究竟劉永如何敗死？應該詳敘情形。永在睢陽僭稱帝號，專據東方。見十一回。內有沛人周建等為爪牙，外有佼彊、董憲、張步等為羽翼，除國都睢陽外，如濟陰、山陽、沛楚、淮陽、汝南等二十八城，俱歸管轄，差不多將青、兗、徐三州包括了去。光武帝曾拜蓋延為虎牙大將軍，使與

第十三回　誅鄧奉懲奸肅紀　戕劉永獻首邀功

　　降將蘇茂，相偕東征。茂本劉玄部將，前與朱鮪共守洛陽，鮪既出降，茂亦歸命。及隨蓋延東行，獨不肯受延節制，分軍自去，掠得數縣，據住廣樂，反向劉永處遣使稱臣。永拜茂為大司馬，封淮陽王。蓋延獨進攻睢陽，且奏達蘇茂叛狀，光武帝再遣駙馬都尉馬武，騎都尉劉隆，護軍都尉馬成，偏將軍王霸等，往助蓋延，為延副將，合攻睢陽城。彼此經過好幾次戰仗，城中兵不能取勝，閉門死守。兩下裡復相持數旬，延盡收田間禾麥，作為軍糧，守兵無糧可因，漸生恟懼，當被延軍窺出間隙，緣梯夜登，入城擊永。永不知所措，亟引兵走出東門，延等追殺一陣，橫屍遍野，只剩得騎士數十人，保住劉永家屬，奔往虞城。虞城人不願納永，反將永母及妻子，一併殺死，永倉皇走脫，得抵譙邑。永將蘇茂、佼彊、周建等，合兵三萬餘人，至譙救永，永復得成軍，再擬拒延。延連拔薛城、沛城，斬魯郡太守梁邱壽，及沛郡太守陳修，長驅追永。永率蘇茂等三將軍，至沛西逆戰，又吃了一大敗仗。不得已再棄譙城，轉奔湖陵，蘇茂奔還廣樂，唯佼彊、周建，還是與永同行，未曾捨去。

　　蓋延乘勝略地，收撫沛楚、臨淮各城。光武帝也遣大中大夫伏隆，持節使青、徐二州，招諭郡國。青徐群盜，多望風請降。就是琅琊盜帥張步，亦迎謁伏隆，斂兵聽命。隆許為歸報，囑步靜候朝旨，步乃使掾吏孫昱，隨隆詣闕，貢獻鰒魚。鰒似蛤，即石決明。光武帝遷隆為光祿大夫，仍使隆齎著詔書，拜步為東萊太守。隆即與步掾孫昱，仍向東行。哪知為劉永所聞，忙遣人立步為齊王，並封東海賊帥董憲為海西王。步貪得王爵，欲背隆約。及隆持詔前來，竟擺起國王的架子，拒詔不受。隆探悉情隱，因向步曉諭道：「高祖與天下約，非劉氏不得封王；今君果去逆效順，總不失為萬戶侯，何必貪受偽封，但顧目前，不顧日後哩？」步不以為然，唯留隆共守青、徐二州，隆憤然道：「君不受朝

命，必有後悔！我奉命到此，諭君反正，豈肯隨君附逆？我就此返報便了。」說著，持節欲行，步卻麾動左右，把隆拘住，錮居一室。隆繕就密書，交付從吏，囑使乘間脫身，歸報朝廷。從吏一住數日，覷得步兵防檢少疏，乘夜逸出，好容易奔還洛陽，把隆書呈遞進去。光武帝立即展閱，但見書中寫著：

　　臣隆奉使無狀，受執凶逆，雖在困厄，授命不顧。步固桀驁，屬吏知其反叛，心不附之，願以時進兵，無以臣隆為念！臣隆得生到闕廷，受誅有司，此其大願；若令沒於寇手，以父母昆弟長累陛下。願陛下與皇后太子永享萬國，與天無極！臣隆待死上言。

　　光武帝覽罷，知隆已陷入寇中，亟召隆父伏湛，示隆來書，且流涕與語道：「隆節同蘇武，忠誠貫日，朕卻恨他不如姑許，自求生還哩！」這是無聊慰語，莫被光武瞞過。湛泣拜而退。湛為濟南伏勝九世孫，世傳經學。伏勝為秦時耆儒，見《前漢演義》。高祖伏孺，徙居琅琊郡東武縣；父伏理曾為高密太傅。湛承父蔭，補充博士弟子員；王莽時為「繡衣執法」；劉玄入關，使為平原太守；光武帝即位，聞湛才名，徵拜尚書，令訂舊制。至是因伏隆被執，意欲加慰湛心，擢任公卿。時鄧禹已早還都中，自愧無功，繳上大司徒及梁侯印綬，光武帝賜還侯印，但將大司徒一職，懸缺不補。回應前回。此次擬遷擢伏湛，正好使他代任大司徒，乃即日錫命，使行大司徒事。未幾即命他實授，加封陽都侯，一面調遣大司馬吳漢，率同驃騎大將軍杜茂等，會攻劉永。並擬另派別將，專討張步。忽由幽州牧朱浮，馳使告急，請速濟師。頓令光武帝不遑東顧，又要籌及北防。

　　這朱浮告急的原因，便是為了彭寵造反，逼迫幽州。彭寵本為漁陽太守，嘗發突騎助光武軍，得平王郎。至光武正位，封賞功臣，如寵所遣的吳漢、王梁，皆位躋三公，寵仍守原官，不獲超遷，因此不平。光

第十三回　誅鄧奉懲奸肅紀　戕劉永獻首邀功

武帝也未免負寵。幽州牧朱浮，年少好客，嘗向漁陽徵取銀米，充作廩餼。寵不肯照發，且有怨言。浮致書責寵，譏他為遼東白豕，只好誇示遼陽，不足比衡河右。寵得書越加恨浮，浮更密表譖寵，光武帝乃徵寵入都。寵請與浮一同就徵，奉詔不許，寵遂懷疑懼。寵妻素好干政，勸寵不必應徵，儘可自主；此外屬吏亦無人勸行，於是遷延不發。寵有從弟子後蘭卿，隨光武帝居洛陽，光武帝因遣令諭寵，寵留住子後蘭卿，竟出兵二萬餘人，往攻朱浮。又因上谷太守耿況，也是功高賞薄，與己相同，不妨誘與同反。於是一再遣使，馳詣上谷。哪知有去無來，所遣使人，俱被耿況斬首了。彭寵造反，前回已曾提及，此外所敘各事，參觀前文便知。光武帝聞朱浮被攻，曾遣游擊將軍鄧隆，引兵援浮。隆與浮立營太遠，呼應不靈，被寵兵突破隆營，隆倉猝走脫，部下多死。浮不能相救，只好還守薊城，與寵相拒。既而涿郡太守張豐，也與寵連兵，自稱無上大將軍。寵得一幫手，氣焰越張，索性大舉圍薊。朱浮不敢出戰，唯飛章入洛，乞請援師。

光武帝得報，想了數日，一時騰不出兵馬糧餉，乃令來使還報，教他靜守毋戰，俟籌足軍實，方可來援等語。浮又固守了好幾月，城中糧盡，人自相食，那外面卻攻撲甚急，險些兒陷沒全城，就使棄城不顧，也是無路可出，眼見得危急萬分，朝不保暮。虧得上谷太守耿況，遣到兩三千騎兵，衝破圍城一角，浮得趁此機會，開城殺出，由上谷兵在外接應，才得走脫。只薊城吏民，不及隨行，上谷兵又復退去，無人相救，沒奈何出降寵軍。寵既得薊城，復陷右北平、上谷數縣，遂自稱燕王，北通匈奴，南結張步，又收集朔方遺賊，稱雄一隅。光武帝時思北討，但恐劉永未平，一或遠征，免不得顧此失彼，患生眉睫，所以耐心待著，只望蓋延、吳漢兩軍，早日平永，便好移師北行。偏偏事多周折，波浪層生，前次睢陽城已經攻下，只逃脫了劉永一人。及蓋延往略

沛楚，永又從間道還至睢陽，睢陽人又反城迎永。蓋延再去圍攻，急切又不能得手。唯吳漢一軍，行至廣樂，與永將蘇茂連戰數次，茂奔廣樂見上文。茂敗入城中。吳漢督兵猛攻，四面架起雲梯，將要登城，不防來了一個周建，帶著大隊十多萬人，救茂擊漢。漢自率輕騎，前去截擊，雖是敵眾我寡，倒也未嘗膽怯。一場混戰，畢竟殺不過茂眾，看看將敗退下去，漢不禁性起，怒馬向前，挺戟突陣，刺死敵兵數人。驀然來了一箭，射中馬首，馬負痛一蹶，把漢掀翻地下，幸虧左右將士，搶前力救，才得將漢扶歸。漢膝上受傷，不能起立，困臥榻上，諸將只得閉壘自固，一聽周建入城。到了日晚，吳漢尚病不能興，未免呻吟。杜茂等入語道：「大敵在前，公乃因傷久臥，恐致搖動眾心，還請詳察。」漢聽言未畢，便躍然起坐，裹創出帳，椎牛饗士，下令軍中道：「賊眾雖多，統皆烏合，勝不相讓，敗不相救，並沒有什麼忠義。今日為諸君立功時候，殺賊封侯，在此一舉，望諸君勉力。」麾下不禁鼓舞，齊稱得令，將士同心，不憂不勝。於是士氣復振，待旦廝殺。到了昧爽，城中已有鼓角聲，傳入漢營。漢知周建等又來挑戰，遂選四部精兵黃頭、吳河等，黃頭係首戴黃巾，為敢死士。及烏桓突騎三千餘人，作為先驅，自督諸將隨出，號令全軍，聞鼓齊進，退後立斬。當下大開營門，嚴陣以待。望見周建領兵出來，即由漢親自播鼓，蓬蓬勃勃，激動士氣，前驅奮勇殺出，後軍繼進，一古腦兒衝入建軍。建軍抵擋不住，立即返奔，被漢軍快馬追上，守卒不及閉門，頓至門前擠住，彼此爭入，結果是全城搗毀，周建蘇茂，奪路遁去。漢入城安民，留杜茂、陳俊居守，自率兵追躡建、茂，直抵睢陽。建與茂入城見永，相偕守禦。漢會同蓋延，晝夜急攻。城中被困，已將百日，兵吏皆有菜色，再加建、茂敗兵，從外竄至，人數雖是較多，糧食越加不濟，沒奈何保住劉永，潰圍出走。延軍截住輜重，從後追擊。永等拚命亂跑，將抵酇城，眾已四

第十三回　誅鄧奉懲奸肅紀　戮劉永獻首邀功

散，連建、茂亦自去逃生。只有永將慶吾，還是跟著，眉頭一皺，計上心來，竟悄悄的拔出佩刀，向永腦後劈去，永未曾預防，當然被殺，慶吾遂梟了永首，迎獻延軍。延令慶吾攜首入都，伏闕呈報，慶吾得受封為列侯。好僥倖。

永弟防尚守住睢陽，聞得永已斃命，也開城出降。獨永子紆隨著建、茂，同至垂惠。建、茂因立紆為梁王，收合餘燼，再圖起復。永將佼彊走保西防，仍與建、茂等，遙為聲援，共保劉紆。紆且使人至劇城，傳報嗣立情狀，劇城為張步所居，正在擁兵拓土，奪得齊地十二郡，侈然自大。既接劉紆使命，意欲尊紆為帝，自稱定漢公。也想摹仿王莽麼？獨琅琊太守諫阻道：「梁王嘗歸附劉宗，所以山東聽命，今若尊立彼子，恐眾情未必翕從。且齊人多詐，不可不防！」步乃罷議，但將來使遣歸。王閎即王莽從弟，王譚子。頗有膽略，為莽所忌，遣為東郡太守。至劉玄為帝，閎率東郡三十餘萬戶，拜表降玄，玄因令閎移守琅琊。張步起事，受永封爵，閎與戰不勝，單騎見步，步陳兵相見，怒目視閎道：「步有何過，乃為君所不容，屢次見攻？」閎按劍道：「閎為大漢太守，奉命守土，今文公張步字。擁兵相拒，不服朝命，閎只知討賊，管什麼有過無過呢？」步為閎所折，不禁心服，遂離席跪謝，陳樂獻酒，待遇如上賓禮，仍使閎守郡如故。閎此次進諫，是知劉紆不能成事，意欲張步仍歸順洛陽。步但不願帝紆，未肯從洛，且殺死洛陽使臣伏隆，據境自雄。正是：

　　狐鼠徒知爭窟穴，蟪蛄原不識春秋。

張步尚是專橫，彭寵卻已速死。究竟寵何故斃命，請看官續閱下回。

鄧奉為鄧晨兄子，與光武帝戚誼相關，乃以新野被掠之嫌，遽敢造

反,實屬罪無可貸。光武帝之欲加赦宥,未免徇私。岑彭耿弇,共請正法,所言甚當。卒之叛臣伏罪,國法得伸,光武帝之曲從眾請,誠哉其以公滅私也。劉永亦高祖後裔,名位與光武相類,光武可帝,永亦未嘗不可帝;但永之才智,不逮光武,必欲據有青齊,抗衡河洛,不敗何待?不死胡為?唯慶吾既為永臣,乃乘永窮蹙之時,遂加手刃,攜首求功,光武帝竟封為列侯,毋乃過甚。帝嘗語盆子諸臣,謂其奉主來降,不失為善,是明知弒臣之非義,奈何猶加封賞也?耿弇諸將,能諫阻光武之赦奉,不知諫阻光武之封吾,其亦一得一失也歟!

第十三回　誅鄧奉懲奸肅紀　戕劉永獻首邀功

第十四回
愚彭寵臥榻喪生　智王霸舉杯卻敵

第十四回　愚彭寵臥榻喪生　智王霸舉杯卻敵

卻說彭寵僭稱燕王，已閱年餘。光武帝意欲親征，預備六軍出發，文武百官，未敢異議。獨大司徒伏湛上疏諫阻，略云：

臣聞文王受命，而征伐五國，犬戎密須耆邗崇。必先詢之同姓，然後謀於群臣，加占蓍龜以定行事，故謀則成，卜則吉，戰則勝，然後俟時而動，三分天下而有其二。陛下承大亂之後，受命而興，出入四年，滅檀鄉，制五校，降銅馬，破赤眉，誅鄧奉之屬，不為無功。今京師空匱，資用不足，未能服近而先事邊外，似屬非宜。且漁陽之地，逼接北狄，黠虜困迫，必求其助。又今所過縣邑，尤為睏乏，大軍遠涉二千餘里，士馬罷勞，轉糧艱阻。今兗、豫、青、冀中國之都，寇賊縱橫，未及歸化。漁陽以東，本備邊塞地，貢稅微薄，安平之時，尚資內郡，況今荒耗，豈足先圖？而陛下捨近務遠，棄易就難，四方疑怪，百姓怨懼，誠臣之所惑也。願遠覽文王重兵博謀，近思征伐前後之宜，顧問有司，使極愚誠，採其所長，擇之聖慮，以中土為憂念，則不勝幸甚！

光武帝覽疏，方才罷議。但使建義大將軍朱祐，建威大將軍耿弇，徵虜將軍祭遵，驍騎將軍劉喜等，出略北方。涿郡太守張豐，叛應彭寵，為寵封鎖，祭遵以張豐不除，無從滅寵，乃引軍先行。倍道至涿郡城下，一鼓登城，城中大亂，張豐倉猝欲奔，被功曹孟厷縛住，獻與遵軍。豐素信方術，有道士向豐腴媚，謂豐當為天子，且用五彩囊裹住一石，令豐繫諸肘後，偽云石中有玉璽，俟得就尊位，方可剖取。豐信為真言，因即謀反。此次做了罪囚，推至遵前，遵詰問反狀，豐尚述道士訛言，舉肘示遵。遵令將五彩囊解下，取出一石，用椎擊破，並無玉璽，便擲石示豐，豐始知被詐，仰天嘆道：「當死無恨。」真是呆鳥。遵即命推出斬首，傳詣洛陽。光武帝聞張豐伏誅，撤去漁陽羽翼，當然心慰。唯因岑彭往擊秦豐，數月不得捷音，見前回。乃將朱祐調回，使助岑彭。留祭遵屯良鄉，劉喜屯陽鄉，使耿弇進擊漁陽。弇因父況與寵同功，跡近嫌疑，且無兄弟留侍京師，益恐遭忌，未敢獨進。因上書求還

洛陽，願將漁陽事讓與祭遵。光武帝覽悉內容，即下詔賜弇道：「將軍嘗舉宗相依，為國忘家，功效卓著，今何嫌何疑，反欲求徵？且屯兵涿郡，勉圖方略，平叛課功。」弇接到詔諭，乃暫駐涿郡，並作書稟父，請況為國效力，夾攻彭寵。況得書後，已知弇意，便遣弇弟耿國入侍。光武帝嘉況忠誠，晉封況為隃麋侯。會因彭寵出兵兩路，分攻祭遵、劉喜，一路由寵引兵數萬，自擊祭遵；一路使弟純領著匈奴騎兵，約有好幾千人，往擊劉喜。純行至軍都，忽刺斜裡突出一彪人馬，大刀闊斧，攔住廝殺，純不及措手，慌忙倒退。有兩個匈奴統將，不識利害，向前接戰，誰知上谷騎士，比胡騎還要厲害，左衝右突，無人敢當。且有一位青年驍將，橫槊當先，飄飄飛舞，鋒刃到處，流血淋漓，兩個匈奴軍將，都做了無頭鬼奴，餘眾自然駭散，純亦逃歸。看官道來將為誰？就是耿況次子耿舒。倒戟而出。況曾遣諜騎，往探漁陽消息，既知彭純出發，即遣次子耿舒，率銳邀截。純卻不曾防備，適被耿舒橫擊一陣，敗回漁陽。軍都乃是縣名，本已附屬彭寵，此次由耿舒乘勝進攻，也是唾手得來。寵聞彭純敗還，軍都失守，不由的心驚膽落，連忙引兵折回，自保巢穴，尚恐祭遵、劉喜，與耿況連兵搗入，日夕不安。就是漁陽城內的百姓，也是擔憂得很，未遑寧處。

　　蹉跎過了數月，已是建武五年。彭寵妻夜臥床間，恍恍惚惚，覺得自己裸體登城，被髡徒推墜城下，駭極大呼，才得驚寤，醒後始知是一場噩夢，大為惶惑。越夕由寵升堂，聞火爐下有蝦蟆聲，閣閣亂鳴，寵將火爐移開，並不見有蝦蟆形跡，再令左右掘地尋覓，亦無影響。為此種種怪異，便召卜人筮易，術士望氣，統云不必防外，但當防內。寵聞言細思，只有從弟子後蘭卿，由洛陽到來，見前回。莫非蓄有陰謀，潛圖為變？乃將他調戍邊防，不令居內。且欲祀神禳災，先期齋戒，移居靜室。蒼頭子密等三人，見寵心緒煩亂，後必無成，遂暗中密謀，擬將

第十四回　愚彭寵臥榻喪生　智王霸舉杯卻敵

寵夫婦殺死，往降漢營。當下伺寵臥著，趲將進去，把寵縛住床上，再出告外吏，說是大王齋禁，令眾歸休。待外吏散去，又偽傳寵命，收縛奴婢，分置密室，然後召出寵妻。寵妻不知何因，趨入齋室，驚見寵被繩捆住，忍不住驚叫道：「叛奴造反！」說到反字，已被子密等揪住頭髮，用掌擊頰，打得寵妻面目紅腫，不敢作聲。誰叫你嗾寵造反？寵慌忙大呼道：「快為諸將軍辦裝，不必多言！」子密等乃釋放寵妻，隨她入取寶物，但留一奴守寵。寵顧語道：「汝為我所愛，想為子密脅迫至此，若肯解我縛，當使女珠嫁汝，家中財物，與汝同分！」守奴頗為所動，出視戶外，見子密尚未他去，因不敢替寵釋縛。子密等取得金玉珍寶，復將寵妻牽入寵室，迫使縫兩縑囊，盛貯各物，寵妻不敢不從。到了縑囊縫就，已經夜半，子密又放開寵手，使他親寫手敕，諭告城門將軍，但言今遣子密等往報子後蘭卿，速即開門，毋令稽留。寵已同傀儡一般，如言寫就，子密便拔刀在手，剁落寵頭；轉身把寵妻也是一刀，首隨刀落。當即取兩首盛入囊中，與寵書一併攜著，出室跨馬，賺開城門，徑奔洛陽。齋室門至曉不開，外吏敲門不應，越垣進去，見寵夫婦屍身委地，各無頭顱，不禁大駭。當下召齊官屬，查緝凶手，早已不知去向。尚書韓立等，收殮寵夫婦遺屍，立寵子彭午為王，召入子後蘭卿為將軍。才經數日，又被國師韓利，梟取午首，持獻漢徵虜將軍祭遵。遵馳詣漁陽，夷寵家族，然後遣使奏聞。就是子密亦馳至闕下，呈上寵夫婦首級，光武帝封子密為不義侯。既云不義，如何封侯？

北方既平，只有東南一帶，尚未告靖。征南大將軍岑彭，與秦豐部將蔡宏相持，累月不見勝負，光武帝已遣朱祐往助，復傳詔責彭逗留。彭且懼且奮，不待祐至，便夜勒兵馬，佯云當西向進擊，又故意縱去俘虜，使他還報秦豐。豐即悉眾西行，邀擊彭軍。彭卻引兵潛渡沔水（主戰場在江漢一帶），悄悄東進，襲破豐將張揚。又從川谷間伐木開道，

進搗黎邱。黎邱是秦豐巢穴，在西方接得警報，慌忙還救。彭與諸將駐營東山，嚴兵待著。豐與蔡宏夤夜攻彭，彭開營迎擊，大破豐軍，豐遁還黎邱。蔡宏被彭軍追及，回馬再戰，一個失手，頭已落地，彭遂進逼黎邱。秦豐相趙京，方守宜城，懼威出降。彭據實上奏，光武帝進封彭為舞陰侯，拜趙京為成漢將軍。彭引京同圍黎邱，就是建義大將軍朱祐，也領兵會彭，共攻秦豐。豐有女夫田戎，嘗擁眾夷陵，自稱掃地大將軍，聞得秦豐被圍，驚惶得很，即欲降服洛陽。唯豐有數妻，一妻母家姓辛，有兄辛臣，曾在田戎帳下，入諫田戎道：「今四方豪傑，各據郡國，洛陽地處四塞，未必穩固，不如按甲斂兵，靜待時變！」戎搖首道：「強大如秦王，尚為征南所圍，何況是我？我已決計降漢了！」本意原是不錯。乃留辛臣守夷陵，自率眾沿江泝沔，進向黎邱，擬至岑彭處請降。不意辛臣盜取珍寶，棄去夷陵，先從間道降彭，但作書招戎。戎恨他前後反覆，且恐他先進讒言，禍將不測，因此未敢降漢，反說是往救秦豐，與豐合兵，表裡相應。岑彭留朱祐圍城，自引兵攻擊戎營，又是好幾月不下。後來戎支持不住，連戰皆敗，部將伍公投降彭軍，戎逃歸夷陵。光武帝親至黎邱，慰勞吏士，封賞至百餘人。探得城中勢弱，兵只千餘，糧亦將盡，不久可克，乃令朱祐獨攻黎邱，使彭與積弩將軍傅俊，往討田戎。一面諭令秦豐，出降免死。豐覆命不遜，乃將軍事委任朱祐，期在必克，自己啟駕還都。彭與俊移軍夷陵，盡力攻撲。戎出兵搏戰，傷亡無算，遂將夷陵棄去，向西逃走。彭追至秭歸，因戎越山奔蜀，不便窮追，方才班師。獨朱祐圍攻秦豐，豐自知孤危，忙向外郡飛召黨羽，還援巢穴。適有豐將張康，從蔡陽進援，與祐軍鏖戰兼旬，並將糧食輸送秦豐，城內又復得食，拚命堅守。祐分兵繞出張康營後，先斷張康糧道，然後鼓動部曲，搗入康營，康軍自然潰亂，不戰便走。祐從後追擊，將抵蔡陽，巧值截糧軍回來，攔住康前，康進退無路，免

第十四回　愚彭寵臥榻喪生　智王霸舉杯卻敵

不得手忙腳亂，被祐趕至馬前，一刀砍死。祐梟取康首，回示黎邱守兵。守兵俱有懼色，但因糧食未盡，還想坐守過去。至建武五年夏間，兵盡糧竭，豐無法可施，只得與母妻九人，肉袒出降。祐囚豐入都，光武帝責他負嵎不服，罪無可赦，因即諭令正法，敕祐還師。又了結一個盜首。另遣捕虜將軍馬武，騎都尉王霸，往攻垂惠，再擊劉紆。紆向海西王董憲求救。憲正擬率眾赴援，不意蘭陵守將賁休，舉城降漢，遂致憲怒氣上衝，先去圍攻蘭陵。虎牙大將軍蓋延，方屯楚郡，聞得蘭陵被圍，願與平狄將軍龐萌，同援蘭陵。光武帝答詔道：「憲巢窟在郯，若直搗郯城，蘭陵自可解圍了。」這卻是釜底抽薪的妙計。蓋延奉詔，領兵出發，途次屢接蘭陵警報，危在旦夕，不得已先詣蘭陵。董憲但遣偏將挑戰，由延軍一陣擊退，長驅入城。入城也是失著。過了一宵，憲竟糾合大隊，合圍蘭陵。延始知中計，引兵突出，方去攻郯。一誤再誤。光武帝得報，急傳諭責延道：「朕令將軍先去攻郯，無非欲掩他不備，使他情急還援，將軍失算，先救蘭陵，不能擊退賊眾，尚欲往攻郯城，賊既知備，蘭陵益危，豈不是一舉兩失麼？」延等已至郯城，不能復返，只好奮力督攻，果然守備甚固，累攻不下。那蘭陵城已被憲陷入，賁休戰死，枉送了一條性命。獨劉紆待憲不至，使蘇茂出招徒黨。茂收得五校遺眾，還救垂惠，約有四千餘人，截擊漢軍糧路。漢騎都尉馬武，聞信馳救，見茂來軍不多，意在輕視，正在交戰時候，城中復突出周建，引兵夾擊，武腹背受敵，慌忙衝開血路，奔至王霸營前，大呼求救。霸佯作痴聾，堅壁不出，軍吏統勸霸出軍，霸搖首道：「茂招集亡命，來勢甚銳，馬都尉已經敗還，但望我軍出援，士無鬥志，若我軍開營接戰，軍心不一，勢必兩敗。今我閉營固守，示不相援，賊必乘勝輕進，逼壓馬軍，馬軍無援可恃，不得不拚死與戰，待至賊眾疲乏，我出乘彼敝，何憂不勝？諸君但聽我號令便了！」軍吏方才退去，整甲待命。已而蘇

茂、周建,帶著兩路兵馬,圍裹馬軍。馬武見霸不肯出救,憤然下令,與茂建決一死鬥,兩下裡喊殺連天,撼動山谷。約有兩三個時辰,霸尚按兵不動,營中壯士路潤等,忍耐不住,截髮請戰,霸乃下令出救,卻不開前門,獨引精騎潛出後帳,繞至敵軍背後,喧呼入陣。茂與建正雙戰馬武,蠻橫得很,誰料後隊已亂,來了一位金盔鐵甲的大將軍,擺動一桿方天畫戟,左挑右撥,破入中堅。建急忙回馬接戰,未及三合,脅上已為戟所傷,負痛亟走。蘇茂瞧著,也即捨了馬武,覓路退回。馬武正危急萬分,見來將擊退茂建,當然大喜,仔細審視,正是王霸。便將前時恨霸的心思,變作感激,索性再奮餘勇,驅殺一陣。霸部下統是生力軍,踴躍追擊,殺得敵眾大敗虧輸,奔入城中,霸與武才收兵回營。又越兩日,茂建復鼓眾出來,獨至王霸營前挑戰,霸卻安坐營中,與軍吏飲酒作樂,談笑自如。又要作怪。突有一賊箭飛來,將近霸頰,霸用手中所執的酒杯,輕輕格去。杯係銅製,但聽得叮噹一聲,箭墜席前,軍吏統皆變色,霸鎮定如故,徐語軍吏道:「蘇茂帶著客兵,來救此城,我料他糧食不足,所以一再挑戰,幸圖一勝。今我閉營休士,以逸待勞,便是不戰屈人,指日可下了。」軍吏似信非信,好容易俟至日暮,營外已無譁聲,敵皆退盡。夜半有邏騎入報,謂茂建不得入城,奔往他方。霸拈鬚微笑道:「我已知他不能久持了。」軍吏又請發兵往追,霸又笑道:「窮寇勿追,況在昏夜?料他亦無能為呢!」越宿由城中守將周誦,遞到降書,霸慨然允降,與馬武勒兵入城。周誦當然迎謁,不必絮述。唯周誦究是何人?為何不顧茂建,徑來降漢?原來誦係周建兄子,與建有嫌,且因蘇茂招來賊眾,不守法度,徒耗糧食,城中積粟已罄,勢必俱盡,因此拒絕茂、建,決計降漢。唯劉紆本在城中,猝然聞變,亟率衛士數十騎,奪門出走,奔往西防,投依佼強。周建負創未癒,又恨兄子為變,怒不可遏,激動創痕,流血不止,就在途中斃命。茂走至

第十四回　愚彭寵臥榻喪生　智王霸舉杯卻敵

下邳，與董憲合軍。時蓋延攻郯未克，頓兵城外，忽由平狄將軍龐萌，起了歹意，竟嗾動軍士，反襲延營。延猝不及防，倉皇走脫，北渡泗水，沉舟毀橋，方得截住龐萌。萌本為下江盜首，轉依劉玄，玄令為冀州牧，使隨謝躬同攻王郎，郎死後躬亦被戮，見前文。乃歸降光武。平時頗知遜順，為光武帝所信愛，嘗謂託孤寄命，非萌莫屬，因拜為平狄將軍。知人則哲，唯帝其難之。至是與蓋延共討董憲，詔書獨不及龐萌，萌暗裡懷疑，且因延違詔無功，恐延嫁禍己身，所以遽叛。延具狀奏聞，光武帝不禁大憤，且與諸將璽書道：「我嘗稱龐萌為社稷臣，卿等能勿笑我妄言否？老賊罪當族誅，願卿等各厲兵秣馬，會集睢陽，待我親往督戰。」這璽書頒發出去，隨即啟蹕親征，行抵蒙城，聞知彭城失陷，太守孫萌，為萌所執，幾至被殺。還虧郡吏劉平，伏住太守身上，泣求代死，方得釋免。光武帝不遑休息，留下輜重，竟率輕騎馳赴亢父。日已將暮，從臣奏請停蹕，不得邀允，再馳越十餘里，始至任城留宿。龐萌自號東平王，探悉車駕親征，飛報董憲。憲令劉紆入蘭陵，蘇茂、佼強，合助龐萌。萌亟移屯桃城，阻住車駕來路。桃城距任城僅六十里，總道御蹕親臨，定有一場惡戰，誰料待了三日，並無音響。不由的大驚道：「前聞漢帝遠來，晝夜兼行，疾馳至數百里，今乃高坐任城，不發一兵，究是何意？真正令人不解呢！」乃與茂、強等猛攻桃城，城中已知帝駕在邇，可以無恐，自然安心靜守。萌連攻二十餘日，仍不能下。忽由光武帝親督大軍，前來援應，車騎如雲，騶從如雨，所有吳漢、王常、蓋延、馬武、王霸等百戰良將，一齊會集，盡抵桃城。龐萌等望塵先怯，沒奈何硬著頭皮，率眾迎敵，彷彿似卵敵石，如蛾撲火，不消半日，已經十死四五。蘇茂、佼強，引兵先潰，龐萌也落荒竄去。小子有詩詠道：

　　用人容易識人難，誤把忠奸一例看。

　　猶賴廟謨能補過，叛臣一舉便摧殘。

桃城圍解，光武帝入城犒賞，休軍數日，復啟行南下。欲知駕幸何地，且至下回再表。

　　彭寵與耿況，同助光武，寵因功高賞薄，怏怏失望，且又為朱浮所激，卒至反戈，情跡雖似可原，然耿況不反，而寵獨反，寵將何以自解乎？寵妻一婦人耳，不以大義勸夫，反且促成叛亂，禍生夢寐，釁起帷廧，其夫婦同死也宜哉！唯寵為逆，而光武討之，子密既為寵奴，竟敢手刃其主，亦一逆也！光武明知其非義，乃封以侯爵，又以不義為名，不義可侯，誰願守義？以視慶吾之得受侯封，其誤尤甚。及秦豐伏誅，董憲未滅，劉紆以睢陽餘孽，奔赴憲軍，死灰復燃。蓋延失計，馬武又敗，幸有智勇深沉之王霸，能戰能守，談笑卻戎。光武帝錄取人才，勝任者多，不勝任者少，此所以一失之彭寵，再失之龐萌，而終無礙於中興也。

第十四回　愚彭寵臥榻喪生　智王霸舉杯卻敵

第十五回

奮英謀三戰平齊地　困強虜兩載下舒城

第十五回　奮英謀三戰平齊地　困強虜兩載下舒城

卻說光武帝自桃城啟行，轉幸沛郡，親祠高廟，復進至湖陵，探得董憲、劉紆，合眾數萬，屯據昌慮，因即督兵往攻。到了蕃縣，與昌慮相隔百里，忽又由探馬走報，董憲招誘五校餘賊，進逼建陽。諸將以賊來較近，請即出擊，光武帝面諭道：「五校遠來，糧必不繼，食儘自退，何必與群賊爭命呢？不如堅壁待敝，自足致勝！」與前回王霸語意，大致相同。諸將乃奉諭靜守。過了數日，五校食盡，果然引去。唯龐萌、蘇茂、佼強三人，自桃城敗走後，輾轉奔依董憲。憲擁眾生驕，不甚戒備，光武帝卻探知消息，督率將士，馳至昌慮。不待安營布陣，便使將士分攻憲營，四面並舉。憲慌忙分兵四防，勉強支持了三晝夜，被漢軍搗破營壁，一齊突入，刀槍雜進，好似斫瓜切菜一般。憲不能再持，跨馬急奔，龐萌亦與憲同走，逃往繒山。蘇茂不及偕行，走依張步，劉紆亂竄出營，唯佼強解甲請降。光武帝既得大捷，再遣吳漢率軍追剿，憲與萌復自繒山潛出，招集散卒百餘騎，還入郯城。吳漢等從後追至，憲萌兵微將寡，自知不能守郯，再奔朐城。吳漢不肯遽舍，仍然追去。朐城屬東海郡，形勢險固，儲糧頗多，憲萌依次扼守，就是吳漢乘間圍攻，倒也不能遽下。唯劉紆窮無所歸，東跑西走，廝混了好幾日，被隨兵高扈剁落頭顱，持獻漢營。

光武帝因梁地已平，還幸魯地，致祭孔子。且使建威大將軍耿弇，進兵向劇聲討張步。步聞耿弇將至，亟遣部將費邑屯兵歷下，又分兵駐守祝阿，另就泰山鍾城等處，列營數十，專待交鋒。耿弇渡河直進，先攻祝阿，半日即下，卻故意開城一角，縱令守兵逸去。守兵齊奔鍾城。鍾城人聞祝阿失陷，當然恟懼，你也逃，我也走，只剩得空壘數所，闃寂無人。弇卻不往奪取，反引兵轉攻巨里。巨里為費邑弟費敢所守，當然報聞費邑。弇使人到處砍樹，揚言將填塞坑塹，一面嚴令軍中，促修戰具，限期三日，當力破巨里城。這消息又為費邑所聞，邑恐乃弟失

守，自率銳卒三萬餘人，來救巨里。耿弇得報，喜語諸將道：「我正欲誘他前來，今他果中我計，是自來送死了！」遂派將士三千人，直壓巨里城下，自引精兵萬人，往截費邑來路，擇得一座高山，上岡伏著。那費邑仗著銳氣，驅兵過來，才到山前，只聽山上一聲鼓響，豎起一面大旗，上書一個「耿」字，隨風飄蕩，卻沒有一人下山。邑佇望多時，不見人影，便顧語部曲道：「這是疑兵，不必怕他！」說著，仍揮軍前進，哪知山上的鼓聲，又復繼起，並有數百人出現山頂，持械欲下。邑又待了半晌，仍然不見下來，又要縱轡前行，偏是鼓聲越緊，旗幟越多，迷眩耳目，令人莫測。原是一條疑兵計。猛聽得一聲吶喊，已有無數人馬，衝入軍中。邑急忙對敵，怎禁得來兵勢盛，好似生龍活虎，不可捉摸；且軍心已經散亂，無復行列，越弄得手足無措，血肉橫飛。邑正要退走，不防一大將躍馬來前，劈頭一刀，不及趨避，慌忙把頭一偏，卻晦氣了左臂，竟被砍斷。邑痛徹心腑，自然昏暈過去，撞落馬下，再由來將順手砍下頭顱，了結性命。好頭顱已被人取去了，軍中失了主帥，頓時大潰，遲逃一步的，都登鬼籙。看官不必細猜，便可知漢將耿弇，計斬費邑，先用旗鼓亂彼耳目，然後從山旁繞出，驟入彼陣，使邑措手不迭，馬到成功。費敢在巨里城中，已知乃兄來援，擬即出兵接應，無奈城下有漢兵數千，堵住城門，未便輕出，弇之撥兵壓城，原是為此。只好登陴遙望，守待援軍。驀見漢兵大至，先驅執著長竿，血淋淋的懸著一顆首級，急切裡尚難辨認，但聞漢兵高呼道：「這是費邑頭顱，汝等細看，若再不出降，也要與這頭顱相似了！」費敢審顏察貌，果是兄首，不由的涕淚交流。守卒莫不驚慌，無心守禦，黃夜出走，敢亦遁歸劇城。弇入城收取積聚，又分兵連下四十餘壘，得平濟南。

張步亟使弟藍，率兵二萬守西安，更徵集諸郡吏士萬餘人守臨淄，兩城相隔四十里。弇進抵畫中，居二城間，飭諸將校部署人馬，約五日

第十五回　奮英謀三戰平齊地　困強虜兩載下舒城

後會攻西安。與前計大同小異。至五日期屆，諸將校齊集聽命，弇令大眾蓐食，夜食床蓐間，故曰蓐食。待旦至臨淄城。護軍荀梁，因軍令與前不符，入帳申請道：「攻臨淄不如攻西安，臨淄有急，西安必且往救；西安有急，臨淄卻不能赴援，且前令原會攻西安，何必改約？」弇哂然道：「汝不知兵機，無怪相疑。西安雖小，卻甚堅固，藍兵又精，未易攻克。若臨淄名為大城，守兵乃是烏合，一鼓可下。我前言將攻西安，明是聲東擊西的計策，今我不攻西安，獨攻臨淄，掩人無備，容易得手。臨淄一下，西安亦孤，張藍與步隔絕，必且亡去，一舉兩得，莫如此計。否則頓兵堅城，死傷必多，就使得克，張藍必還奔臨淄，並兵合勢，與我相持，我深入敵地，復無轉輸，不出旬月，便是束手坐困了。奈何攻西安，不攻臨淄？」荀梁方默然退去。弇即乘夜出兵，徑攻臨淄，城內果不及備，半日即下。再擬移攻西安，那張步已棄城遁去，奔回劇城。於是荀梁等拜服弇謀。弇乃揭榜安民，嚴禁軍中擄掠，唯張步罪在不赦，若自來受死，毋得輕縱，手到擒來。這數語傳入劇城，步不禁大笑道：「我自興兵以來，戰勝攻取，如尤來、大槍十數萬眾，我且蹋營破滅，今大耿兵不如彼，又皆轉戰疲勞，反說出這般大言，要想擒我，豈不可笑？看我與彼一戰，究竟誰勝誰負？」正要誘你出來。當下與三弟張藍、張弘、張壽，及大槍降盜重異等兵，號稱二十萬，進至臨淄城東，連營數里，指日攻城。弇閉城嚴守，不與爭鋒。事為光武帝所聞，恐弇寡不敵眾，馳書勞問。弇復奏道：「臣得據臨淄，深溝高壘，守備有餘，張步從劇縣來攻，疲勞飢渴，臣不與交戰，待他氣竭欲歸，當發兵追擊，用逸待勞，用實擊虛，約閱旬日，步首可坐致了。」這覆文已呈遞行在。弇乃出兵淄水，列陣岸旁。重異領著舊部，徑來挑戰。弇軍即欲迎戰，偏弇故意示怯，反令各軍退回小城，但使都尉劉歆，及泰山太守陳俊，分兵列陣，駐紮城下。重異疑弇軍怯戰，越逼越緊，就

是張步，亦自恃兵眾，隨後湧至，衝動劉歆、陳俊兩軍，歆與俊不得不戰，遂即督兵接仗，奮鬥起來。臨淄本屬齊都，舊有王宮，宮中有臺，半已圮毀，唯基址尚存。弇登臺瞭望，見城外兩軍交戰，勢甚洶湧，因即下臺跨馬，麾動健卒，躍出東門，向步軍橫突過去。步連忙攔阻，陣勢已亂，被弇兵一場蹂躪，傷斃甚多。急得步招抵不上，忙令弓弩手放箭射弇，弇用盾遮護，且戰且進，突有一流矢穿入弇股。弇仍不驚慌，但執刀截去箭鏃，督兵如故。畢竟步兵多勢盛，雖然殺傷不已，還是不肯退去，戰至日暮，方才敗卻。弇亦鳴金收軍，翌晨復勒兵出列城下。光武帝時在魯地，接得弇書，尚自放心不下，因引軍東行，親往救弇，先遣人向弇報知。弇方擬與步再戰，陳俊進說道：「強寇勢盛，不如閉營休士，靜待駕至，再與決鬥未遲！」弇奮然道：「乘輿且至，臣子當椎牛釃酒，接待百官，奈何反以賊虜遺君父呢？」說畢，遂出兵待戰。適值步眾趨至，便接住廝殺，自旦及暮，大破步眾，積屍滿濠。弇料步將退，特令偏師繞出步背，分伏兩旁。待至天昏月黑，步果引退，才行半里，兩面伏兵突出，縱橫馳驟，所向披靡，步眾都有歸志，不意冤家路狹，竟碰著兩支催命軍，並且昏黑不辨，如何對敵？只好奪路亂奔。偏弇軍很是厲害，在後力追，逃得越快，追亦愈緊，步抱頭先竄，後隊往往剿落，都做了無頭的殭屍，直至巨昧水上，去臨淄城已八九十里，追兵方漸漸緩行；但沿路收截輜重，約有二千餘車，飽載而回。究竟誰勝誰負？過了數日，光武帝駕至臨淄，弇率諸將從容迎謁，拜伏道旁，當由帝面慰數語，令弇等起身入城。及車駕進至齊王故宮，下輿升座，大饗群臣。酒酣席散，再由光武帝賜諭耿弇，嘉獎功績，略云：

昔韓信破歷下以開基，今將軍攻祝阿以發跡，此皆齊之西界，功足相仿。而韓信襲擊已降，將軍獨拔勁敵，其功乃難以信也！又田橫烹酈生，及田橫降，高帝詔衛尉不聽為仇，張步前亦殺伏隆，若步來歸命，

第十五回　奮英謀三戰平齊地　困強虜兩載下舒城

吾當詔大司徒釋其怨，又事尤相類也。將軍前在南陽，建此大策，常以為落落難合，有志者事竟成也！

先是光武帝嘗幸舂陵，親祠園廟，大會故人父老，置酒舊宅，歡宴竟日，耿弇曾扈駕同行。及啟駕還都，弇曾向駕前獻議，請收上谷兵，定彭寵，取張豐，平張步等。光武帝大為嘉納，依議進行。後來張豐受擒，彭寵授首，弇皆與徵有功。至是弇受命專征，復得擊走張步，所以末數語中，說他有志竟成。弇再拜謝獎。光武帝休息一宵，便即與弇進攻劇城。步經過一番大創，才知耿弇多謀，不可力敵。曉得遲了。且聞光武帝親來督攻，越加驚慌。張藍、張弘、張壽，比步還要膽小，分兵自去；步亦停足不住，棄城出奔。城中無主，待到御蹕臨城，自然開門迎降。弇不暇進城，再引兵窮追張步，步往奔平壽。可巧蘇茂出招舊部，得萬餘人，來援張步。步與語及戰敗情形，茂作色道：「善戰如延岑，又率著南陽健卒，尚被耿弇擊走，見第十三回。大王奈何遽攻彼營？茂一出即還，難道不能少待麼？」步報然道：「負負，事已至此，也不必再說了。」已而弇軍大至，紛紛薄城，步不敢出戰，唯與茂嬰城拒守。光武帝使人招步，囑令斬茂來降，不失封侯。步竟將茂殺死，自奉茂首，出詣弇營，肉袒請降。弇送步至劇城，請光武帝發落；自入城中安撫兵民。見步眾尚有十多萬人，因特豎起十二郡旗幟，鳴鼓示眾，使步兵各自認旗上郡名，分立旗下。步兵依令分投，再由弇檢點名數，囑令毋譁。一面收驗輜重，尚有七千餘車，當即酌給步眾，使他得資歸鄉，眾皆拜謝去訖。步至劇城，匍伏謝罪，光武帝不食前言，封步為安邱侯，並傳詔赦免步弟，步弟藍、弘、壽相繼歸降。就是琅琊太守王閎，亦詣劇投誠。光武帝遷陳俊為琅琊太守，並使弇蕩平餘賊，自率張步還都，令與妻子同居洛陽。陳俊入琅琊境，盜賊皆散。弇略地至城陽，盡降五校餘黨，齊地悉平，乃振旅還朝。張步居洛未久，復起異

心，潛挈妻子逃奔臨淮，意欲再招舊部，入海為盜，被琅琊太守陳俊截住，立即擊死；妻子一體駢誅。可為伏隆雪恨。話分兩頭。

且說齊地告平以後，忽忽間又閱一載，就是建武六年，一交春令，便得了兩處捷音。小子不能雙管齊下，只好依次寫來。自從李憲據住廬江郡，僭號淮南王，見第七回。至建武三年，居然自稱為帝，也設立九卿百官，管轄九城，有眾十餘萬，區區九城，也想做皇帝麼？越年由漢揚武將軍馬成，奉詔討憲。馬成字君遷，係南陽郡棘陽縣人，少為縣吏，光武帝前徇潁川，使成守郟，至光武移軍河北，成棄官渡河，屢從征伐。建武紀元，遷官護軍都尉，越四年授揚武將軍，使率誅虜將軍劉隆，振威將軍宋登，射聲校尉王賞，調發會稽丹陽九江六安四郡兵馬，進攻舒城。馬成為二十八將之一，前文已敘過二十七將，至成乃畢。舒城為李憲根據地，設守甚嚴，馬成到了城下，巡閱一周，見他城高濠闊，已覺得不易攻取，並且城上守兵，多半雄壯，甲仗等又很鮮明，斷非指日可下。乃擇地安營，但求自固，不求進取。一面上表洛陽，具述情勢，謂須俟一二年後，方可報功。光武帝復諭馬成，準他便宜行事。成遂堅壁不動，憲屢出挑戰，始終嚴守，數月不接一仗。唯分兵襲憲糧道，截奪了好幾次，於是逐漸圍城，四面築柵，還是以守為攻。憲復遣兵衝突，屢被擊退。直至建武六年，城中食盡，乃鼓勵將士，併力撲城，不到旬日，便即攻入。憲拚命殺出，連妻子都不及帶走，落荒竄逸。馬成將李氏家屬，全體誅戮，更遣將追捕李憲。隔了兩日，有人持首來獻，問明底細，乃是憲部吏帛意殺憲來降。馬成乃傳首詣闕，乘勢略定九城，江淮悉平。成奏凱班師，晉封平舒侯；帛意亦得邀封漁浦侯。同時吳漢亦攻下朐城，擒住董憲妻孥。憲與龐萌夜走贛榆，乘虛襲入，偏為琅琊太守陳俊所聞，亟引兵往攻。憲、萌無兵可守，再走澤中，途窮日暮，四顧倉皇，隨從只有數十騎，又都是刀殘械缺，甲冑不全。憲

第十五回　奮英謀三戰平齊地　困強虜兩載下舒城

不禁唏噓道：「數年稱王，一朝覆滅，妻被人擄，子被人掠，家亡國破，尚有何言？」說至此，顧語從騎道：「諸卿依我數年，為我所累，流離辛苦，竟弄到這般結局，豈不可憐？此後請各擇羈棲，努力自愛！」騎士等聽了此言，並皆涕下。猛覺得後面塵起，又有追兵殺來，憲、萌忙即飛奔，行近方與，竟被來將追及，一陣掃蕩，憲即斃命，首級為來將取去。來將乃是吳漢部下的校尉韓湛，湛梟取憲首，復追覓龐萌。萌從亂軍中逃出，夜無可歸，趨入方與人黔陵家內。黔陵見他狼狽情形，一再盤詰，由萌說出真名真姓，陵佯為留宿，趁他睡熟時候，取刀殺萌，把首級送往吳漢軍前。漢即將憲、萌二首，傳詣洛陽，並報明韓湛、黔陵兩人的功勞，兩人俱得沐封侯。黔陵封侯，比諸慶吾、帛意等較為得當。山東亦平，各將吏奉詔西歸。小子有詩詠道：

擾擾中原太不平，真人崛起漸澄清。

鼠偷狗竊俱無效，才識興王莫與勍。

東征已畢，光武帝乃續議西征。欲知西征詳情，容至下回再敘。

張步擁兵數年，據有齊地，初事劉玄，繼臣劉永，彼亦以尊劉為得計，奈何託身非人，獨於白水真人而忽之。意者其亦如朱鮪等之戴聖公，樊崇等之戴盆子，如其易與而陽奉之歟？伏隆被殺，耿弇出征，彼尚恃強生驕，大言不慚。迨三戰以後，鎩羽請降，宜其懲前毖後，安老洛陽；乃猶潛逃臨淮，妄圖入海，一誤再誤，不死何待？大盜斃而良將功成，此識時者之所以為俊傑也。馬成攻舒，兩載乃下，智略似未及耿弇，然卒能掃鋤強虜，肅清江淮，其亦一人傑矣哉！彼吳漢等之得平董憲、龐萌，未始無功，但憲與萌已成弩末，漢猶積久而後平之，其功尤出馬成下。觀本回敘事之有詳略，便知功績之有高下云。

第十六回

詣東都馬援識主　圖西蜀馮異定謀

第十六回　詣東都馬援識主　圖西蜀馮異定謀

卻說建武六年夏月,光武帝因關東平定,乃擬西略隴蜀,先撫後攻。蜀地為公孫述所據,稱王稱帝,自霸一方。唯隴西一帶,要算隗囂為西州領袖,名盛一時。公孫述兩見前文,隗囂為西州大將軍,見十一回。囂前曾附漢,助擊赤眉,嘗受漢大司徒鄧禹署爵,號為西州大將軍,專制涼州朔方事宜。及赤眉平定,囂特遣使上書,稱頌功德。光武帝答書示謙,用敵國禮。會陳倉人呂鮪擁眾數萬,與公孫述聯合,入寇三輔。漢徵西大將軍馮異,且戰且守;囂復遣兵助異,擊走呂鮪。異與囂俱上書言狀,光武帝手書報囂,格外嘉獎。書中有云:

慕樂德義,思相結納。昔文王三分,猶服事殷,但驚馬鉛刀,不可強扶。數蒙伯樂一顧之價,而蒼蠅之飛,不過數步,即託驥尾,得以絕群。將軍南拒公孫之兵,北禦羌胡之亂。是以馮異西征,得以數千百人,躑躅三輔。微將軍之助,則咸陽已為他人擒矣。今關東寇賊,往往屯聚,志務廣遠,多所不暇,未能觀兵成都,與子陽角力。如令子陽到漢中三輔,願因將軍兵馬,旗鼓相當。倘肯如言,蒙天之福;即智士計功割地之秋也。管仲曰:「生我者父母,成我者鮑子。」自今以後,手書相聞,勿用旁人解構之言。

看官閱到此書,應知光武帝待遇隗囂,也好算是推誠相與了。時公孫述已經稱帝,特用大司空扶安王印綬,遣使授囂。囂因光武帝相待不薄,未便背漢,特將來使斬首,出兵防邊。述聞報大怒,即日發兵擊囂。囂連破述軍,述亦無可如何,置作緩圖。適關中漢將,屢上書請攻西蜀,光武帝將原書寄囂,意欲使囂會師同討。囂以為時機未至,因遣長史上書,極言三輔單弱,劉文伯在邊,盧芳詐稱劉文伯,見第十一回。未宜謀蜀。光武帝始疑囂陰持兩端,音問漸疏,就使略通訊使,也與對待群臣一般,不少假借。因此囂亦改易初衷,漸有異圖。囂有部將馬援,表字文淵,係扶風郡茂陵縣人,曾祖父馬通,嘗仕漢為重合侯,

因坐兄馬何羅叛案，伏法受誅。見《前漢演義》。援再世不顯，少年又復喪父，依兄為生，具有大志。長兄況另眼相看，嘗謂援當大器晚成。未幾況竟病歿，援守制期年，不離墓側。又敬事寡嫂，不正衣冠，未敢相見。敘此以告人弟。嗣為扶風郡督郵，押送罪犯至司命府，王莽嘗置司命官，糾察吏民。罪犯輾轉哀號，援不覺動憐，縱使他去，自己亦亡命北地。會遇王莽行赦，乃寓居牧畜。過了幾年，得有牛馬羊數千頭，穀數萬斛，附近人士，多往歸附。援嘗語賓客道：「大丈夫窮當益堅，老當益壯！」賓客亦嘆為至言。及王莽末年，四方兵起，援復嘆息道：「人生積蓄財產，須要賙濟親朋；否則徒為守錢奴，有何益處？」鄙吝者其聽之！乃將家產分給兄弟故舊，自著羊裘皮褲，轉游隴漢間，後來寄寓西州。適值隗囂奔還天水，收攬人才，因即招援入幕，使為綏德將軍，與參謀議。援與公孫述少同里閈，素相認識，至是囂滿懷猶豫，聯漢聯蜀未能決定，特使援先往蜀中，覘察虛實。援既到成都，總道述相見如舊，歡語平生。誰知述盛設儀仗，方延援入，彼此一揖，略談數語，便令援出居客館。一面替援制就衣冠，向宗廟中大會百官，特設賓座，邀援入宴。述坐著鑾駕，旗旄警蹕，呵道前來，既入廟門，才下輿見援，屈躬示敬。當下開筵相待，備極豐腆。酒至半酣，便令左右取入衣冠，送至援前，願授援侯封官大將軍。援起座語述道：「天下久亂，雌雄未定，公孫不吐哺走迎國士，與圖成敗，乃徒知修飾邊幅，如木偶相似，這般情形，怎能久留天下士呢？」說罷，就拱手告辭，掉頭徑去。匆匆返至西州，入語隗囂道：「子陽乃井底蛙，未知遠謀，妄自尊大，不如專意東方為是！」獨具隻眼。囂乃使援再奉書洛陽。援行抵闕下，報過了名，即由中黃門引見光武帝。光武帝在宣德殿下，袒幘坐迎，笑顏與語道：「卿遨遊二帝間，今來相見，令人生慚！」援頓首稱謝道：「當今時代，不但君擇臣，臣亦擇君；臣本與公孫述同縣，少相友善，前次臣往

第十六回　詣東都馬援識主　圖西蜀馮異定謀

蜀中，述乃盛衛相見，今臣遠來詣闕，陛下安知非刺客奸人，為何簡易若此？」光武帝復笑說道：「卿非刺客，乃是一個說客呢。」援答說道：「天下反覆，盜名竊字的，不可勝數，今見陛下恢廓大度，同符高祖，才知帝王自有真哩。」光武帝因留援在都，常使從遊。過了數月，方使大中大夫來歙，持節送援，西歸隴右。隗囂見援回來，很是歡晤，與同臥起，詳問東方流言，與京師得失。援因進說道：「前到洛都，引見十餘次，每與漢帝接談，自朝至暮，確是一位英明主子，比眾不同。且開心見誠，毫無隱蔽，闊達多大略，與高帝智識相同。又博覽政事，文辯無比，真是古今罕見哩！」囂復問道：「究竟比高帝何如？」援答說道：「略覺不如，高帝無可無不可，今上頗好吏士，動必如法，又不喜飲酒。」說到此句，囂不禁作色道：「如卿所言，比高帝還勝一籌！怎得說是不如呢？」既而大中大夫來歙，去後復來，傳旨諭囂，並勸囂遣子入侍。囂聞劉永、彭寵，均已破滅，乃遣長子恂隨歙詣闕。馬援亦挈家偕往，同至洛陽。光武帝使恂為胡騎校尉，封鐫羌侯。唯馬援居洛數月，未得要職，自思三輔地曠，最宜屯墾，因上書求至上林苑中，自去屯田。光武帝準如所請，援乃辭去。光武帝不遽用援，未知何意？獨隗囂雖遣子入侍，終不免心懷疑貳，嘗與部吏班彪，談及秦漢興亡沿革，且謂應運迭興，不當再屬漢家。彪卻謂漢德未衰，必當復興。囂尚不以為然，彪退作〈王命論〉，反覆諷示。論文有云：

　　昔堯之禪舜曰：「天之歷數在爾躬。」舜亦以命禹。洎於稷契，咸佐唐虞，至湯武而有天下。劉氏承堯之祚，堯據火德而漢紹之，有赤帝子之符，故為鬼神所福饗，天下所歸往。由是言之，未見運世無本，功德不紀，而可崛起在此位者也。俗見高祖興於布衣，不達其故，至比天下於逐鹿，幸捷而得之，不知神器有命，不可以智力求也。悲夫！此世之所以多亂臣賊子者也。夫餓莩流隸，飢寒道路，所願不過一金；然終轉

死溝壑，何則？貧窮亦有命也！況乎天子之貴，四海之富，神明之祚，可得而妄處哉？故雖遭罹厄會，竊其權柄，勇如信布，強如梁籍，成如王莽，然卒潤鑊伏鑕，交臨分裂。又況么麼，遠不及數子，而欲暗干天位者乎？昔陳嬰之母，以嬰家世貧賤，猝富貴不詳，止嬰勿王。王陵之母，知漢王必得天下，伏劍而死，以固勉陵。夫以匹婦之明，猶能推事理之致，探禍福之機，而全宗祀於無窮，垂策書於春秋，而況大丈夫之事乎？是故窮達有命，吉凶由人，嬰母知廢，陵母知興，審此二者，帝王之分決矣。英雄陳力，群策畢舉，此高祖之大略，所以成帝業也。若乃靈瑞符應，其事甚眾，故淮陰留侯，謂之天授，非人力也。英雄誠知覺寤，超然遠覽，淵然深識，收陵嬰之明分，絕信布之覬覦，拒逐鹿之聲說，審神器之有授，毋貪不可冀，為二母之所笑，則福祚留於子孫，天祿其永終矣！

　　囂見了此文，仍然未悟。彪見他執迷不返，遂託故辭去，避跡河西。河西五郡大將軍竇融，與彪同籍扶風郡，竇融見第十一回。聞彪去囂來遊，即遣使延入，闢為從事，待若上賓。彪乃替融畫策，知無不言。先是融僻居河西，與洛陽隔絕音問，唯隨著隗囂，遵受建武正朔，囂嘗發給將軍印綬，與通往來。及囂有異志，特遣辯士張玄，遊說河西，勸融聯繫隴蜀，為合縱計。融曾召部屬計議，部吏多謂漢承堯運，歷數延長，今皇帝姓名，實應圖讖，且宅中主治，兵甲最強，將來必當統一天下，務請傾心結納，毋惑異言云云。融乃婉謝張玄，遣令回去。及得見班彪，聽他計議，更決意事漢，使他撰成表文，交與長史劉鈞，馳詣洛陽。光武帝將有事隴蜀，亦發使招諭河西，途次與鈞相遇，乃即偕鈞同還。鈞入闕上書，由光武帝好言慰勞，特賜盛宴，並令折回覆諭，授融為涼州牧，賜金二百斤。融自是有絕囂意，雖尚通使節，不過虛與應酬。囂矜己飾智，自比周父，每欲僭稱王號。河南開封人鄭興，曾為涼州刺史，免官寓居，得囂敬禮，引為祭酒，興因一再諫囂，毋徒

第十六回　詣東都馬援識主　圖西蜀馮異定謀

自尊。囂意雖不懌，倒也未敢遽違正議，毅然稱王。興已窺悉囂意，特借歸葬父母為名，辭囂東歸。見機而作。還有茂林人杜林，素有志節，由囂破格優待，引為治書。林見囂反覆無常，不願屈事，屢次託疾告辭。囂不肯令歸，且出令道：「杜伯山，林字伯山。天子不能臣，諸侯不能友，譬如伯夷叔齊，恥食周粟，今且暫為師友，待至道路清平，必使遂志！」到了建武六年，三輔早平，林弟成正當病逝，乃許送喪回籍。林已東去，囂復生悔，密遣刺客楊賢，追殺杜林。即此可見囂之必敗。賢追至隴坻，見林親推鹿車，護送弟喪，不由的感嘆道：「現當亂世，誰知行義，我雖小人，何忍殺義士？」乃隨林出隴，掉頭亡去。林始得安抵扶風。

看官聽說：隗囂部下的豪傑，第一個要推馬援，馬援以外，如班彪、鄭興、杜林，統是博學多聞，饒有見識。囂不能慰留，自失羽翼，遂至黃鐘譭棄，瓦釜雷鳴。一班貪功徼利的鄙夫，慫恿囂前，要想他為皇為帝，迫入阱中。當時有一個部將王元，靠著三分膂力，藐視中原人物，便乘機語囂道：「從前更始入關，四方響應，天下喁喁，相望太平，一旦敗壞，大王幾無處安身。竟稱囂為大王。今南有子陽，北有文伯，江湖海岱，王公十數，尚欲信儒生迂談，棄千乘宏基，羈旅危國，希圖萬全。這真是覆轍相循，求得反失。現在天水完富，士馬精強，元請以一丸泥，為大王東封函谷關，乃是萬世一時的機會。否則蓄養士馬，據險自守，曠日持久，靜待世變，就使圖王不成，也足稱霸。總之大魚不可離淵，神龍失勢，窮等蚯蚓，願大王三思為是。」囂未曾聽罷，已經頷首，及聽畢以後，不由的眉飛色舞，意氣洋洋。獨治書申屠剛進諫道：「愚聞人與必天歸，漢帝乃是天授，非全是人力所能為。今璽書屢至，委國全信，欲與將軍共同吉凶，試想一介布衣，尚且不負然諾，況萬乘至尊，何致背約？將軍若疑慮卻顧，自招禍變，恐不免上負忠孝，下愧

當世呢！」囂聽了剛言，又覺得愀然不樂，俯首沉吟。實是一個多疑少斷的人物。剛乃趨出，元亦引退。囂總不欲終事漢室，且依了王元的後策，徐起圖功。乃再遣部吏周游詣闕，佯表殷勤。

游道出關中，過徵西大將軍馮異營前，竟為仇家所殺。於是謠言紛起，謂異將自為咸陽王，不服漢命，故殺囂使。甚至有人上書劾異，居然以假當真。異入關已三年有餘，除暴安良，人民悅服，聞得流言搖惑，心不自安，因上書乞請還都，親侍帷幄。光武帝優詔不許，但使宋嵩西往，齎示彈章。異惶恐陳謝，申請入朝。光武帝方圖隴蜀，欲與異面商，乃準令入謁。異既至闕下，叩首行禮，光武帝顧語群臣道：「這是我起兵時主簿，為我披荊棘，定關中，功勞很大呢！」說著，又旁令中黃門，取出珍寶衣服錢帛，當面賜異。異受賜再拜，光武帝諭令起坐，溫言與語道：「蕪蔞亭豆粥，滹沱河麥飯，至今不忘，恨尚無以報卿。」事見前文。異復起身拜謝道：「臣聞管仲對齊桓公，願君毋忘射鉤，臣無忘檻車，君臣相勉，終霸齊國！臣今願陛下毋忘河北時，臣亦不敢忘陛下隆恩！」異被獲邀赦，亦見前文。光武帝大喜，召異同入內庭，與商隴蜀事宜。光武帝說道：「朕因將士久勞，本欲將二子置諸度外，怎奈公孫述未肯斂跡，隗囂又陰持兩端，將來必為朕患，卿意究應如何處置？」異答說道：「臣看兩人分據西南，非大加懲創，終難降服，臣雖不才，願為國家效力！」光武帝又說道：「關中為隴蜀要衝，最關緊要，卿亦未便遽離，必不得已，朕當親至長安，排程兵馬，先行討蜀。」異乃申陳隴蜀地勢，及行軍紀略，差不多有數千言，至日昃方才退出。嗣復引見數次，定議討蜀，始辭回關中。前時異受命西征，未挈家眷，至此接奉特旨，令帶妻子同行，無非是坦懷相待的意思。

是時公孫述方收集延岑、田戎兩軍，令岑為大司馬，封汝寧王；戎亦邀封翼江王。延、岑奔蜀，見十三回。田戎奔蜀，見十四回。特使部

第十六回　詣東都馬援識主　圖西蜀馮異定謀

將任滿，與戎同出江關，沿途收戎舊部，窺取荊州諸郡。一面妄引讖紀，說是孔子作《春秋》，尊周尚赤，周尚赤。共得十二公；漢亦用赤幟，自漢高至平帝，中加呂后稱制，也是十二代，歷數已盡，一姓不能再興。又引《錄運法》中遺語，謂「廢昌帝，立公孫」；尚有《括地象》云：「帝軒轅受命公孫氏握」；《援神契》云：「西太守，乙卯金」。述曾任蜀郡太守，故把「西太守」三字，作為己證，且將「乙」字作「軋」字講解，謂將軋絕卯金。種種附會，誘惑人心。再因《掌文》中常刻「公孫帝」三字，詡作奇瑞，移書遠近。光武帝尚不欲遽討，作書貽述，內云：

　　圖讖言公孫即宣帝也，代漢者當塗高，君豈高之身耶？乃復以《掌文》為瑞，王莽何足效乎？君非吾亂臣賊子，倉猝中人皆欲為君事耳，何足數也！君日月已逝，妻子弱小，當早為定計，可以無憂。天下神器，不可力爭，宜留三思！

　　書後署名，稱述為公孫皇帝，稱呼亦誤。述置諸不答。部下有騎都尉荊邯，向述獻議，請急速發兵東向，令田戎出據江陵，延岑出漢中，定三輔，又收降天水隴西，與漢爭衡。述召問群臣，博士吳柱等，多言不宜遠出；有弟名光，亦勸述依險自固。累得述欲前又卻，瞻顧徬徨。也是隗囂一流人。延岑、田戎，屢請發兵，述又以為降將難恃，未足深信。唯出入警蹕，添置儀衛，誇示表面上的威風。且立兩幼子為王，使食犍為、廣漢各數縣。左右謂成敗難定，將士暴露，不應遽封皇子，專顧私恩，述亦不從。於是人心懈體，陰兆土崩。光武帝恨述倔強，勢難罷手，當即親倖長安，謁祠園陵。各陵前被赤眉毀掘，已由馮異入關，修葺告成。回應十二回，亦不可少。及光武帝謁祠已畢，遂命建威大將軍耿弇，虎牙大將軍蓋延等七軍，從隴道伐蜀。兵將啟行，先遣來歙齎奉璽書，往諭隗囂，令他即日發兵，夾擊公孫述。歙已遷官中郎將，一到天水，即將璽書交付與囂，囂閱書後，好多時不發一言。歙問他願否

出兵，囂仍不應。歙不禁憤起，奮然責囂道：「朝廷以君知臧否，識廢興，並將手書賜示足下，足下曾效忠國家，遣子入侍，今乃接書不決，忽思背約，上叛君，下負子，忠信何在？恐不久便要族滅哩！」說得隗囂作色起座，投袂欲入。歙欲拔劍刺囂，究竟囂多衛士，無從下手，乃杖節出廳，登車欲行。偏由囂將王元，目顧兵士，意圖害歙；囂亦怒不可遏，竟使牛邯追歙，用兵圍住。還是他將王遵諫阻，謂兩國相爭，不斬來使，況歙為漢帝外兄，鄭重將命，歙為光武姑子，見前。加刃無益，徒激彼怒！伯春囂子恂字。留質洛陽，何苦以一子易一使，不如遣歸為是！囂尚以愛子為念，乃縱歙使歸，唯使王元領兵萬騎，出據隴坻，伐木塞道，阻住漢軍前行。這一番有分教：

一著誤施全域性去，三軍盡覆滿城哀。

隗囂既抗阻漢軍，免不得有一場戰事。欲知勝負如何，待至下回再詳。

公孫述據蜀自雄，隗囂負隴自固，當其號令一隅，延攬物望，亦若庸中佼佼者流，以視赤眉、銅馬，固相去有間矣。然述多誇而囂多疑，疑與誇，皆非霸王器也。馬援笑述為井底蛙，而勸囂事漢，已料二子之不足為。及東至洛陽，見光武帝之脫幘相迎，即有君擇臣、臣擇君之語，一見傾心，願效奔走，援誠不愧智士，抑光武帝之駕馭英雄，令人心服故也？至若馮異之遭人讒構，而光武不以為疑，且以河北故事相勸勉，然後進圖討蜀，與定密謀。大樹將軍，原非彭寵、龐萌可比。然非光武之推誠相與，亦安能感人肺腑乎？且光武不忘河北之難，異不忘檻車之恩，君臣一德，安不忘危，以此定國，有餘裕矣。彼隗囂公孫述輩，曷足以知之？

第十六回　詣東都馬援識主　圖西蜀馮異定謀

第十七回
抗朝命甘降公孫述　重士節親訪嚴子陵

第十七回　抗朝命甘降公孫述　重士節親訪嚴子陵

卻說王元奉著隗囂命令，出據隴坻，阻遏漢軍。漢軍尚未知確音，貿然前往，途次遇著來歙，也不過說是隗囂拒命，未及王元出兵情形。耿弇、蓋延諸將，以為隴坻一帶，尚無阻礙，待至來歙別歸，即匆匆趕路，期在速進。那知王元已安排妥當，靜待漢軍。漢軍行近隴坻，見前途塞住木石，已覺驚心，但尚未遇兵將，還想進去。當下將木石搬徙，徐徐引入，好容易開通一路，走了一程，又是七丫八杈，橫截道路；再闢再走，費去了許多氣力，還是不能盡通。並且羊腸峻阪，逐步崎嶇，害得軍不成伍，馬不成群。驚聞隴上鼓角齊鳴，一彪軍從高趨下，持著長槍大戟，奔向漢軍。漢軍已人困馬倦，如何抵敵？沒奈何倒退下去。那敵勢很是凶悍，再加領兵主將，就是隗囂部下主戰的王元，銳氣方張，迫人險地，滿望一鼓盪平漢軍，怎肯輕輕放過？漢軍叫苦連天，慌忙退走，已是不及，前隊多被殺死，後隊自相蹴踏，又傷斃了許多。耿弇、蓋延，雖都是能征慣戰，怎奈勢不相敵，無法可施，也只好引兵出險，且戰且行。何故輕進？王元緊追不捨，又來了隗囂大隊，漫山蔽谷，悉眾前來。漢軍只恨腳短，逃得不快。囂與元步步進逼，一些兒不肯放鬆，惱了漢捕虜將軍馬武，激勵勇士，返身斷後，手持一桿長戟，向囂兵衝殺過去，勇士一齊隨上，擊斃追兵數百人。囂兵乘興進來，不防有這場回馬陣，倒嚇得腳忙手亂，一齊退去，囂與元也恐有失，鳴金收回，漢軍才得退入長安。

光武帝時已還都，聞諸將敗還，亟令耿弇移軍漆邑，祭遵移軍汧城，使吳漢等保守長安，另遣馮異出屯枸邑。異奉命即往，行至半路，有探馬報稱囂將行巡，來攻枸邑，兵已下隴。異申令將士，倍道亟進。部將統言虜兵方盛，不可與爭，宜擇地安營，徐思方略。異勃然道：「虜兵臨境，幸得小勝，便思深入，若枸邑被取，三輔動搖，豈不可慮？兵法有言：『攻者不足，守者有餘。』我若得先至據城，用逸待勞，便可阻住虜馬，並不是急欲與爭呢！」確是有識之言。乃長驅急馳，竟得入

城，但使將士靜守，偃旗息鼓，待著敵軍。行巡引眾至城下，見城上毫無守備，總道是唾手可取，不如休息片時，再行督攻。部眾得令，並皆下馬散坐，無復紀律。異從城樓上悄望，備悉虜情，當即擊鼓揚旗，麾兵殺出。行巡未及防備，當然著忙，部下越加驚亂，上馬亟奔，被異追殺數十里，斬獲無算，方才收軍回城。同時祭遵在汧，亦得擊走王元軍，漢軍復振。北地諸豪長耿定等，俱聞風獻表，背囂降漢。馬援在上林苑屯田，上書闕廷，具陳破囂計畫，且言，「臣非負囂，囂實負臣，臣初次詣闕，囂曾與約事漢，不料他反覆如此，所以臣願獻密議，決除此虜。」光武帝因召援進見，面詢方略。援請先翦羽翼，繼攻腹心。光武帝乃給發突騎五千，帶領前往，便宜從事。援即往來遊說，離間囂將高峻、任禹等人。囂自覺勢孤，始上書謝過，略云：

吏民聞大兵猝至，驚恐自救，臣囂不能禁止。兵有大利，不敢廢臣子之節，親自追還。昔虞舜事父，大杖則走，小杖則受。臣雖不敏，敢忘斯義！今臣之事，在於本朝，賜死則死，加刑則刑，如遂蒙恩，更得洗心，死骨不朽！

書至闕下，諸將以囂雖陳謝，言仍不遜，請光武帝誅囂質子，大舉入討。光武帝心尚未忍，復使來歙至汧，傳遞復諭。諭云：

昔柴將軍與韓信書云：「陛下寬仁，諸侯雖有亡叛而後歸，輒復位號，不誅也。」以囂文吏曉義理，故復賜書，深言則似不遜，略言則事不決。今若束手聽命，復遣恂弟詣闕，則爵祿獲全，有浩大之福矣。吾年垂四十，在兵中十載，不為浮語虛詞，如不見聽，儘可勿報！

囂得諭後，已知光武帝察破詐謀，竟不作答。涼州牧竇融，遣弟友上書，自陳忠悃。適因隗囂叛命，道梗不通，友從中途折回，另遣司馬席封，從間道至長安，呈上書奏。光武帝答書慰藉，情意兼至。融乃貽書責囂，語多剴切，由小子再錄如下：

第十七回　抗朝命甘降公孫述　重士節親訪嚴子陵

伏惟將軍國富政修，士兵懷附，親遇厄會之際，國家不利之時，守節不回，承事本朝。後遣伯春即罷子恂，見上。委身於國，無疑之誠，於斯有效。融等所以欣服高義，願從役於將軍者，良為此也。而忿悁之間，改節易圖，君臣分爭，上下接兵，委成功，造難就，去縱義，為橫謀，百年累之，一朝毀之，豈不惜乎？殆執事者貪功建謀，以至於此，融竊痛之。當今西州地勢局迫，民兵離散，易以輔人，難以自建。計若失路不返，聞道猶迷，不南合子陽，則北入文伯耳。夫負虛交而易強禦，恃遠救而輕近敵，未見其利也。融聞智者不違眾以舉事，仁者不違義以要功，今以小敵大，於眾何如？棄子微功，於義何如？且初事本朝，稽首北面，忠臣節也。及遣伯春，垂涕相送，慈父恩也。俄而背之，謂吏士何？忍而棄之，謂留子何？自起兵以來，轉相攻擊，城郭皆為邱墟，生民轉於溝壑，今其存者，非鋒刃之餘，則流亡之孤。迄今傷痍之體未癒，哭泣之聲尚聞，幸賴天運少還，而將軍復重其難，且使積痾不得遂瘳，幼孤復將流離，其為悲痛，尤足愍傷，言之可為酸鼻，庸人且猶不忍，況仁者乎？融聞為忠甚易，得宜實難。憂人太過，以德取怨，知且以言獲罪也。區區所獻，唯將軍省焉！

融既貽囂書，專待使人返報。過了旬日，使人回來，甚是懊悵，報稱被囂斥歸。融也覺動怒，召集河西五郡太守，部署兵馬，並上疏行在，請示師期。光武帝優詔褒美，且因融七世祖廣國，為孝文皇后親弟，文帝后竇氏，見《前漢演義》。曾封章武侯，誼關姻戚，特賜漢祖外屬圖等，表示情好。一面敕令右扶風太守，修理融父墳墓，祭用太牢。所有四方貢獻珍物，往往轉賜與融，使命不絕。融當然感激，毀去囂所給將軍印綬，令武威太守梁統，刺死囂使張玄，更發兵攻入金城，大破囂黨先零羌、封何，奪得牛馬羊萬頭，穀數萬斛，充作軍實，守候車駕西征。囂因漢軍壓境，河西失和，自覺孤立無助，不得已遣使詣蜀，稱臣乞援。仍要向人稱臣，何苦背漢？述封囂為朔寧王，遣兵往來，與為犄角。囂正擬發兵內犯，又聞得漢將馮異，奪去安定、上郡各城，因

即率步騎三萬人，往攻安定。行抵陰槃，適與馮異相遇，交戰數次，不獲一勝，怏怏引還。再令別將攻汧，又為祭遵所破，退回天水。兩番跋涉，統是空勞，反喪失了若干士卒，若干芻糧。囂將王遵，屢次進諫，俱不見納，會得來歙招降書，因潛挈家屬徑投洛陽，詣闕請降，得拜大中大夫，封向義侯。光武帝欲親往討囂，偏遇日食告變，乃暫罷軍事。詔求直言，並敕公卿以下，舉賢良方正各一人。先是建武五年，光武帝嘗訪求高士，得周黨、王良等人，三徵始至。周黨字伯況，籍隸太原，素有清節，王莽篡位，更託疾杜門，足跡不涉鄉里。及徵車迭至，不得已奉命詣闕，布衣敝巾，坦然入見。到了光武帝座前，雖然跪伏，卻是未嘗呼謁，但自言山野布衣，不諳政事，仍請放還云云。光武帝並未加責，叫他退朝候命。獨博士范升，上疏奏劾道：

　　臣聞堯不須許由、巢父，而建號天下；周不待伯夷、叔齊，而王道以成。伏見太原周黨等，蒙受厚恩，使者三聘，乃肯就車；及陛見帝廷，黨不以禮屈，伏而不謁，偃蹇驕悍，有失臣道。黨等文不能演義，武不能死君，釣採華名，希得三公之位。臣願與坐雲臺之下，考試圖國之道，倘不如臣言，臣願伏虛妄之罪；果黨等敢私竊虛名，誇上求高，亦當罪坐不敬，為天下戒。臣昧死上聞。

　　光武帝覽畢，將原疏頒示公卿，另行下詔道：

　　自古明王聖主，必有不賓之士，伯夷、叔齊，不食周粟；太原周黨，不受朕祿，亦各有志焉。其賜帛四十匹，許遂所志。

　　黨受詔即歸，與妻子隱居澠池，著書成上下篇，壽考終身。邑人共稱黨為賢，設祠致祭，歲時不絕。唯東海人王良，受官沛郡太守，遷任大中大夫，進為大司徒司直，在位恭儉，妻子不入官舍，布被瓦器，如寒素時。司徒史鮑恢，因事至東海，過候王家，良妻布裙曳柴，方從田間歸來，恢素未相識，錯疑是良家傭婦，便昂然與語道：「我為司徒

第十七回　抗朝命甘降公孫述　重士節親訪嚴子陵

掾屬，便道至此，欲見王司直夫人！」良妻答道：「妾身便是！掾史得無勞苦麼？」恢不禁驚訝，慌忙下拜，並問良妻有無家書。良妻答稱：「在官言官，不敢以家事相煩。」恢嘆息而還。賢婦風範，比義夫尤為難得。後來良因病辭歸，病癒後應徵復起，道出滎陽，探訪故友。故友不肯出見，但傳語道：「不有忠言奇謀，乃竊取大位，豈不可恥？奈何尚僕僕往來，不自憚煩呢？」良聽了此言，未免自慚，乃謝病歸里，終不就徵。此外尚有太原人王霸，隱居養志，亦被徵入都，引見時稱名不稱臣。有司向霸詰問，霸答道：「天子有所不臣，諸侯有所不友，原是儒生本分呢！」時大司徒伏湛免官，進用尚書令侯霸為大司徒。侯霸素重王霸名，情願推賢讓能。王霸獨乞病告歸，偕妻逃隱，茅屋蓬戶，安享餘年。又如北海人逢萌，雁門人殷謨，累徵不起，併為逸民。

最著名的乃是七里灘邊的釣夫，羊裘一襲，遺範千秋，小子述及姓名，想看官應亦早有所聞，此人非別，本姓是莊，單名為光，表字子陵，會稽郡餘姚縣人，漢史避明帝名諱，改莊為嚴。因此後人只稱他為嚴子陵先生，不叫他做莊子陵。特別提出，復特別辨明。光武帝少時遊學，曾與他一同肄業，到了光武即位，他卻移名改姓，避家他去。光武帝憶念故人，令會稽太守訪問蹤跡，不見下落；再令海內各處搜求，亦無影響。光武帝終不肯忘懷，口述形容，使畫工繪成肖像，到處物色。「天下無難事，總教有心人。」果然有人奏報，說在齊國境內，有一男子身披羊裘，屢釣澤中，面目與畫圖相似。光武帝大喜道：「這定是子陵無疑了！」彷彿得寶。忙命有司備安車，攜玄纁，往齊禮聘。嚴光接著，尚未肯自道姓名，只說是：「朝廷誤徵。」使臣哪裡肯放？不論他是真是假，定要請他上車，三請三卻，畢竟一難當十，被朝使手下的隨員，前推後挽，竟將他擁至車上，飛馳入都。光武帝聞光到來，尚防他乘間逸去，特命就舍北軍，妥給床褥，使太官主膳之官。朝夕進膳，奉若神

明。大司徒侯霸，與光為舊識，忙使部屬侯子道，奉書問候。光踞坐床上，啟書讀訖，半晌才顧問道：「我與君房相別已久，侯霸字君房。君房素有痴疾，今得為三公，痴疾可少愈否？」奇人奇語。子道答道：「位居鼎足，怎得再痴？」光正色道：「既無痴疾，為何遣汝來此？」子道接口道：「司徒聞先生辱臨，本欲即來問候，適因公務匆忙，未能脫身，願俟日暮稍閒，前來受教。」光又笑道：「汝言君房不痴，這豈不是痴想麼？天子使人徵我，三請方來，我尚不欲見人主，難道就先見人臣？」子道聽罷，也不便多與絮聒，但求光覆書還報。光託言手不能書，只好口授，因接說道：「君房足下，位至鼎足，甚善。懷仁輔義天下悅，阿諛順旨要領絕！」說到末語，便即住口。子道再欲請益，光大笑道：「君莫非來買菜麼？求益何為？」原是夠了。子道乃返報侯霸，霸將光語錄出，封奏進去。光武帝微哂道：「這也是狂奴故態，不足計較！」說著，即命駕出宮，親往訪光。早有人向光報聞，光置諸不理，高臥如故，佯作閉目熟睡狀。亦太矯情。光武帝親至床前，見光袒腹臥著，因用手撫腹道：「咄咄子陵，何故不肯相助為理？」光仍然不起，良久始張目熟視，也不陳謝，但答說道：「從前唐堯有天下，帝德遠聞，尚有巢父洗耳。士各有志，奈何相迫如是？」光武帝喟然道：「子陵，我竟不能屈汝麼？」乃升輿還宮。既而令侯霸邀光入闕，略跡談情，與敘舊事，光始從容坐論，不復倨傲。光武帝婉顏問光道：「君看我比前日何如？」光答道：「似勝往時！」光武帝鼓掌大笑，留光食宿，與同寢臥。光用足加帝腹上，偽作鼾聲，好一歇方才移去。到了詰旦，即由太史入奏，謂客星侵犯御座，狀甚危迫。光武帝笑說道：「朕與故人子陵共臥，難道便上感天象麼？」因面授光為諫議大夫，光並不稱謝，亦不辭行，拂袖自去。返至富春山中，仍舊做那耕釣生涯，年至八十乃終。今浙江省桐廬縣南，有嚴陵瀨，與七里灘相接，背後有山，叫做嚴山，山下有石，能容十人，

第十七回　抗朝命甘降公孫述　重士節親訪嚴子陵

　　就是嚴光釣魚處，俗呼為嚴子陵釣臺。地因人傳，流芳百世，可見得亮節高風，比那封侯拜相，還要光榮十倍哩！熱中者可以返省。這且擱過不提。

　　且說漁陽告平以後，光武帝嘗使茂陵人郭伋，就任漁陽太守。伋鎮撫百姓，糾除群盜，境內咸安。唯盧芳竊據北塞，屢引匈奴兵入寇，大為邊患。伋復整勒士馬，修繕堡寨，阻絕胡騎南下，一塵不驚，人民得安居樂業，戶口日蕃，中外都稱為賢太守。會因大司空宋弘，有事免職，朝臣多舉伋代任。光武帝以盧芳未平，不便將伋內調，所以未曾允議。建武七年春三月晦日，太史又奏稱日食，有詔令百官各上封事，毋得言聖。當時杜林、鄭興等人，棄置歸鄉，見前回。統由光武帝聞名召入，各授官職：林為侍御史，興為大中大夫。此次因變陳言，謂應俯從眾議，調任郭伋為大司空，且言日月交會，數應在朔，今日食每多在晦，乃是月行太速，故有此變。君為日象，臣為月象，君元急故臣下促迫，致見咎徵，望陛下垂意洪範，勉思柔克等語。光武帝也優詔褒答，唯仍不願調回郭伋，卻令妹夫李通代任。通首先倡義，弼成大業，身尚公主，仍然謙恭自持，不敢驕盈，故得保全爵位，以功名終。富貴壽考，全賴謙沖。太傅褒德侯卓茂，已經病歿，特賜棺塋地，表彰耆碩。敘筆載明生卒，亦無非闡揚名士。並因前侍御史杜詩，累任沛、郡汝南各都尉，所在稱治，乃更調任南陽太守。南陽為光武帝故鄉，從龍諸臣，半出南陽，歷任太守，反視為畏途，只恐得罪貴戚。及杜詩蒞郡，興利除害，政治清平，無論貴賤，一體翕服。又修治陂池，廣拓土田，在郡數年，家給人足，時人比諸前漢的召信臣。信臣曾為南陽太守，也是一位施德行惠的好官。南陽人所以傳出兩語云：「前有召父，後有杜母。」小子亦有一詩，錄述於後：

黃堂太守一麾來，萬匯全憑隻手栽。

　　召父已亡推杜母，養民畢竟仗賢才。

　　轉眼間又是一年，光武帝顧念隴西，又要遣將往討了。欲知何人西征，待至下回發表。

　　隗囂據有西州，自稱上將軍，因時乘勢，崛起圖功，原不必定居人下。迨既受鄧禹之承制封拜，則君臣之名義已定，又何得再懷反側乎？設當光武討蜀之時，率兵效命，功且十倍竇融，他日即不得封王，公侯可坐致也。乃惑於蜚言，反覆不定，始則助漢而誅蜀使，繼且叛漢而為蜀臣，同一屈膝，朝秦暮楚胡為者？況洛陽如旭日，而蜀如朝露，一可恃，一不可恃，於可恃者而背之，不可恃者而親之，甚矣其愚也！彼如嚴子陵之孤身高蹈，抗禮闕廷，後世不譏其無君，反稱其有節，誠以其敝屣富貴，超出俗情，雲臺諸將，且不能望其項背，遑論隗氏子哉！若周黨、王霸、逢萌諸人，亦子陵之流亞，而王良其次焉者也，然亦足以風矣。

第十七回　抗朝命甘降公孫述　重士節親訪嚴子陵

第十八回

借寇君潁上迎鑾　收高峻隴西平亂

第十八回　借寇君潁上迎鑾　收高峻隴西平亂

　　卻說建武八年春月，中郎將來歙，與徵虜將軍祭遵，奉命西征，進取略陽。遵在途遇病，折回都中，獨歙率精兵二千餘人，伐山開道，繞出番須、回中，直抵略陽城下。守將叫做金梁，在城安坐，一些兒沒有豫備，等到城外鼓聲大作，方才登陴瞭望，足未立定，頭已不見。怪語。原來歙遠道進行，實為偷襲城池起見，途中並未聲張，到了城下，還是悄悄的整備雲梯，架住城堞，一經辦妥，方擊鼓麾眾，緣梯直上。可巧金梁跑上城來，正好湊那歙兵的快手，一刀劈去，適中頭顱，嗚呼哀哉！城中失了統將，或逃或降，才閱片時，便由歙據住略陽城。有潰卒走報隗囂，囂大驚道：「這軍從何處進來？有這般神速哩！」話尚未畢，王元、行巡諸部將，已閃出兩旁，請即發令出軍。囂使元拒隴坻，巡守番須口，王孟塞雞頭道，牛邯戍瓦亭，自率大眾數萬人，圍攻略陽。略陽為西州要衝，自為歙所攻入，飛章奏捷，光武帝聞報大喜，笑語諸將道：「來將軍得攻克略陽，便是搗入隗囂腹心，心腹一壞，肢體自然漸解了！」忽又由吳漢等，呈上表章，報稱出師應歙。光武帝又復懊恨道：「誰叫他進兵？須知隗囂失去要城，必悉銳往攻，略陽城堅可守，曠日不下，囂兵必敝，那時方好乘危進兵了！」知己知彼，百戰不殆。說著，忙遣使持節西出，追還吳漢等人，聽令來歙獨守略陽。並非棄歙，實已早知歙才。隗囂率眾往攻，把略陽城團團圍住，四面攻撲，終不能下。公孫述亦遣部將李育、田弇，助囂攻歙，亦不能克。好容易過了兩三月，一座略陽城，仍然無恙，惹得隗囂發急，斬木築堤，決水灌城，費盡無數計畫。歙督兵固守，隨機肆應，箭已放盡，即毀屋斷木，作為兵器，誓死不去。光武帝聞略陽圍急，乃下詔親征，部署既定，便即啟行。光祿勳郭憲進諫道：「東方初定，車駕未可遠征。」光武帝搖首不答，憲拔出佩刀，截斷乘輿中馬韁，帝終不從。西行至漆邑，諸將亦多言王師重大，不宜深入險阻，累得光武帝也費躊躇，不能遽決。適值

馬援夤夜到來，報名求見，光武帝立即召入，與商軍情，且述及群議，使定行止。援駁去眾口，獨伸己見，力言隗囂將士，已兆土崩，王師一進，必破無疑。又在帝前聚米為山，指畫形勢，詳陳路徑，何處可攻，何處可守，說得明明白白，昭然可曉。光武帝不禁大悟道：「虜已在我目中了！」次日早起，即麾軍大進，抵高平第一城。涼州牧竇融，率領五郡太守，及羌虜小月氏等番兵前來相會，共計得步騎數萬人，輜重五千餘車。光武帝置酒待融，遍犒來軍，趁著興高采烈的時候，合兵上隴，分道深入，勢如破竹。隗囂聞報，自知不能抵敵，退保天水，略陽城才得解圍。大中大夫王遵，自棄囂歸漢後，得帝寵眷，參與軍謀，王遵降漢，見前回。此次隨駕西征，因與囂將牛邯，素相友善，遂奏明光武帝，作書招邯。書云：

　　遵前與隗王歃盟為漢，自經歷虎口，踐履死地，已十數矣。於時周洛以西，無所統一，故為王策，欲東收關中，北取上郡，進以奉天人之用，退以懲外夷之亂，數年之間，冀聖漢復存，當挈河隴奉舊都以歸本朝，生民以來，臣人之勢，未有便於此時者也。而王之將吏，群居穴處之徒，人人抵掌，欲為不善之計。遵與孺卿日夜所爭，害幾及身者，豈一事哉？前計抑絕，後策不從，所以吟嘯扼腕，垂涕登車，幸蒙封拜，得延論議，每及西州之事，未嘗敢忘孺卿之言。今車駕大眾，已在道路，吳、耿驍將，雲集四境，而孺卿以奔離之卒，拒要厄，當軍衝，其形勢何如哉？夫智者睹危思變，賢者泥而不滓，管仲束縛而相齊，黥布杖劍以歸漢，去愚就義，功名並著。今孺卿當成敗之際，遇嚴兵之鋒，宜斷之心胸，參之有識，毋使古人得專美於前，則功成名立，在此時矣。幸孺卿圖之！

　　牛邯得書，觀望了好幾日，覺得西州一隅，終非漢敵，不如依書投降，乃謝絕士眾，奔詣行在。光武帝慰勉有加，亦拜為大中大夫。邯為隗囂部下的驍將，一經歸漢，全體瓦解，不待王師雲集，已是望風趨

第十八回　借寇君潁上迎鑾　收高峻隴西平亂

附。約閱一月，囂將十三人，屬縣十六城，兵士十餘萬，俱向行在乞降。囂惶懼的了不得，亟使王元赴蜀求援，自挈妻子奔往西城，投依大將軍楊廣。就是蜀將田弇、李育，一時也不能還蜀，退保上邽。光武帝到了略陽，來歙率眾出郊，迎駕入城。當下置酒高會，因歙攻守有功，賜坐特席，位居諸將上首，至歡宴已畢，又賜歙妻繒一千匹，歙當然拜謝。光武帝又進幸上邽，馳詔告囂道：「汝若束手自歸，保汝父子相見，不咎既往，必欲終效黥布，亦聽汝自便！」囂仍不答報。甘為黥布，有死而已。光武帝傳詔誅恂，即囂子。使吳漢、岑彭圍西城，耿弇、蓋延圍上邽，加封竇融為安豐侯，融弟友為顯親侯，此外五郡太守，亦俱封列侯，一古腦兒遣令還鎮。融尚自請從軍，另求派員代鎮涼州，光武帝復諭道：「朕與將軍如左右手，乃屢執謙退，轉失朕望，其速返原鎮，勉撫士民，毋擅離部曲！」這數語柔中寓剛，反令融爽然若失，拜辭行在，率眾西去。光武帝排程各軍，滿擬即日平囂，然後凱旋。忽接到都中留守大司空李通奏報，略言潁川盜起，河東守兵亦叛，京師騷動，請即迴鑾靖寇云云。光武帝不禁嘆息道：「悔不從郭子橫言，今始覺費事了！」橫即郭憲字，語見上文。說罷，即自上邽起程，晝夜東行，馬不停蹄。途次賜岑彭等書云：「兩城若下，便可將兵南擊蜀虜。人生苦不知足，既平隴，復望蜀，每一發兵，頭髮皆白，未知何日能肅清哩！」這是聰明人口吻。及既還洛陽，幸尚安謐，前潁川太守寇恂，已入任執金吾，屢躓往還，隨侍左右。光武帝因與語道：「潁川逼近京師，亟應平亂，朕思卿前守潁川，盜賊屏跡，今仍委卿前往，當可立平。卿忠心憂國，幸勿辭勞！」恂答說道：「潁川人民，素來輕狡，聞陛下遠逾險阻，有事隴蜀，遂不免為匪徒所惑，乘間思逞；今若乘輿南向，先聲奪人，賊必惶怖歸死，怎敢抗命？臣願執銳前驅便了。」光武帝乃使命駕南征，使恂先驅。直至潁川，果然盜賊盡駭，沿路跪伏，自請就誅。恂稟

命駕前,但誅盜首數人,餘皆赦免。郡中父老,夾道迎恂,且共至駕前匐伏,乞復借寇君一年。為官者,不當如是耶?光武帝勉從眾請,乃留恂暫居長社,安撫吏人,收納餘降,自率禁軍還宮。適東郡濟陰縣亦有盜賊,警報入都,光武帝再遣大司空李通,與大將軍王常,領兵剿捕。又因東光侯耿純,嘗為東郡太守,威信並行,因召他詣闕,拜為大中大夫,使與大兵共赴東郡。東郡聞純入界,無不歡迎,盜賊九千餘人,皆詣純乞降,大兵不戰而還。詔即令純為東郡太守,連任五年,境內帖然。後來病歿任所,賜諡成侯。東漢功臣,多能牧民,如純,如恂,其尤著者。

　　且說吳漢、岑彭,圍住西城,月餘未下,光武帝傳詔至軍,叫他遣歸羸卒,但留精銳,免得虛縻糧食等語。漢情急邀功,未肯遽遣,又探得楊廣病死,城中失恃,越想併力攻城,日夕不息,軍令倍嚴,吏士日久苦役,不免逃亡。囂將王捷,登城大呼道:「漢軍聽著!我等為隗王守城,誓死無二,必欲與我相持過去,願以頸血相易,我為首倡,請汝等看來!」說到末語,竟拔刀揮頸,血濺頭殊,身尚立著,好一歇方才撲倒。何故乃爾?漢軍見他無故自殺,統皆詫異,又想他人人拚命,就使攻下城池,亦必有一場惡鬥。眼見是性命相搏,彼此俱難免傷亡,懼心一起,不覺氣餒,遂致易勇為怯,懈弛下去。岑彭因持久不克,想出一計,分兵至谷水下流,用土堵住,使水勢湧入城中。谷水由西至東,繞過西城,下流被遏,水無去路,自然向城中灌入,漸漲漸高,距城頭僅及丈許,守兵雖然恟懼,卻還未肯出降。驀聽得城南山上,鼓聲四震,有一大隊披甲勇士,長驅馳下,先行執著一桿大旗,上書一個斗方大的「蜀」字,炫人眼目,且乘風大呼道:「蜀兵有百萬人到來了。」一面說,一面直迫漢壘。漢軍猝不及防,竟被衝破,且因來軍大聲恫嚇,多半駭散。暮氣已深,怎能再戰?吳漢、岑彭,也不能支持,覓路退去。就是

第十八回　借寇君潁上迎鑾　收高峻隴西平亂

谷水下流的漢兵，都一鬨兒逃得精光。其實蜀兵只有五千人，由囂將王元借來，用了一條虛喝計，竟得嚇退漢軍，安然入城，城內水已驟退，復得安居。王元且勒兵復出，來追漢兵。漢兵已經乏糧，且恐蜀兵大至，無心戀戰，遂由吳漢下令，焚去輜重，逐步退走。待至王元追來，還虧岑彭返鬥一陣，擊走王元，才得全師東歸。唯校尉溫序，為囂將苟宇所獲，迫令降囂。序怒叱道：「叛虜怎敢迫脅大漢將軍？」說著，持節亂撾，打倒數人。宇眾大憤，爭欲殺序，宇擺手道：「這是當代義士，可給彼劍！」乃拔劍付序，序接劍在手，亟抬鬚銜入口中，顧語左右道：「既為賊所殺，毋令須汙血！」說畢，把劍一橫，魂歸天上。不沒忠臣。從事王忠，隨序陷虜，苟宇卻令他收殮序屍，送歸洛陽。光武帝特賜墓地，並召序三子為郎。序本太原人氏，留葬洛中，乃是旌示忠臣的意思。

自從吳漢等引兵退還，耿弇、蓋延亦撤圍引歸，獨祭遵尚留屯汧城。未幾已是建武九年，遵病歿營中，訃至洛陽，光武帝悲悼異常，令馮異馳領遵營，派員護喪東歸。遵為人廉約小心，克己奉公，所得賞賜，盡給士卒，家無私財，身無華服，取士專用儒術，對酒設樂，必雅歌投壺，饒有儒將風規。遵妻裳不加緣，相夫克儉，唯生男不育，終致無嗣。遵兄午買女送遵，使為遵妾，遵為國忘家，卻還不受，臨歿時不言家事，但遺囑從吏，只用牛車載喪，薄葬洛陽。及喪至河南，有詔令百官先會喪所，然後由車駕素服親臨，哭奠盡哀，予諡曰成，葬後尚就墓御祭，順道存問家屬。遵妻當然拜謁。光武帝見他家無婢妾，室宇蕭條，不由的悲感道：「怎得憂國奉公，如祭徵虜一流名將呢？」嗣後帝思遵不忘，輒加嘆息。無非是借勵諸將。唯自馮異接任，吏士亦俱悅服，駐守如故。獨隗囂不願再居西城，移居冀邑，復遣兵分略各城，於是安定、北池、天水、隴西，復為囂有。只因糧餉不繼，屢患乏食，囂又積

勞成病，多臥少起，沒奈何出城謀食，唯得了數斛大豆，粗糲不堪下嚥，越覺恚憤得很，還入城中，病即加劇，不久便死。部將王元、周宗等，立囂少子純為王，總兵據冀，仍向公孫述處稱臣乞援。述將田弇、李育，已經歸蜀，述復使田弇北行，唯將李育留住，換了一個趙匡，與弇同至冀城，援助隗純。漢將馮異，奉詔進討，相持未下。公孫述欲大舉攻漢，為純紓憂，特使翼江王田戎，大司徒任滿，南郡太守程泛，率兵數萬人下江關，攻入巫峽，拔夷陵、夷道二縣，據住荊門、虎牙兩山，橫江架橋，並設關樓，面水倚山，結營自固，差不多有進窺兩湖、退挾三川的威勢。漢大司馬吳漢等，尚屯兵長安，光武帝特使來歙監軍，馬援為副，觀察隴蜀情勢，取示進止。歙因上書獻策道：

　　公孫述以隴西、天水為藩蔽，故得延命假息，今若平蕩二郡，則述智計窮矣。宜益選兵馬，儲積資糧，昔趙之將帥多賈人，高帝懸之以重賞，今西州新破，兵民疲饉，若招以財穀，則其眾可集。臣知國家所給非一，用度不足，然有所不得已也。

　　光武帝覽奏，乃詔令有司備谷六萬斛，用驢四百頭輸運，盡至汧城交卸，積作西征軍需。到了秋高馬肥，兵精糧足，特遣歙為統帥，率同徵西大將軍馮異、建威大將軍耿弇、虎牙大將軍蓋延、揚武將軍馬成、武威將軍劉尚等，共攻天水。馮異已與蜀將田弇、趙匡，會戰數十次，蜀兵傷亡過半，再加耿弇等率兵會集，士氣百倍，大破蜀兵，陣斬田弇、趙匡。獨隗純留居冀城，使王元等駐紮落門，依險拒守；還有高平第一城，又為囂將高峻所據，未肯服漢。於是馮異等進攻落門，耿弇等進攻第一城，兩路分攻。越年未下，馮異且在軍抱病，竟至謝世，光武帝賜諡節侯，令異長子彰襲爵，且複議親征西州。執金吾寇恂，已自長社還洛，仍然隨駕起行。既至關中，恂叩馬諫阻道：「長安道里居中，應接近便，安定隴西，聞車駕出駐長安，必然震懼，自當望風來降，若

第十八回　借寇君潁上迎鑾　收高峻隴西平亂

必以萬乘之尊，親履險阻，實非所宜，潁川前轍，不可不戒！」也說得是。光武帝不以為然，驅車再進，直抵汧城，方使恂招降高峻。峻本已由馬援說下，受漢封為關內侯，拜通路將軍，所以漢軍出入，峻常為引導，不致阻礙。援說高峻，見前回。及吳漢等敗還長安，峻乃復歸故營，據住高平，堅守不下。寇恂奉詔諭峻，峻遣軍師皇甫文出謁，語多倨傲，貌亦驕盈，兩下裡辯駁一番，惹動寇恂怒意，顧令左右縛文，擬置死刑。文尚不肯服禮，反唇相譏，諸將向恂進諫道：「高峻擁兵萬人，且多強弩，西遮隴道，連年不下，今欲將峻招降，奈何反殺峻使？」恂瞋目道：「要斬便斬，怕他什麼？」說著，即命把文處斬，將首級與文隨員，使他帶歸。且囑令傳語道：「軍師無禮，已經正法，欲降即降，不降固守！」斬釘截鐵。這數語傳將進去，峻竟開城出降，迎納漢軍。諸將莫名其妙，都向恂請問道：「殺死來使，反得降峻，究是何因？」恂答說道：「皇甫文係峻腹心，受遣來會，我看他辭意不屈，必無降志。我若將他放還，反損軍威，唯殺死了他，使峻膽落，自不得不降了。」諸將才拜賀道：「寇君神算，我等不及。」恂將峻解往行在，幸得免誅。中郎將來歙，因落門尚未攻破，即與耿弇、蓋延等，鼓勵將士，猛撲不休。守兵不能再支，各有降意，周宗、行巡、苟宇、趙恢，擁著隗純，開門出降；獨王元引著殘部，突圍奔蜀，隴右乃平。光武帝令將隗氏宗族，徙居京師，自率寇恂等還朝。後來隗純復與賓佐數十人，潛逃朔方，行至武威，被地方官捕住，殺死了事。小子有詩詠道：

敢將螳臂當王車，一舉三年便覆家。
父死子降猶受戮，可憐全族半蟲沙。

得隴望蜀，光武帝已操成算。至建武十一年春間，遂遣大司馬吳漢，率同劉隆、臧宮、劉歆三將，與征南大將軍岑彭，會師伐蜀。畢竟蜀地能否蕩平，再至下回分解。

隴右未平，潁川又亂，處興亡絕續之交，其欲制治也難矣。幸有寇恂扈駕南征，節鉞一臨，盜賊四伏，非素得民心者，其能若是乎？父老遮道，乞借寇君，莫謂小民果蚩蚩也。厥後西赴高平，斬皇甫文於城下，成算在胸，卒收勁敵，不戰屈人，寇君有焉。他若耿弇七軍，輕進致敗，吳漢諸將，勞師無功，謀之不臧，烏能致勝？視寇君有愧色矣。獨祭徵虜公而忘私，國而忘家，人皆去而彼獨留，功未竟而命先隕，何怪光武帝之哀慟逾恆乎？要之雲臺諸將，非無優劣，本書敘人述事，自有陽秋，閱者於夾縫中求之，即知所區別矣。

第十八回　借寇君潁上迎鑾　收高峻隴西平亂

第十九回
猛漢將營中遇刺　偽蜀帝城下拚生

第十九回　猛漢將營中遇刺　偽蜀帝城下拚生

卻說征南大將軍岑彭，自引兵下隴後，不與隴西戰事，但在津鄉駐兵，防禦蜀軍。津鄉地近江關，江關為蜀兵所踞，堵塞水陸，負嵎自雄。岑彭屢督兵往攻，終因江關險阻，不能奏功。光武帝乃遣大司馬吳漢，率同劉隆、臧宮、劉歆三將，調發荊州兵六萬餘人，騎五千餘匹，行抵荊門，與彭會師。彭曾備有戰艦數十艘，所用水手，統從各郡募集，不下一二千名。吳漢謂水手無用，多費糧食，擬酌量遣歸。想是懲著西域前轍，哪知情勢不同。彭獨言蜀兵方盛，今靠水戰得利，方可深入，怎宜遽減水手？兩下裡互有齟齬，特表達洛陽，請旨定奪。光武帝復諭道：「大司馬慣用步騎，未習水戰，荊門事決諸征南公，大司馬毋得掣肘」云云。明見千里。彭得伸己見，越加感奮，當下號令軍中，募攻浮橋，有人先登，應受上賞。俗語說得好：「重賞之下，必有勇夫。」遂由偏將軍魯奇，應募前驅，鼓棹直上。可巧東風狂急，吹滿征帆，奇船順勢向前，直衝浮橋。橋旁設有攢柱，叢木為柱。柱上有反扎鉤，鉤住奇船，早被蜀兵瞧著，齊來截擊。奇拚死與鬥，且令隨兵燃著火炬，飛擲橋樓，火隨風猛，風促火騰，那橋樓是用木造成，一經燃燒，勢不可遏。復有許多黑焰，迷亂蜀兵眼目，如何再能打仗？又加岑彭等率著眾艦，順風並進，所向無前，蜀兵大亂，溺斃至數千人。蜀大司徒任滿，措手不及，被魯奇一刀砍死。蜀南郡太守程泛，下橋欲奔，被劉隆躍登岸上，手到擒來。只有蜀翼江王田戎，飛馬逃生，得還江州。岑彭等馳入江關，禁止軍中擄掠，沿途人民，都奉獻牛酒，迎勞彭軍。彭辭還不受，面加慰諭，百姓大悅，開門爭降。當下露布告捷，舉劉隆為南郡太守，並錄敘魯奇首功。有詔悉依彭議，命彭為益州牧，所下各郡，即由彭兼行太守事。彭進軍江州，探得城內積糧尚多，料不易下，但留偏將馮駿圍攻，自引兵直指墊江，攻破平曲，取得糧米數十萬斛，分給各軍。大司馬吳漢，攻克夷陵，籌備露橈數百艘，露橈，船名。橈係小

楣，露係在外，故名露橈。在後繼進。還有護軍中郎將來歙，虎牙大將軍蓋延等，亦引兵入蜀。蜀中大震，公孫述忙授王元為大將軍，使與領軍環安，出拒河池。湊巧來歙、蓋延，兩路殺到，即與元安兩軍接戰，自午至暮，大破蜀兵，斬馘數千。元與安狼狽奔回，歙等復搗破下辨城，麾軍再進，至夜深時，方才下營。軍中不遑安寢，但憑幾假寐，守待雞鳴。不料雙目矇矓的時候，忽覺心中一陣奇痛，驚醒睡魔，用手撫胸，有物格住，不瞧猶可，剔燈審視，乃是亮晃晃的匕首，插入胸前，血流不止，連忙叫起帳後衛士，使請蓋將軍入營。蓋延聞信，飛奔進來，見歙已遭毒手，禁不住淚下潸潸，不能仰視。歙瞋目叱延道：「虎牙何敢作此態！今我為刺客所傷，無從報國，故呼君囑託軍事，乃反效兒女子哭泣麼？須知刃雖在身，尚能勒兵斬公，奈何不察？」歙之不得其死，恐亦由性暴所致。延勉強收淚，願聽歙遺命。歙乃使從吏取過紙筆，自寫遺表道：

臣夜人定後，為何人所賊，傷中臣要害，不敢自惜，誠恨奉職不稱，以為朝廷羞。夫理國以得賢為本，大中大夫段襄骨鯁可任，願陛下裁察！又臣兄弟不肖，終恐被罪，陛下哀憐，數賜教督。

寫到末句，實已忍不住苦痛，把筆擲去，抽刃出胸，大叫一聲，竟爾氣絕。蓋延大慟一場，替他棺殮，立遣人齎歙遺表，馳奏殿廷。光武帝聞報大驚，省書流涕，特賜給策文，追贈歙徵羌侯印綬，予諡節侯。另命揚武將軍兼天水太守馬成，繼歙後任。一面部署六軍，親出征蜀，由洛陽進次長安。公孫述聞得車駕親征，亟使部將王元、延岑、與呂鮪、公孫恢等，悉眾出拒廣漢，及資中要隘；又遣他將侯丹率二萬餘人，屯守黃石。岑彭令臧宮領兵五萬，從涪水至平曲，截住延岑，自分兵引還江州，另溯都江上流，往襲侯丹，出丹不意，把他擊走。當即倍道急進，日夕不停，直馳二千餘里，徑抵武陽。武陽守吏，立即駭走，

185

第十九回　猛漢將營中遇刺　偽蜀帝城下拚生

只有一座空城，被彭安然據住。彭再使銳騎進擊廣都，距成都僅數十里，勢若風雨，無人敢當。公孫述高坐成都，總道漢兵尚相持平曲，隔離尚遠，不料岑彭從黃石進兵，數日間即至廣都，反繞出延岑等背後，不由的慌張萬分，舉手中杖擲擊地上，頓足狂呼道：「漢軍有這般迅速，莫非神兵不成？」你已倒運，自然有此急變。當下募兵出守廣都，並飛報延岑等人，叫他分兵還援。延岑方陳兵沉水，與臧宮相持不決。宮因兵多食少，轉輸不繼，正覺得進退兩難，不能持久，適光武帝遣使詣岑彭營，有馬七百匹。宮得知此信，情急智生，竟偽傳詔命，截留來馬，使騎士跨馬張旗，登山鼓譟，一面麾動戰船，逆流而上，兩岸夾著步騎各軍，進薄蜀營，呼聲動地，旗影蔽天。延岑正接到成都警信，忐忑不定，又見漢軍水陸大集，越覺驚忙。登高遙望，對山復有許多敵騎，由高趨下，幾不知有多少兵馬，會集來攻。大眾都是股慄，回頭就跑，延岑亦急忙返奔，霎時間旗靡轍亂，好似風捲殘雲，向西四散。臧宮縱兵追擊，但教刀快戟長，樂得把頭顱多剁幾顆。蜀兵怎敢還手？儘管向前急奔。越是逃得快，越是死得多，最便宜的是棄械乞降，倒還有一條生路，不致斃命。所有輜重糧草，統讓送了漢軍。總算慷慨。延岑只引了數十騎，走回成都。臧宮軍至平陽鄉，收得降兵，差不多有十多萬人。全蜀精銳，已經蕩盡，就是一向主戰的王元，也束手無策，舉眾來降。非但對不住隗囂，也恐對不住公孫述。光武帝連得捷音，尚欲招降公孫述，遣使致書，曉示禍福，並舉大義相勉，誓不相害。述覽書嘆息，出示心腹將常少、張隆，少與隆俱勸述降漢。述瞿然道：「廢興由命，天下豈有降天子麼？」還要誇口。少、隆等不敢再言，自思亡在旦夕，相率憂死。

光武帝因平蜀有日，不必親往督軍，下令迴鑾，將入都城，忽有急報傳來，乃是征南大將軍舞陰侯岑彭，又被公孫述遣人刺死。彭自進軍

廣都,所駐營地,叫做彭亡,當時未知地名,因即下寨,及有人傳報,彭始知地名不祥,擬即徙往別處。適有一弁目來降,自稱為公孫述親隨,被撻來奔。彭不防有詐,收入帳下,到了夜半,竟被降卒混入,把彭刺死。當由大中大夫鄭興,代領部曲,飛使奏聞。彭治軍有法,秋毫無犯,邛谷王任貴,聞彭威信,數千里馳使輸誠,並貢方物,光武帝方重加倚任,滿望他進掃成都,特授懋賞;一聞被刺,當然生悲,遂將任貴所獻各物,盡賜彭妻子,且賜諡彭為壯侯。一面敕大司馬吳漢,即日進軍,繼彭入討。吳漢接詔,便由夷陵出發,率三萬人溯江直上,至魚涪津。述已遣將魏黨、公孫永,踞住津口,結筏自固。吳漢揮動將士,一鼓擊退,乘勝進圍武陽,又遇述婿史興來援,把他痛擊一陣,掃得精光,興單騎逃免。會有詔令至吳漢營,囑漢直取廣都,據蜀心膂,漢奉命急進,擣入廣都城,守兵盡遁,再遣輕騎繞成都市橋,成都吏民,無不震驚,將士等陸續夜遁,述雖嚴刑示懲,尚不能止。那光武帝雖屢次聞捷,還恐成都兵眾,總有一番鏖鬥,所以必欲降述,因復頒書諭述道:「勿以來歙、岑彭,受害自疑,今若亟來詣闕,保汝宗族安全,否則後悔難追!」述得書後,仍無降意。總要做個死皇帝。甚至江州為馮駿所奪,田戎已被擒去,還想堅持到底,不肯轉頭。光武帝待述復報,始終不至,乃復傳諭吳漢道:「成都雖困,守兵尚有十餘萬,不可輕敵!卿但堅據廣都,勿與爭鋒,待他力屈計窮,前去奮擊,自然一戰可下了!」吳漢急欲邀功,未肯依諭,竟率步騎二萬人,進逼成都;去城約十餘里,阻江為營,中架浮橋,自引兵立營江北;使副將武威將軍劉尚,率萬餘人,屯江南,相去二十餘里;當下奏達朝廷,具陳進兵安營情況,且謂可立破成都。光武帝大驚失色,忙親書手諭道:「近敕公千條萬端,奈何臨事錯亂?既已輕敵深入,又與尚隔江立營,緩急不能相倚;若賊出兵綴公,別遣大眾攻尚,尚營一破,公還能站得住麼?速速引還

第十九回　猛漢將營中遇刺　偽蜀帝城下拚生

廣都，幸勿急攻！」英主見識，畢竟過人。這道手諭，交付親將，叫他飛寄吳漢，究竟途程遼遠，朝發不能夕至，那吳漢果為述將所困，險些兒敗沒虜中。原來公孫述因漢軍相迫，特遣部將謝豐、袁吉，率眾十餘萬，分作二十餘營，並出攻漢。又命別將萬餘人，渡江擊尚，使他不能相救。漢與謝豐等大戰一日，竟至挫衄，退入營中。謝豐、袁吉，便將漢營圍住。漢待尚不至，料知尚被牽制，無法馳援，乃召集將士，面加鼓勵道：「我與諸君踰越險阻，轉戰千里，無攻不勝，得入深地。今與劉尚兩處受圍，聲援隔絕，禍且不測，計唯潛師救尚，併力禦賊，誠能同心合力，人自為戰，大功可成；否則一敗無遺，如何報命？成敗在此一舉，願諸君努力！」諸將齊聲應諾。賴有此爾。於是饗士秣馬，閉營三日，固守勿出。謝豐等攻撲數次，亦不得入，索性不去挑戰，專待漢軍食盡，然後再攻。哪知漢伺他懈弛，夜半開營，引軍疾走，竟得渡過江南，馳入尚營。謝豐等尚未察覺，等到天明，望見漢營中旗幟高張，煙火不絕，還道漢營如故，哪知吳漢已與劉尚合軍，擊退江南蜀兵，蜀兵走入謝豐營中，豐等才悔中計，莫非半死不成？不得已分兵南渡，攻擊漢尚。漢與尚早已守候，見他越江過來，不待蜀兵成列，便張開左右兩翼，夾擊過去。蜀兵倉猝，接仗已覺著忙，再加兩面受敵，越發招抵不上，不過人數眾多，總想勉力支撐，幸圖一勝。偏漢兵越鬥越勇，蜀兵愈戰愈怯，漸漸的勢不相當，敗退下去。袁吉一個失手，竟被漢將砍倒，結果性命。兩將中死了一人，頓時全軍慌亂，如山遽倒。謝豐麾軍急退，自為後拒。恰巧吳漢追到，與謝豐交戰數合，砉的一聲，已把豐頭腦劈去，倒斃馬下，蜀兵大潰。漢與尚追殺一陣，斃敵無算，獲甲首五千餘級，方才勒兵回營。適值朝使亦至，交付光武帝手書。吳漢閱罷，不禁伸舌，幸虧轉敗為功，還好有言相答；乃即留尚拒述，自領兵還駐廣都，具狀奏聞，深自引責。光武帝又復諭道：「公還廣都，很屬得

宜，述必不敢舍尚擊公，若彼先攻尚，公可從廣都赴援，彼此相應，破述無疑了。」漢懍遵諭旨，不敢違慢，待至蜀兵來攻，方才應敵。果然述兵屢出，由漢率軍屢擊，八戰八克，復逼成都。還有臧宮一支人馬，也得拔綿竹，破涪城，斬公孫恢，長驅直達，與吳漢共會成都城下，併力合攻，搗入外郭。急得公孫述不知所措，慌忙召入汝寧王延岑，向他問計。岑答說道：「男兒當死中求生，怎可束手待斃？今唯有傾資募士，決一死戰。若能擊退漢兵，財物復可積聚，何足介懷？」述乃悉出金帛，募得敢死士五千人，充作前鋒，使岑統領殘兵，作為後繼。一聲號令，麾眾齊出，幾似瘋狗一般，逢人便噬。吳漢見來勢凶猛，勒軍遽退，至市橋中揀一曠地，列陣待著。岑令前鋒鳴鼓挑戰，暗率部眾繞道，襲擊吳漢背後。漢只遏前敵，不及後顧，竟被延岑衝破後隊，攪亂陣勢。漢軍腹背受敵，當然潰散，漢被擠入水中，幾至滅頂，虧得眼明手快，攀住馬尾，馬係漢素常騎坐，能識人意，方得將漢徐徐引出。好在臧宮兵尚未遽潰，百忙中援應一陣，蜀兵始退，漢得安回營中。兵事真不可測。檢查兵士，喪失尚不過千餘人，只是糧食將盡，不過七日可支，乃令陰具船隻，伺隙欲歸。謁者張堪，方奉使命勞軍，輸送縑帛，在途又受官蜀郡太守，馳詣成都，聞得軍中乏糧，漢有退志，因亟往見漢，謂述亡在即，不宜退師。漢勉從堪議，使臧宮屯兵咸門，自在營中偃旗息鼓，故意示弱，誘令蜀兵出戰。約閱三日，公孫述親出搏戰，直攻漢營；令延岑往敵臧宮，兩路並舉。岑拚命死鬥，三合三勝，宮幾難支持，忙使人向漢求援。漢與述已戰了半日，未分勝負，急切不便援宮，但見述兵已有飢色，特使護軍高午唐邯，領著銳卒萬人，向述眾橫擊過去。這支兵馬，乃是漢留住營中，故意不發，待至述兵已疲，才令突出。述不防有此生力軍，挺擊過來，連忙號召將士，攔阻兵鋒，已是不及。高午持槊急進，猛刺述胸，述痛不可耐，撞落馬下，左右抵死救護，才得扶

第十九回　猛漢將營中遇刺　偽蜀帝城下拚生

起述身,舁至車上,逃入城中。延岑在咸門酣戰,得知述負傷消息,當然惶急,鳴金退回,反被臧宮還殺一陣,傷了許多人馬。好容易入城見述,述已暈過兩次,經岑喚醒,勉強睜眼一看,不禁下淚,模糊說了數語,無非是囑咐後事,捱到日暮,便即斃命。岑為具棺殮,草草辦就,到了翌晨,自覺無術拒守,乃開城出降。吳漢等縱轡入城,梟述屍首,傳詣洛陽,盡屠公孫氏家族,並將延岑處斬,戮及妻孥,再縱火燒述宮室,付諸一炬,是為建武十二年事。述欲稱帝時,曾夢有人與語云:「八厶子系,十二為期。」醒後告知妻室,妻答說道:「朝聞道,夕死尚可,況期限十二呢?」想是急思為後,故有此語,但不知殺頭時候,可追悔否?述因即僭號。至是全家滅亡,剛剛應了十二為期的夢兆。妖夢是踐。光武帝聞漢入城屠掠,遣使責漢,又諭副將軍劉尚道:「城降三日,吏民從服,孩兒老母,人口萬數,一旦縱兵放火,居心何忍?汝係宗室子孫,嘗居吏職,奈何亦為此殘虐?仰視天,俯視地,未必相容,大非朕伐罪弔民的初意呢!」一將功成萬骨枯,故王者耀德不觀兵。

先是述嘗徵廣漢人李業為博士,業稱疾不起,述慚不能致,使人持藥酒相迫。業撫膺嘆道:「古人云:『危邦不入,亂邦不居。』我情願飲藥便了。」遂服毒自盡。述又聘巴郡人譙玄,玄亦不應,述又劫以毒藥。玄慨然道:「保志全高,死亦何恨?」遂對使受藥。玄子瑛叩頭泣血,願出千萬錢贖父,方得倖免。至成都殘破,玄已早終。更有蜀人王皓、王嘉,亦不肯事述。述先將他妻子繫住,脅令出仕。皓對來使說道:「犬馬尚且識主,況我非犬馬,怎得妄投?」說著,竟拔劍自刎。述竟將他妻子殺死。王嘉聞皓自殺,也即戕生。犍為人費貽,漆身為癩,佯狂避徵;同郡任永、馮信,都偽託青盲,巧辭徵命。此次光武帝因蜀地告平,申命吳漢等訪求遺逸,方得查出數人志節,奉詔表李業閭,祀譙玄以中牢,為王皓、王嘉伸冤,撫卹後裔,特詔費貽、任永、馮信入都,面授

官職。永、信同時病歿，唯貽入見後，拜為合浦太守。此外如述將程烏、李育，頗有才能，亦由光武帝下詔敘用，不令向隅。又追贈述故臣常少為太常，張隆為光祿勳。常少、張隆，見前文。於是西土悅服，莫不歸心。小子有詩詠道：

撫我為君虐我仇，安民有道在懷柔。

井蛙小丑何知此？身死家亡地讓劉。

蜀地平定，吳漢等振旅還朝。欲知後事如何，且看下回再表。

公孫述一誇夫耳，無他功能，乘亂竊據，但以僻處西陲，依險自固，故尚得苟延歲月，僭號至十有二年。及關東已平，王師西指，述不能用荊邯之策，空國決勝，乃徒豢二三刺客，戕來歙，害岑彭，何濟於事？彼既不願為降天子，何勿堂堂正正，與決勝負？成固甚善，敗亦有名，僅恃此鬼蜮伎倆，暗殺漢將，漢將豈能一一被刺乎？來歙、岑彭，不幸遇刺，而吳漢、臧宮諸將，長驅直前，進搗成都，述尚欲死中求生，背城借一，卒至洞胸墜馬，亡國覆宗。詐術果可恃耶？不可恃耶？項羽謂天實亡我，非戰之罪；公孫述謂廢興有命，是皆不度德，不量力，一敗塗地，乃諉諸天命，無聊之語，可笑亦可憫也！

第十九回　猛漢將營中遇刺　偽蜀帝城下拚生

第二十回
廢郭后移寵陰貴人　誅蠻婦蕩平金溪穴

第二十回　廢郭后移寵陰貴人　誅蠻婦蕩平金溪穴

卻說蜀地告平，全軍凱旋，涼州牧竇融，上表稱賀，有詔令融與五郡太守，一同入朝。融遂與武威太守梁統、張掖太守史苞、酒泉太守辛彤、敦煌太守竺曾、金城太守庫鈞，奉詔入都。既抵闕下，即繳上安豐侯涼州牧印綬。光武帝賜還侯印，即日召見，賞賜恩寵，無與倫比。尋拜融為冀州牧，融辭不就任。適大司空李通，因病去職，由揚武將軍馬成，暫行代理，未盡勝任，乃進融為大司空；並授梁統為大中大夫。涼、冀二州，另行簡員鎮守。好在隴蜀已平，西北無事，只有盧芳偽稱劉文伯，連結匈奴烏桓，常為邊患。屢見前文。驃騎大將軍杜茂等，奉詔往討，歷久未平，芳部將隨昱留守九原，陰通漢軍，欲脅芳降漢。芳與十餘騎逃入匈奴，昱即詣闕請降，得拜五原太守，封鐫胡侯。後至建武十六年間，芳復入居高柳，遣使奉上降書。光武帝乃立芳為代王，令他和輯匈奴。芳申請入朝，奉詔批准。及芳南至昌平，又遇朝使傳諭，叫他折回。芳不免疑懼，仍背漢投胡，既而病死。自是函夏無塵，全國統一。光武帝增封功臣，得三百六十五人，外戚封侯，計四十五人，唯宗室諸王，卻為了將軍朱祐計議，反降封為公侯。如趙王良、由廣陽徙封。齊王章、即劉縯長子。魯王興，縯子過繼劉仲，均見前。三人統稱為公。長沙王興、真定王德、即劉楊子。河間王邵、中山王茂四人，俱景帝後裔。統稱為侯。更封孔子後裔孔安為宋公，周公後裔姬常為衛公，此外宗室封侯，共一百三十七人。光武帝久在兵間，厭心武事，且知天下疲耗，益欲息肩，自隴蜀平定後，非遇急警，不復言兵。皇太子強，年已十餘，有時侍側，問及攻戰方略，光武帝正色道：「從前衛靈公問陳，孔子不對，此事非爾所宜問呢！」此實一權宜之語，並非至訓。鄧禹、賈復，知帝欲偃武修文，不願功臣擁眾京師，乃投戈講道，修明儒學。耿弇等亦繳還大將軍印綬，並以列侯就第。朱祐嘗薦賈復端重，可為宰相，光武帝置諸不答。唯移封鄧禹為高密侯，使食四縣。賈復為

膠東侯，使食六縣。李通已封固始侯，位兼勳戚，因得與鄧禹、賈復，參議國家大事，恩遇從隆。其餘功臣數百人，不過給與廩祿，令他安享太平，不復重用。保全功臣，莫如此策。至若朝廷宴會，輒召功臣集飲，濟濟盈堂，無不守禮。光武帝當大宴時，歷問群臣道：「卿等若不得遇朕，果有何為？」鄧禹起答道：「臣嘗學問，可做一文學掾吏。」光武帝笑道：「這也未免太謙了！卿志行修整，可官功曹。」及問至馬武，武答言：「臣粗具膂力，可為守尉，督捕盜賊。」光武帝又笑說道：「且自己不為盜賊，做個亭長罷了！」武平素嗜酒，任氣使性，常在御前折辱同列，故光武帝隨事加誡，略示裁抑。但功臣稍有過失，帝必曲為優容，所有遠方進貢珍甘，亦嘗先賜列侯，不少慳吝。故功臣皆懷德畏威，不生怨望，安上全下，比那高祖時代，迥然不同。這是光武帝的識量過人，故有是良法美意，卓越古今。應該稱揚。

　　獨驃騎大將軍杜茂，尚留守北方，備禦匈奴。光武帝不欲勞兵，特使吳漢等北往，督徙邊民，盡入內地，但諭茂繕治城障，阻住胡烽。茂令兵士屯田築堡，毋敢少疏。會因軍吏冤殺無辜，遂致連帶免官，減削食邑，由修侯降為參蘧鄉侯，另命蜀郡太守張堪為騎都尉，使他往領茂營。匈奴聞茂去職，乘隙進攻，兵至高柳，被張堪督兵邀擊，大破胡兵，飛章告捷。光武帝因令茂為漁陽太守，兼轄軍民。茂賞善罰惡，公正無私，吏士並樂為用。匈奴以高柳被挫，再圖報復，竟發萬騎入漁陽。才入境內，即有數千健卒，當頭截住，彷彿與長城相似，絲毫不能動搖。再加張堪領著後隊，鳴鼓繼進，銳厲無前，把胡騎衝得七零八落。匈奴將帥，連忙奔還，十成中已喪失了四五成，從此畏堪如神，不敢近塞。堪乃勸民耕稼，特就狐奴地方，開稻田八千餘頃，不到數年，桑麻菽麥，偏地芃芃。百姓踴躍作歌道：「桑無附枝，麥穗兩歧；張公為政，樂不可支！」總計堪守郡八載，戶口蕃庶，物阜民康。光武帝欲徵

第二十回　廢郭后移寵陰貴人　誅蠻婦蕩平金溪穴

堪內用，堪竟病逝，有詔褒揚政績，賜帛百匹。堪字君遊，係南陽郡宛縣人，少時已有志操，號為聖童，入蜀時不私秋毫，布被終身。中興循吏，杜詩以外，要算張堪。讚美循吏，藉以風世。

沛郡太守韓歆，亦剛直有聲，建武十三年間，大司徒侯霸病逝，特擢歆為大司徒。歆就職後，每好直言，嘗在帝前指天畫地，不少隱諱。光武帝未免動怒，歆仍不少改，在任二年，坐被譴歸。未幾又頒詔申責，歆憤激自殺，子嬰亦死。都人士替他呼冤，為帝所聞，乃追賜錢穀，具禮安葬。遇主如光武，且以直言賈禍，遑問他人。後來歐陽歙、戴涉，相繼為大司徒，俱坐罪論死，光武帝亦稍稍嚴急了。最錯誤的是廢后一事，為光武帝平生大累。事在建武十七年間。光武帝既立郭氏為皇后，嫡子彊為皇太子，相安有年，見十二回。郭后復生子四人，一名輔，一名康，一名延，一名焉。陰貴人亦生五子，長名陽，次名蒼，次名荊，又次名衡，名京。尚有一子名英，為許美人所出。許美人無寵，當夕甚稀，故只生一男。就中總算這位陰貴人，最得寵愛，光武帝有時出征，嘗命陰貴人隨行。陰貴人初次生男，曾在元氏縣中分娩，當時從徵彭寵，適當有娠，故在行轅中產兒，取名為陽，兩頰甚豐，至十歲時能通《春秋》，光武帝目為奇童。奪嫡之兆，已寓於此。建武十五年，大司馬吳漢等，上書請封皇子，三奏乃許。使大司空竇融告廟，封皇子輔為右翊公，英為楚公，陽為東海公，康為濟南公，蒼為東平公，延為淮陽公，荊為山陽公，衡為臨淮公，焉為左翊公，京為琅琊公。這是因年序封，故與上文敘次不同。諸子受封，才及月餘，有詔令天下州郡，檢核墾田戶口。刺史太守，依詔施行，次第奏報。獨陳留吏牘中夾入一紙，上書二語云：「潁川弘農可問，河南南陽不可問。」光武帝瞧著，問所從來，吏人謂由長壽街上拾取，誤夾牘中。這是因光武好讖引惹出來。光武帝因疑生怒，頓有慍色。東海公陽，年才十二，適侍帝後，便

乘間進言道：「河南帝城，必多近臣，南陽帝鄉，必多近親；田宅逾制，不便細問，故有是言！」光武帝大悟，再使虎賁將窮詰吏人，吏人無從隱蔽，所對如東海公語。光武乃更遣謁者巡行河南南陽，糾察長吏，實地鉤考，免得徇私。但自此愛陽有加，自悔立儲太早，不得使陽為塚嗣。天下事不宜生心，一有芥蒂，免不得形諸詞色。郭皇后暗中窺透，當然懷嫌，因此對著帝前，往往冷嘲熱諷，語帶蹊蹺。光武帝積不能容，遂致夫妻反目，動有違言。到了十七年冬月，竟突然下詔道：

　　皇后懷勢怨懟，數違教令，不能撫循他子，訓長異室。宮闈之內，若見鷹鸇，既無關雎之德，而有呂、霍之風，豈可託以幼孤，恭承明祀？今遣大司徒戴涉、時涉尚未坐罪。宗正劉吉，持節往諭，其上皇后璽綬。陰貴人鄉里良家，歸自微賤，自我不見，於今三年。宜奉宗廟為天下母。異常之事，非國休福，不得上壽稱慶，特頒詔以聞。

　　詔既頒發，群臣互相錯愕，莫敢發言。郭皇后只好繳出印綬，徙居別宮。那色藝兼優的陰貴人，竟得超居中宮，母儀天下。句中有刺。殿中侍講郅惲進奏道：「臣聞夫婦情好，父子間尚且難言，況屬在臣下，怎敢參議？但望陛下慎察可否，勿令天下貽議社稷，方可無憂！」光武帝答道：「卿能曲體朕意，朕亦不為已甚哩！」乃暫不易儲，更進郭后次子輔為中山王，號郭后為中山太后。餘如東海公陽以下，俱進封為王。嗣且命趙、齊、魯三公，均復王爵，這且待後再表。

　　且說光武帝即位以後，嘗出幸舂陵，親祠先人園廟，旋又改舂陵鄉為章陵縣，永免徭役，比擬高祖時代的豐沛。至建武十七年冬季，復至章陵祭祖，治舊宅，觀田廬，置酒作樂，大會宗室，無論男婦老幼，並得列席。酒至半酣，諸母相與絮語道：「文叔光武帝小字，見前文。少時謹信，與人交際，無甚款曲，不過柔順有容，素無爭忤。誰料今日尊榮至此！」光武帝湊巧聽見，不由的接口道：「我御天下，亦欲以

第二十回　廢郭后移寵陰貴人　誅蠻婦蕩平金溪穴

柔道為治，並不致後先矛盾哩！」說著，鼓掌大笑。諸宗室相率騰歡，至日暮方才散席。越宿由光武帝諭令有司，為宗室盡建祠堂，然後命駕起行，還至宮中，已將殘臘。倏忽間又是建武十八年了，孟春無事，過了一月，忽得蜀郡警報，乃是守將史歆，據住成都，自稱大司馬，猝攻太守張穆，穆逾城走入廣都，飛書乞援。光武帝亟令大司馬吳漢，率同臧宮、劉尚二將，領兵萬餘，往討史歆。漢至武都，再發廣漢、巴蜀三郡兵馬，進圍成都，數旬即下，把史歆擒斬了事。宕渠人楊偉，朐䏰人徐容等，本已為史歆誘惑，各糾眾數千人，與歆相應。吳漢等既收復成都，再乘桴沿江，進至巴郡。楊偉、徐容，聞風駭走，終被漢軍擒誅，餘黨皆降，徙居南郡長沙。蜀郡復平，漢等還朝覆命。

不意南方交趾，突出了兩個蠻女，公然聚眾造反，寇掠嶺南六十餘城。呂母、遲昭平後，復出了兩個蠻女，甚是奇特。兩蠻女叫做徵側、徵貳，本是一對姊妹花，為麊泠縣洛將女兒。麊泠音糜零，交趾僻處南海，從前未設郡縣，為土人所分據，隨地墾田，有洛王、洛將、洛民等名。面貌不過尋常，身材很是長大，力舉千鈞，霸占一方。側尤驍勇，已嫁與朱鳶人詩索為妻，她卻不安家室，唯與妹徵貳玩刀耍槍，練習武藝。及刀槍純熟，自謂技藝無敵，想做一個南方女大王。可號為井底雌蛙。於是號召徒眾，待機即發。適交趾太守蘇定，執法相繩，飭令繳械散眾，不得生事。側與貳遂憤然發難，攻陷郡城，蘇定出走，南方大亂。九真、日南、合浦各蠻夷，譁然起應，郡守紛紛內避，被她鬧得一塌糊塗，所有嶺南六十餘城，並罹兵阨。側竟自立為王，令貳為大將，兩蠻女振動雌威，名聞遠近。警報傳到洛陽，光武帝怎能坐視？便選出虎賁中郎將馬援，使為伏波將軍，令與扶樂侯劉隆，督率樓船將軍段志等，南下討賊。援前為大中大夫，與來歙同為監軍。見十八回。歙嘗奏言隴西侵殘，羌種雜沓，非馬援不能平定。光武帝因拜援為隴西太守，

援連破叛羌，征服餘眾，繕城治塢，闢田勸耕，隴西以安。嗣被召為虎賁中郎將，屢得進見，嘗與光武帝談論兵法，意俱相合。再出討皖城妖人李廣，一鼓即平。這是補敘之筆。至是復受命南征，航海前進。軍至合浦，段志得著急病，竟至逝世。援令弇目護喪歸葬，自與劉隆並領水軍，水盡登岸，闢山通道，得達浪泊。徵側方安據交趾，南面稱尊，總道是天高地迥，任所欲為，驀聞漢軍已至浪泊，也不禁吃了一驚。當下升帳點兵，得數萬人，使妹徵貳為先鋒，自為後應，至浪泊中搦戰。兩陣相交，金鼓連天，約莫有兩三個時辰，蠻眾究竟烏合，敵不過百戰雄師，一敗便走，勢若散沙。徵側、徵貳，但靠著兩臂蠻力，目無中原，至此才知王師厲害，覓路逃走。援驅軍追殺，斬首數千級，收降萬餘人，女流究屬無用，不堪一戰。趁勢至交趾城下，四面圍攻。徵側自覺孤危，即與徵貳商議道：「我與汝奮臂一呼，遠近響應，不到數月，得攻克六十餘城，滿望殺往嶺北，進據中原，哪知中朝天子，遣到精兵猛將，銳不可當，現今坐困危城，如何是好？」徵貳想了多時，才答說道：「據妹子看來，此城斷不可守，不如奔往金溪穴中，扼險自固，就使猛將如雲，亦不能搗破此穴，待他糧盡引退，我等復好出據此城了。」徵側點首稱善，隨即棄城夜遁。馬援聞知，率眾力追，行抵金溪，連戰數陣，蠻眾除殺死外，多半潰散。唯徵側、徵貳兩姊妹，拚命逃走，得入金溪穴中，穴甚深邃，四圍有大山包住，只有一口可通，也是險仄得很。側與貳竄入此穴，使殘眾堵住穴口，大有一夫當關，萬夫莫開的形勢。援率眾到了穴前，察視四周，除穴口外，竟是無縫可鑽，倒也躊躇得很。自思航海南來，費盡千辛萬苦，得入此地，倘若畏難即退，豈不是盡隳前功？況且留此兩婦，終究是將來禍祟，理應斬草除根，方免後患。於是下令軍士，隨山伐木，就谷口築起巨柵，容納全師；再命遊騎巡弋四圍，截虜蠻眾，想得幾個俘虜，詢問路徑，或有一線可通，便好令他嚮導，搗殺

第二十回　廢郭后移寵陰貴人　誅蠻婦蕩平金溪穴

進去。誰知一住半月，竟無人跡，山上瘴氣燻蒸，軍士一不小心，往往觸瘴致疾，真個是欲退不得，欲進不能。援卻抱定主意，誓滅此虜，勉令將士圍住谷口，一面分兵略定各郡，收聚糧食，輸運軍前。徵側、徵貳總以為漢軍無法，定必速退，且穴中曾備有糧草，足資一年，但教安心耐守，自可解圍。螺蚌縮入殼中，能長此不開麼？不意過了數月，漢兵不退，又過數月，仍然不退，直至歲暮年闌，漢兵尚在谷外扼住，未曾退去。穴內糧食，已將告罄，且水道亦被漢兵塞斷，涓滴不見流入，害得又飢又渴，無可為生。勉強過了殘冬，已是建武十九年正月。側與貳不能再伏穴中，只得驅眾殺出，眾兵已困憊不堪，沒奈何硬著頭皮，衝出谷口，漢兵早已出柵待著，見一個，殺一個，見兩個，殺一雙，嚇得蠻眾又復倒退。馬援知蠻眾不濟，傳令投降免死，蠻眾聽著，遂一齊拋去兵械，匍匐乞降。唯徵側、徵貳兩人，罪在不赦，只得不管死活，捨命格鬥，結果是跌倒地上，雙雙就擒，當由漢軍縛住，推至馬援面前，兩人跪倒磕頭，哀求饒命。馬援作色道：「無知賤婢，也想抗拒天朝，今日還想求生麼？」說畢，即令刀斧手將兩人推出，一同梟首，獻入都中。恐洛陽城中，難得見此好頭顱？有詔封援為新息侯，食邑三千戶。援乃宰牛釀酒，大饗將士，且笑且語道：「我從弟少遊，與我志趣不同，嘗謂人生在世，但教飽食暖衣，乘下澤車，跨款段馬，做一個郡縣掾吏，老守墳墓，鄉里間稱為善人，也好知足，何必奔波勞碌，妄求功名？我當初意不謂然，今至浪泊西里，轉戰年餘，下潦上霧，毒氣瀰漫，仰視飛鳶搖搖，似墮水中，臥念少遊平生時語，幾不可得。還虧諸君戮力，得破二婦，乃先受恩賞，獨得佩金拖紫，食採封侯，真令我且喜且慚了！」將士等都離席跪伏，喧呼萬歲。援復令起飲，至醉方散。越日又率樓船大小二千餘艘，戰士二萬餘名，四處搜捕餘孽，斬獲五千餘人，嶺南乃平。援再至交趾，設立銅柱，上書：「大漢伏波將軍馬援建此。」然後振旅而還。小子有詩詠道：

何來蠻女敢稱雄，負險經年扼谷中。

幸有老成操勝算，堅持到底慶成功。

欲知馬援還朝情形，待至下回再詳。

　　光武帝能容功臣，獨不能容一妻子，廢后之舉，全出私意，史家多譏其不情。吾謂光武之誤，不在於廢后之時，而在於立后之始。陰氏女娶於先，郭氏女納於後，豈可因出身之貴賤，為後先之倒置乎？況「娶妻當得陰麗華」，光武帝已有成言，本暱愛之初衷，得相攸於微賤，正應立彼為後，不負前盟。故劍可求，杜陵之遺規猶在，何得以郭氏之早生皇子，超列中宮？古人有言：「慎厥初，唯厥終」，未有初基不慎，而可與之圖終者也。彼徵側、徵貳，以南方之婦女，敢爾稱兵，想亦由戾氣所鍾，故有此異事耳。幸而伏波往討，務絕根株，千里奔波，一年耐久，卒得擒二婦於窟穴之間。倘非堅持不敝，貫徹始終者，亦安能若是耶？伏波銅柱，照耀千秋，宜哉！

第二十回　廢郭后移寵陰貴人　誅蠻婦蕩平金溪穴

第二十一回
洛陽令撞柱明忠　日逐王獻圖通款

第二十一回　洛陽令撞柱明忠　日逐王獻圖通款

卻說馬援討平交趾，振旅還朝，將抵都門，朝中百官，或與援素有交誼，並皆出都遠迎。待援到來，彼此下馬歡敘，就在驛館中休息片時。平陵人孟冀，係援老友，亦在座中，當即起身稱賀。援笑說道：「我望先生勸善規過，奈何亦作此俗談？從前伏波將軍路博德，開置南方七郡，見《前漢演義》。不過受封數百戶，今我不過擒斬二婦，略具微勞，乃得叨封大邑，濫沐恩榮，功薄賞厚，如何持久？究竟先生如何教我？」謙謙君子。冀答謝道：「愚實未足知此。」援又說道：「方今匈奴烏桓，尚擾北邊，我還想自請出擊，男兒要當拚死邊野，用馬革裹屍還葬。怎能僵臥床上，在兒女子手中討生活呢？」老當益壯，此公固不負前言；但亦未始非後來讖語。冀接入道：「既為烈士，原該如此。」大眾亦無不讚嘆。隨即相偕入都，由援詣闕覆命，奏明一切。光武帝當然慰勞一番，特賜援兵車一乘。援謝恩退朝，復因從徵軍士，除戰死外，遇疫身亡，差不多十中四五，乃具錄上聞，請得許多銀糧，撫卹兵士家屬，慰死安生，這且無庸細表。

且說建武十九年正月，五官中郎將張純，及太僕朱浮等計議，謂人子當事大宗，降私親，應為本支先祖，增立四廟。光武帝覽奏後，自思昭、穆次第，當為元帝後裔，乃追尊宣帝為中宗，更祀昭帝、元帝於太廟，成帝、哀帝平帝於長安，舂陵節侯以下於章陵，各設太守令長，為典祠官。正在制禮作樂的時候，忽報河南原武縣中，出了一班妖賊，為首的叫做單臣傅鎮，拘住守吏，據有縣城，自稱大將軍。光武帝特遣前輔威將軍臧宮，發黎陽營兵數千人，往討賊眾。原武城內，積粟甚多，賊得據糧堅守，累攻不克，反喪亡了若干士卒。光武帝未免憂勞，特召集公卿王侯，商議方略。群臣多請懸賞購募，東海王陽獨進說道：「妖巫脅眾為亂，勢難久持，就中必有心中悔恨，意欲出亡，只因外圍緊急，無從脫身，沒奈何拚命死守。今宜敕軍前緩圍，縱令出城，賊眾解散，

渠魁孤立,一亭長亦足擒斬了。」足智多謀,可稱肖子。光武帝甚以為然,即遣使傳諭軍前,令臧宮緩圍縱賊,果然,賊眾陸續出奔,頓致城內空虛。宮得一鼓入城,擊斃單臣傅鎮,原武遂平。嗣是光武帝愈愛東海王,只有皇太子彊,自母后被廢後,常不自安;又見東海王逐日加寵,越覺生憂。殿中侍講郅惲,遂進白太子彊道:「殿下久處疑位,上違孝道,下近危機。從前殷高宗為一代令主,尹吉甫亦千古良臣,尚因纖芥微嫌,放逐孝子。《家語》載:曾參出妻,不復再娶,嘗謂高宗以後,妻殺孝子,尹吉甫以後,妻放伯奇,吾上不及高宗,中不比吉甫,何如不娶?至若《春秋》大義,母以子貴,為殿下計,不如引愆讓位,退奉母氏,方為不背所生,毋虧聖教呢!」太子彊聽了惲言,便表請讓位,願為外藩。光武帝不忍遽許,彊又密託諸王近臣,再三懇請,乃決意易儲,當即下詔道:

　　《春秋》之義,立子以貴。東海王陽,皇后之子,宜承大統。皇太子彊,崇執謙退,願備藩國,父子之情,重久違之,其以彊為東海王。此詔。

　　彊奉詔後,便繳上太子印綬,即日冊立東海王陽為太子,改名曰莊。唯郭后母子,雖皆被廢,光武帝顧念郭氏親屬,恩尚未衰。郭況為故后親弟,受封綿蠻侯;郭竟為故后從兄,嘗官騎都尉,從徵有功,受封新郪侯;竟弟匡亦得封發干侯;郭梁為故后從父,早死無子,有婿陳茂,且因外戚貽恩,封南絲侯。弦讀若綿。況謙恭下士,頗得聲譽,光武帝亦格外恩寵,更徙封況為陽安侯,食邑比前加倍。至建武二十年間,徙封中山王輔為沛王,即令中山太后郭氏為沛太后,即郭皇后,見前文。又進況為大鴻臚,車駕屢至況第,會集公卿列侯,一同宴飲,賞賜況金銀繒帛,不可勝計。京師稱況家為金穴。況母劉氏,素號郭主,至病歿時,由光武帝臨喪送葬,百官大會,並迎況父郭昌遺柩,由真定

第二十一回　洛陽令撞柱明忠　日逐王獻圖通款

至洛陽，與郭主合葬。追贈昌為陽安侯，予諡曰思。這也算是光武帝不忘舊情，所以有此恩遇呢！雖屬厚恩，究難補憾。話休絮煩，唯帝姊湖陽長公主，經宋弘拒婚後，見十一回。總算守孀全節，光武帝格外憐憫，厚賜財物。因此公主得豢養家奴，數以百計。家奴中良莠不齊，有幾個狡悍蒼頭，往往倚勢作威，橫行都市，甚至白日殺人，避匿主家，地方官不便往捕，致成懸案。會公主出外閒遊，即令蒼頭驂乘，昂然從行。究竟不似節婦行為。洛陽令董宣，正因前案未了，屢次候著，可巧碰見了公主蒼頭，正是殺人要犯，便即駐車下馬，攔住公主輦前，不令前行。公主不免動怒，欲叱董宣。宣拔出佩刀，畫地有聲，直斥公主縱奴為暴，罪當連坐。一面令蒼頭下車，詞色甚厲，蒼頭無奈，下車謝罪。哪知董宣竟不容情，把手中寶刀一揮，將蒼頭劈作兩段；然後放公主過去。公主究是女流，一時不便與爭，只好悻悻的馳還宮中，向帝前哭訴一番。婦人不知己過，專用這般伎倆。光武帝也不禁動怒，立召宣入，責他衝撞公主，令左右執棰撻宣。宣叩頭道：「願乞容臣一言，然後處死！」光武帝勃然道：「汝尚有何言？」宣答說道：「陛下聖德中興，乃令長公主縱奴殺人，如何制治天下？臣不須棰，請自殺便了！」說著，用頭撞柱，血流滿面。光武帝聽言辨色，也覺得董宣理直，怒為少平，因囑小黃門官名。將宣扶住，不使再撞，但令他叩謝公主。宣不肯依諭，再由小黃門搣住宣頭，叫他對公主叩首。宣兩手據地，終不肯俯。公主顧光武帝道：「文叔為布衣時，藏匿亡命，吏役不敢至門，今貴為天子，反不能威行一令麼？」光武帝笑答道：「天子與布衣不同。」究竟是聰明主子。說至此，復語宣道：「強項令可即出去！」宣依諭即出。尋復有詔嘉宣守法，特賜錢三十萬。宣拜受恩賜，散給諸吏。從此宣搏擊豪強，威震都下。宣字少平，陳留人，都人為作歌道：「枹鼓不鳴董少平。」後來在任五年，因病去世，年已七十四歲。有詔遣使臨視，只一布被覆

屍，妻子相向對泣，內室唯大麥數斛，敝車一乘，使人還報光武帝。帝很是嘆惜，命用大夫禮安葬。史家因他歷任守令，好剛任殺，特列入酷吏傳中，雖是尚寬禁暴的意思，但看他不畏豪強，非常廉潔，究竟是一位好官。試問古今以來的守令，能有幾個似董少平呢？可為董君吐氣。光武帝待遇董宣，還算不薄，唯對著三公，卻是不肯輕輕放過。自從大司徒韓歆，逼令自殺；見前文。繼任大司徒戴涉，又為了太倉令奚涉罪案，失察下獄，竟坐死刑；並將大司空竇融，牽入在內，亦令罷官。獨大司馬吳漢，就職有年，未嘗遇譴，平時謹慎小心，持重不苟，一經出師，朝受詔，夕即就道，並沒有什麼留滯。至若從駕出征，或有挫失，諸將皆惶懼不安；唯漢意氣自如，仍然整理器械，訓勉士卒。光武帝嘗使人覘視，得知情狀，每嘆為吳公大材，隱若敵國，所以一心委任，到老不衰。漢妻孥因漢出兵，偶買田宅，漢還家詰責道：「將士在外，糧餉不足，奈何多買田宅哩？」說著，即將田宅分給兄弟外家。總計漢居官二三十年，不築一第；夫人先死，薄葬小墳。至建武二十年間，一病不起，光武帝親往臨視，問所欲言，漢答說道：「臣本愚蒙，無甚知識，但願陛下慎勿輕赦哩！」輕赦二字，怎能包括大政？漢此語亦未免有失。及車駕還宮以後，漢即謝世，有詔予謚曰忠。發北軍五校輕車甲士送葬，如前漢大將軍霍光故事。另任中郎將劉隆為驃騎大將軍，行大司馬事。擢廣漢太守蔡茂為大司徒，太僕朱浮為大司空，這也不必細表。

　　單說伏波將軍馬援，有志從戎，不遑寧處，嘗因匈奴烏桓，屢擾北方，震驚三輔，因此復自請防邊。光武帝乃令援出屯襄國，令百官祖餞都門，黃門郎梁松、竇固，時亦在列。援顧語二人道：「人生幸得貴顯，當使可賤，如卿等長欲富貴，須居高思危，小心自保，幸勿輕棄鄙言！」兩人口雖答應，心中卻未以為然。原來松為大中大夫成義侯梁統長子，曾尚帝女舞陰公主，固為竇融弟顯親侯友長子，亦尚帝女涅陽公

第二十一回　洛陽令撞柱明忠　日逐王獻圖通款

主。兩人俱得為館甥，貴寵逾恆，總道是與國同休，怕什麼意外變故？援與梁統寶友，同官為僚，嘗相來往，因恐他嗣子青年，挾貴致驕，故出言相誡。未始非一片好意，誰知反種下禍根。語畢即行，引兵自去。說起這個烏桓國，本是東胡支裔。西漢初年，匈奴單于冒頓，翦滅東胡，餘眾奔回烏桓、鮮卑二山，分為二部，在烏桓山一支，就號作烏桓國，在鮮卑山一支，亦號作鮮卑國。《前漢演義》中亦曾敘及。二部苟延殘喘，仍不得不臣服匈奴。及武帝時衛青霍去病為將，屢破胡虜，匈奴乃衰，烏桓乃徙入內地，分居上谷、漁陽、右北平、遼東諸郡間，背胡事漢，生齒漸蕃。昭帝元鳳年間，烏桓欲報前仇，出掘匈奴單于祖墓，匈奴復擊破烏桓。大將軍霍光，曾遣度遼將軍范明友，率二萬騎往遼東，邀擊匈奴。匈奴兵已早出境，明友轉襲烏桓，斬獲甚多。嗣是烏桓復與漢有隙，匈奴部酋，乘間引誘烏桓，連兵寇漢，直至光武中興，仍然不息。事蹟雖已見《前漢演義》，但此書亦不能不敘。馬援出屯襄國，部署兵馬，越年領三千騎出五阮關，掩襲烏桓。烏桓兵先已揚去，援追趕一程，只斬得虜首百級，收兵南歸。烏桓卻狡黠得很，伺援班師，復來尾追。還虧援星夜趲還，才得全師；但馬已死了千餘匹。鮮卑與中國，本不相通，因見烏桓擾邊，屢有劫掠，也不禁暗暗垂涎；再加匈奴亦遣人招誘，自然利慾薰心，同來生事。建武二十一年秋間，鮮卑引萬餘騎入塞，寇掠遼東。太守祭彤，係故徵虜將軍祭遵從弟，素有勇略，能開三百斤強弩。至是聞鮮卑入境，自率數千人迎擊，披甲持刀，當先陷陣，部兵一擁齊上，殺死虜眾多人，虜兵統皆駭走，急不擇路，各躍入斷澗中，溺斃過半。祭彤窮追出塞，斬首至三千餘級，獲馬好幾千匹。於是鮮卑震怖，不敢入犯。可巧匈奴亦連年旱荒，人畜多死，也不能南下寇漢，朔方少安。先是西域各國，已為漢屬；王莽篡位，貶易侯王，西域因此瓦解，轉降匈奴。匈奴徵求無厭，諸國皆不堪命，且聞光武中

興，漢威再震，乃復遣使入洛，乞請內附。光武帝因天下初定，未遑外事，竟謝絕番使，不從所請。莎車王賢，承襲祖父遺業，雄長西域，未肯臣事匈奴，特與鄯善王安，貢獻方物，再求屬漢。廷臣如竇融等，並上言莎車王事漢，初衷不改，宜加賜位號，毋失彼望。光武帝乃賜賢西域都護印綬，及車旗錦繡等物。前漢本有西域都護，中經莽亂，此官乃廢。偏敦煌太守裴遵，得知此事，獨奏稱夷狄無信，不可假以大權，遂致光武帝翻悔前言，收還西域都護印綬，另命賢為漢大將軍。出爾反爾，亦屬不合。賢從此懷恨，雖將印綬繳還，尚詐稱大都護，矇騙各國。各國未識真假，只得聽命。賢逐漸驕橫，意欲併吞西域，先向各國苛求賦稅，稍不如意，便發兵相迫。各國敵他不過，沒奈何請命洛陽，遣子入侍，願另簡都護，鎮定西陲。無如光武帝堅持初意，見了各國侍子，但用金帛為賞，一律遣歸。各國聞信，忙與敦煌太守裴遵檄文，託他代為申奏，仍請留侍子，置都護，威懲莎車。遵當然代奏，光武帝遷延不報，各國侍子，久留敦煌，均懷歸志，竟分途潛返。莎車王賢，知漢廷無意西方，遂致書鄯善，勸令絕漢。鄯善王安，不納賢書，且將來使殺死，賢因發兵報怨，攻入鄯善。鄯善王迎戰敗績，逃往山中。賢復移兵襲殺龜茲王，並有龜茲國土，氣焰益張。鄯善王安，再上書洛陽，復請遣子入侍，速簡西域都護。光武帝使人復諭道：「朝廷方偃武修文，不欲勞師勤遠，若諸國力不從心，東西南北，盡請自便。」這也太覺迂拘。鄯善王得此復諭，乃與車師等國，悉附匈奴。匈奴在前漢時代，呼韓邪單于入朝歸命，與漢和親，娶得漢宮美人王昭君，產下一男，叫做伊屠知牙師。唯呼韓邪已有二妻，生了數子，故伊屠知牙師不得繼立，至呼韓邪死後，長子雕陶莫皋嗣為單于，號稱復株累若鞮單于。雕陶莫皋奉母遺訓，傳國與弟，弟且麋胥，得嗣立為搜諧若鞮單于。且麋胥再傳弟且莫車，為車牙若鞮單于。且莫車又傳弟囊智牙斯，為烏珠留單

第二十一回　洛陽令撞柱明忠　日逐王獻圖通款

于。囊智牙斯在位時，正值王莽篡漢買囑匈奴，改授新匈奴單于章。至囊智牙斯病歿，弟咸入嗣，名烏累若鞮單于。咸復傳弟呼都而尸道皋若鞮單于，名叫做輿。輿弟就是伊屠知牙師，應由右谷蠡王進為左賢王，左賢王即匈奴儲君，累世單于，往往經過此職。偏輿心想傳子，誣殺伊屠知牙師。當時惱動了一個貴官，係是日逐王比，為烏珠留單于長子，私下怨恨道：「依兄終弟及的制度，右谷蠡王應該序立，否則我為前單于長子，應該由我繼承，怎得誣殺右谷蠡王，妄思立子呢？」差不多似吳公子光。自是與輿有嫌，庭會稀疏。輿竟立子烏達鞮侯為左賢王，且派遣心腹，監領比部下士卒。既而輿死，烏達鞮侯立為單于。未及一年，又復病逝，弟蒲奴進承兄位。適值旱蝗為災，赤地數千里，人馬死亡大半，蒲奴恐中國出師，乘隙進擊，乃遣使入塞，至漁陽乞求和親，復敦舊好。光武帝亦遣中郎將李茂，傳達覆命。獨日逐王比，滿懷怨望，無從發洩，也密遣漢人郭衡，齎奉匈奴地圖，南詣西河，懇請內屬。前時由輿所派的心腹將士，監領比眾，至此忙報知蒲奴，請即誅比。比弟斬將王亦一官名。在蒲奴帳下，得悉風聲，慌忙馳報乃兄，比且懼且憤，遂召集八部兵四五萬人，說明蒲奴兄弟，不當為主；併為伊屠知牙師伸冤。八部酋長，相率贊成，遂即聯同一氣，共抗蒲奴。蒲奴遣兵討比，見比護眾自固，不敢進攻，靡然退去。於是八部共推比為主，仍襲先祖遺名，叫做呼韓邪單于，一面款塞通誠，願為藩蔽。光武帝聞報，詢問公卿，眾謂天下初定，中國空虛，不應受此降虜。唯五官中郎將耿國，援據孝宣帝故事，力請受降。光武帝依耿國言，許令歸附。比遂自稱呼韓邪單于，向漢稱臣，作為外藩。匈奴從此分為南北了。小子有詩詠道：

招攜懷遠本仁聲，況復胡人自款誠。
夷狄浸衰中國利，朔方從此少兵爭。

南匈奴奉藩稱臣，漢廷上下，共相慶賀。忽由南方傳來急報，乃是武威將軍劉尚，戰歿蠻中。究竟如何戰歿，待至下回敘明。

　　兼聽則明，偏聽則暗，人情大都如此，而撫有國家者，尤不可不三復斯言。試觀光武帝為中興令主，猶以女兄一言，幾欲置董宣於死地。曾亦思皇親犯法，庶民同罪？公主縱奴殺人，罪應連坐，乃反欲因董宣之守法，加以不測之誅，可乎不可乎？微董宣之直言無隱，拚死撞柱，則光武且為公主所蒙，而宣且柱死矣！此偏聽之所以最易生憎也。尤可怪者，西域內附，一再卻還，至日逐王比，款塞通誠，議者猶以拒絕為得計，夫不能自強，即閉關堅守，亦難免外侮之內侵。幸耿國排除眾議，獨伸己見，而光武帝亦恍然知悟，慨允投誠，可見西域之謝絕，實由無人為之諫諍耳。兼聽則明，斯事亦其一證乎？

第二十一回　洛陽令撞柱明忠　日逐王獻圖通款

第二十二回
馬援病歿壺頭山　單于徙居美稷縣

第二十二回　馬援病歿壺頭山　單于徙居美稷縣

卻說洞庭湖西南一帶，地名武陵，四面多山，山下有五溪分流，就是雄溪、樠溪、酉溪、潕溪、辰溪。這五溪附近，統為蠻人所居，叫做五溪蠻。相傳蠻人是槃瓠種，槃瓠乃是犬名。古時高辛氏帝嚳，屢徵犬戎，犬戎中有個吳將軍，勇敢絕倫，無人可敵。帝嚳乃懸賞購募，謂有人能得吳首，當配以少女。部下尚無人敢去，獨有一犬，為宮中所畜，毛具五彩，取名槃瓠，它雖然不能人言，卻是能通人性，竟潛至犬戎寨下，齧死吳將軍，銜首來歸。帝嚳以犬雖有功，究竟人畜兩途，不便踐約，還是少女為父守信，自願下就槃瓠。槃瓠負女入南山，作為夫婦，生了六男六女，互相配偶，輾轉滋生，日益繁盛。這是無稽之談，不足盡信。歷代多視為化外，聽他自生自養，只有他出來騷擾，不得不用兵征剿，稍平即止。建武二十三年，蠻酋單程等，又出掠郡縣，由武威將軍劉尚，奉詔往徵，沿途遇著蠻眾，一擊便走，勢如破竹。安知非誘敵計？尚以為蠻眾無能，樂得長驅深入，好乘此搗穴犁巢，誰知越走越險，越險越艱，滿眼是深山窮箐，愁霧濃煙。此時正是建武二十四年春季，點明年月。天方暑溽，瘴氣燻人，軍士不堪疲乏，尚亦自覺難支，正擬回馬退歸，忽蠻峒中鑽出許多蠻人，持刀執械，蜂擁前來。那時尚不及奔回，只好捨命與爭。怎奈蠻眾四至，數不勝計，霎時間把尚軍圍住，尚衝突不出，力竭身亡；手下都被殺盡，無一生還。未始非平蜀時候，屠戮蜀人之報。蠻眾得了勝仗，愈無忌憚，便出寇臨沅。臨沅縣令飛章告急，並陳明劉尚敗沒情形。光武帝又遣謁者李嵩，及中山太守馬成，引兵前往，雖得保住臨沅一城，終究是懲尚覆轍，未敢輕進。光武帝待了數月，不見捷音，免不得與公卿談及，面有憂容。伏波將軍馬援，已自襄國還朝，聞得蠻眾不平，復向光武帝前，自請出征。兵乃凶事，何苦常行。光武帝沉吟半晌，方與語道：「卿年已太老了！」援不待說畢，便答道：「臣年雖六十有二，尚能披甲上馬，不足言老。」光武帝

仍然沉吟，援急欲一試，便走至殿外，取得甲冑，穿戴起來，再令衛士牽過戰馬，一躍登鞍，顧盼自豪，示明可用。光武帝在殿內瞧著，不禁讚嘆道：「矍鑠哉是翁！」乃命援出征。帶同中郎將馬武、耿舒、劉匡、孫永等人，並軍士四萬餘人，經秋出發，故友多送援出都，援顧語謁者杜愔道：「我受國厚恩，年老日暮，常恐不得死所，今得受命南征，萬一不利，死亦瞑目；但恐權豪子弟，在帝左右，或有蜚言，耿耿此心，尚不能無遺恨呢！」實是讖語。杜愔聞言，也覺得援語不祥，唯不便出口，只好勸慰數語，珍重而別。

　　看官閱過前回，應知援前次北征，曾規誡梁松、竇固二人，二人不能無嫌，其實援與二人，積有嫌隙，尚不止為此一事。從前援嘗有疾，梁松往援家問候，直至援榻前下拜，援高臥如故，不與答禮。及松去後，諸子並就榻問援道：「梁伯孫松字伯孫。係是帝婿，貴重朝廷，公卿以下，無不憚松，大人奈何不為答禮？」援慨然道：「我為松父友，彼雖貴，難道可不識尊卑麼？」諸子才不敢再言。但松即從此恨援。援有兄子嚴、敦，並喜譏議廷臣，援引為己憂，當出軍交趾時，亦嘗致書誡勉，教他謹言慎行，勉效龍伯高，毋效杜季良。伯高名述，當時為山都長，季良名保，為越騎司馬。會保有仇人上書，劾保蔽群惑眾，並連及梁松、竇固，說他與保交遊，共為不法；一面覓得馬援〈誡兄子書〉，作為證據。光武帝覽奏後，召責松、固，且示及援書，松、固叩頭流血，方得免罪，但將保褫職，擢述為零陵太守。自經此兩番情事，松與固並皆嫉援，松且尤甚。援亦知兩人挾嫌，恐他從中讒構，故與杜愔談及後患。既知兩人為患，何必定要出征。不過因皇命在身，未遑他顧，所以引軍南下，冒險直前，途中飽歷風霜，到了下雋，已是臘盡春來的時候。援在下雋縣城中，度過殘年，即使人探明武陵路徑，計有兩道可入，一從壺頭山進去，路近水險；一從充縣進去，路遠地平。中郎將耿

第二十二回　馬援病殁壺頭山　單于徙居美稷縣

舒，謂不如就充縣進行，較為妥當。援卻擬舍遠就近，免得曠日費糧。將帥各持一議，再由援上書奏明，無非說是急進壺頭，扼賊咽喉，成功較速等語。光武帝當然從援，復詔依議。援遂由下雋出發，行至臨鄉，距壺頭山約數十里，蠻眾已聞援將至，出來堵截，被援驅殺一陣，斬獲至二千餘人，蠻眾四散，盡向竹林中逃去。援命軍士四處追尋，不見一賊，乃即進詣壺頭山。壺頭山高一百里，廣袤至三百里，是第一著名的天險；再加急湍深灘，千迴百折，幾乎沒有一片坦途，費了若干時日，才尋出一塊平原，紮下營寨。舉頭相望，見蠻眾已在高崗守著，堵住隘口，雖有千軍萬馬，一時也殺不上去，援只得耐心靜守，俟機再動。怎奈一住數日，並無機會，天氣忽爾暴熱，瘴癘交侵，士卒多染疫身亡，援亦不免困憊，乃穿壁為屋，入避炎氣。有時聞蠻眾鼓譟，不得不力疾出來，防備不測，甚至喘息頻頻，還要三令五申，親屬將士。左右見他盡瘁王事，無不嘆惜，有幾個且為涕下。中郎將耿舒，係建威大將軍耿弇胞弟，因見前議不用，終致頓兵壺頭，飽嘗艱苦，心中很覺不平，遂寄書與弇，大略說是：

　　前舒上書當先擊充，糧雖難運，而兵馬可用，軍人數萬，爭欲先奮，今壺頭竟不得進，大眾怫鬱，行且坐死，誠可痛惜！前到臨鄉，賊無故自至，若夜擊之，即可殄滅。伏波類西域賈胡，到一處輒止，以是失利，今果疾疫，皆如舒言。

　　耿弇得書，恐舒困頓蠻中，連忙將原書入奏。光武帝乃授梁松為虎賁中郎將，使他齎詔責援，且代監軍。這個差事，想是由梁松運動得來。及松行抵壺頭，援已病殁，松正好藉端報怨，飛書上聞，不但劾援貽誤軍機，並誣援在交趾時，曾取得無數珍寶，滿載而歸，甚至與援同行的馬武，及於陵侯侯昱等，昱係前大司徒侯霸子。亦交章毀援，俱云援載寶還朝，確有此事。光武帝信以為真，立遣使收還新息侯印綬，還

想追論援罪。至援柩運歸，妻子不敢報喪，唯在城西買田數畝，草草槁葬，賓客故人，莫敢往弔。援妻子尚恐被譴，與援兄子嚴草索相連，詣闕請罪。光武帝方頒出松書，令他自閱。妻子才知為松所誣，連忙上書訴冤，書上至第六次，辭甚哀切，方得從寬。原來援在交趾時，嘗餌薏仁，俗呼米仁。得袪風溼，輕身益氣，後來功成將歸，特因南方薏薏，顆粒較大，因收買數斛，載回家中。那知松等誣為珠寶，幾遭奇禍，僚友不為一言，還是前雲陽令朱勃，與援同郡，獨詣闕上書，為援訟冤。書云：

　　臣聞王德聖政，不忘人之功；採其一善，不求備於眾。故高祖赦蒯通，而以王禮葬田橫，大臣曠然，咸不自疑。夫大將在外，讒言在內，微過輒記，大功不計，誠為國之所慎也！昔章邯畏口而奔楚，燕將據聊而不下，豈其甘心末規哉！悼巧言之傷類也！

　　竊見故伏波將軍新息侯馬援，拔自西州，欽慕聖義，間關險難，觸冒萬死，孤立群貴之間，旁無一言之佐；馳深淵，入虎口，寧自知得邀七郡之使，膺封侯之福耶？建武八年，車駕西討隗囂，國計狐疑，眾營未集，援建宜進之策，卒破西州。及吳漢下隴，冀路斷隔，唯狄道為國堅守，士民飢困，寄命漏刻；援奉詔西使，鎮慰邊眾，乃招集豪傑，曉諭羌戎，卒救倒懸之急，存幾亡之城，兵全師進，因糧敵人。隴、冀略平，而獨守空郡，兵動有功，師進輒克，誅鋤先零，緣入山谷，猛怒力戰，飛矢貫脛。又出征交趾，土多瘴氣，援與妻子生訣，無悔吝之心，遂斬滅徵側，克平一州。間復南討，立拔臨鄉，師已有功，未竟而死，吏士雖疫，援不獨存。夫戰或以久而立功，或以速而致敗，深入未必為得，不進未必為非，人情豈樂久屯絕地，不思生歸哉？唯援得事朝廷二十二年，北出塞漠，南渡江海，觸冒蠻瘴，為國捐軀，乃名滅爵絕，國士不傳，海內不知其過，眾庶未聞其毀，卒遇三夫之言，橫被誣罔之讒，家屬杜門，葬不歸墓，怨隙並興，宗親怖慄，死者不能自訟，生者

第二十二回　馬援病歿壺頭山　單于徙居美稷縣

莫為伸冤，臣竊傷之！臣聞《春秋》之義，罪以功除，聖王之親臣有五義，若援所謂以死勤事者也。願下公卿平援功罪，宜絕宜續，以厭海內之望！臣年已六十，常伏田里，竊感樂布哭彭越之義，冒陳悲憤。戰慄闕庭，伏乞明鑒。

　　這書呈入，光武帝始許援歸葬舊塋。好在武陵蠻亦已乞降，由監軍宋均奏報，於是援事更不追問了。看官閱此，應疑前次徵蠻，何等艱難，後來收降蠻眾，為何又這般容易？說將起來，仍不得不歸功馬援。援在壺頭數月，軍士原勞頓不堪，蠻眾登高拒守，不得下山，也是飢困得很。謁者宋均，本在援營監軍，探得蠻眾疲敝，意欲矯制歸降，得休便休。唯援已病歿，軍中無主，何人敢贊同均議？均卻毅然說道：「忠臣出境，有計議可安國家，何妨專命西行！」乃矯制調伏波司馬呂種，齎著偽詔，馳入蠻營，曉示恩信；一面鳴鼓揚旗，作進攻狀。蠻酋單程，不免惶懼，因與呂種定約，情願投降。種返報宋均，均復邀單程出見，好言宣撫，特為設定長吏，事畢班師。途次先遣使上書，自言矯制有罪，聽受處分。光武帝略罪論功，待均還朝，敕賜金帛。唯馬援四子，不得嗣封，援葬後亦無贈恤明文，但置諸不論罪罷了。未免寡恩。是時大司空朱浮免官，進光祿勳杜林為大司空，林受任數月，又復去世，大司徒蔡茂亦歿。乃更擢陳留太守玉況為大司徒，太僕張純為大司空。既而玉況又卒，光武帝又記起前議，要想變易舊章。原來故建義大將軍朱祐，曾奏稱唐虞時代，契作司徒，禹作司空，並無大字名號，聖賢且未敢稱大，後人豈易當此？應令三公並去大名，以法經典，奏入不報。此時朱祐已歿，遺疏尚存，又值蔡杜等人，接連病逝，光武帝以大字不祥，不如追從祐議，令二司不得稱大，並改大司馬為太尉。即日將行大司馬事劉隆，免去職銜，另授太僕趙熹為太尉，大司農馮勤為司徒。特敘此事，為下文敘述各官標明沿革。熹與勤無甚奇勳，特以從駕

有年，積勞已久，得膺上選。唯司空張純，為前漢富平侯張安世玄孫，世襲封爵，敦謹有守，建武初先來朝謁，故仍使復國。建武五年，拜為大中大夫，使率潁川突騎，安集荊、徐、揚各州，管領糧道，接濟諸將帥軍營，頗稱有功。嗣又屯田南陽，遷五官中郎將。有司奏稱前代列侯，若非宗室，不宜復國，光武帝因純有勳勞，未忍削奪，但徙封武始侯，比富平祿食減半。及繼杜林為司空，志在蕭規曹隨，即蕭何曹參，見《前漢演義》。清靜無為，故亦無特跡可紀。光武帝亦注重安民，不喜紛更，故自中原平定以後，唯簡用二三老成人，作為三公。如蔡茂、杜林諸徒，半是清廉有操，靖共爾位，雖與開國功臣，勞逸不同，但太平時候，得此守法奉公的大吏，也可謂稱職無慚了。持論平允。至若守、令中間，卻有幾個著名的循吏：桂陽太守衛颯，九真太守伍延，廬江太守王景，都是為民興利，教養有方。還有江陵令劉昆，遇著火災，向火叩頭，火竟滅熄，再遷為弘農太守，弘農多山，山中有虎，並皆負子渡河。事為光武帝所聞，特召昆入問道：「前在江陵，反風滅火，後守弘農，虎北渡河，究竟有何德政，能致是事？」昆答說道：「這也不過偶然遇此呢！」卻是真話。左右聽了，不禁竊笑。光武帝獨讚嘆道：「這真是忠厚長者，言無虛飾，若他人作答，不是自誇，便是貢諛了！」遂命書諸策中，面授昆為光祿勳，昆始謝恩退去。未幾又有前京兆掾第五倫，管領市政，素有清名。光武帝召倫入見，與語政事，倫奏對稱旨，遂拜倫為會稽太守。倫蒞政後，為政廉平，民皆稱頌，備述賢吏，不沒循聲。光武帝也有意勸廉，增置吏俸，祿養既足，方使專心牧民，這未始非上以是求，下以是應呢！重祿勸官，本是要道。

且說匈奴日逐王比，既自立為單于，向漢稱藩，時人遂稱比為南單于。光武帝特遣中郎將段郴，音琛。副校尉王鬱，往授南單于璽綬，且準令入居雲中。南單于欣然受命，一面遣子入侍，奉表謝恩。光武帝復

第二十二回　馬援病歿壺頭山　單于徙居美稷縣

嘉諭南單于，使得徙居西河郡美稷縣，並授段郴為中郎將，王鬱為副，囑他留戍西河，擁護南單于。南單于亦設定諸侯王，助漢捍邊。凡雲中、五原、朔方、北地、定襄、雁門、上谷、代八郡邊民，前時避寇內徙，至此各賜錢穀，悉數遣歸。獨北匈奴單于蒲奴，恐南單于導引漢兵，乘間進擊，乃將從前所掠漢民，陸續放還，且遣使至武威郡，乞請和親。武威太守據實奏聞，光武帝令群臣集議，連日不決。皇太子莊進言道：「南單于新來歸附，北虜自恐見伐，故前來請和；若遽爾允許，恐南單于將有貳心，不如勿受為是。」光武帝乃復諭武威太守，謝絕來使。朗陵侯臧宮，揚虛侯馬武，卻聯名上書，請擊北匈奴，略謂匈奴貪利，不知禮信，窮乃稽首，安即侵盜，現在北虜饑荒，疲睏乏力，萬里死命，懸諸陛下，誠使命將出塞，招募羌胡，厚加購賞，併力攻擊，不出數年，定可平虜等語。光武帝不願依議，獨下詔答覆道：

《黃石公記》曰：「柔能制剛，弱能制強。捨近謀遠者，勞而無功；舍遠謀近者，逸而有終。故曰：務廣地者荒，務廣德者強，有其有者安，貪人有者殘。殘滅之政，雖成必敗。」今國無善政，災變不息，百姓驚惶，人不自保，而復欲遠事邊外乎！孔子曰：「吾恐季孫之憂不在顓臾。」且北狄尚強，而屯田警備，傳聞之事，恆多失實。誠能舉天下之半，以滅大寇，豈非至願！苟非其時，不如息民。諸王侯公卿，其各知朕意！

越年為建武二十八年，北匈奴又遣使詣闕，貢馬及裘，更請和親，並請音樂，且求率西域諸國胡客，一同朝貢。光武帝再令三公以下，商議可否。當有一位文學優長的掾史，臚陳計議，拜表上聞。正是：

明主倦勤唯偃武，詞臣弭筆且和戎。

欲知何人具奏，所奏何詞，容待下回再敘。

光武帝優待功臣，獨於伏波將軍馬援，輕信梁松之讒，立收印綬，

不使歸葬，後人多譏光武之寡恩，為盛德累，固矣！夫馬援之進軍壺頭，嘗上書奏聞，明邀俞允，即使失策，光武亦不能辭責，況不過兵士勞頓，並無敗軍覆師之罪，光武何嫌？乃以梁松一言，暴怒至此。意者其由松為帝婿，有舞陰公主之媒孽其間，乃激成此舉歟？援既知蜚言之可懼，而不先引身乞退，自蹈禍機，殆亦明於料人，昧於責己耳！南單于款塞通誠，不妨受降，唯不宜徙入內地，華夷之界，不可不嚴，一或潰防，後患匪淺。漢雖未遭其害，而典午適當其禍，推原禍始，不能不為光武咎。光武對內則失之伏波，對外則失之南單于，為政固非易事哉。

第二十二回　馬援病歿壺頭山　單于徙居美稷縣

第二十三回
納直言超遷張佚　信讖文怒斥桓譚

第二十三回　納直言超遷張佚　信讖文怒斥桓譚

卻說北匈奴一再求和，公卿等聚議紛紛，尚難解決。獨司徒掾班彪，陳述己見，請光武帝暫與修和，併為草擬詔書，大略如下：

臣聞孝宣皇帝敕邊守尉曰：「匈奴大國，多變詐，交接得其情，則卻敵折衝；應對失其宜，則反為所欺。」今北匈奴見南單于來附，懼謀其國，故屢乞和親；又遠驅牛馬，與漢合市，重遣名王，多所貢獻，斯皆外示富強，以相欺誕也。臣見其貢益重，其國益虛；求和愈數，為懼愈多。然今既未獲助南，則亦不宜絕北，羈縻之義，理無不答。謂可頗加賞賜，略與所獻相當，明加曉告以前世呼韓邪、郅支行事。報答之辭，必求適當，今立稿草並上曰：「單于不忘漢恩，追念先祖舊約，欲修和親，以輔身安國，計議甚高，為單于嘉之！往者匈奴數有乖亂，呼韓邪、郅支，自相仇隙，並蒙孝宣帝垂恩救護，故各遣侍子，稱藩保塞。其後郅支忿戾，自絕皇澤；而呼韓附親，忠孝彌著。及漢誅郅支，遂保國傳嗣，子孫相繼。今南單于攜眾向南，款塞歸命，自以呼韓嫡長，次第當立，而侵奪失職，猜疑相背，數請兵將，歸掃北庭，策謀紛紜，無所不至。唯念斯言不可獨聽，又以北單于比年貢獻，欲修和親，故拒而未許，將以成單于忠孝之義。漢秉威信，總率萬國，日月所照，皆為臣妾，殊俗百蠻，義無親疏，服順者褒賞，叛逆者誅罰，善惡之效，呼韓、郅支是也。今單于欲修和親，款誠已達，何嫌而欲率西域諸國，俱來獻見！西域國屬匈奴與屬漢何異！單于數連兵亂，國內虛耗，貢物裁以通禮，何必獻馬裘！今齎雜繒五百匹，弓鞬韇丸一，矢四發，遺單于，又賜獻馬左骨都侯、右谷蠡王，並匈奴官名。雜繒各四百匹，斬馬劍各一。單于前言先帝時，所賜呼韓邪竽瑟箜篌皆敗，願復裁賜。念單于國尚未安，方屬武節，以戰攻為務，竽瑟之用，不如良弓利劍，故未以齎。朕不愛小物，於單于便宜，所欲遣驛以聞。」

光武帝得書後，頗覺彪言有理，即照他所擬草詔，繕發出去，所有賞賜各物，亦俱如彪言。北匈奴受詔而去。會值沛太后郭氏，即廢后。見二十一回。得病身亡，光武帝命從豐棺殮，使東海王彊奉葬北邙。並

使大鴻臚郭況子璜，得尚帝女淯陽公主，進璜為郎。親上加親，還是不忘故后的意思。且因東海王彊去就有禮，加封魯地，特賜虎賁、旄頭、鍾虡等物，徙封魯王興為北海王。興係齊武王劉縯子，見前文。唯自東海王彊以下諸兄弟，雖俱受王封，還是留居京都，未嘗就國。當時諸王競脩名譽，廣結交遊，門下客多約數百，少亦數十人。王莽從兄王仁子磐，自莽被滅後，幸得免禍，家富如故，平時雅尚氣節，愛士好施，著名江淮間。旋因遊寓京師，與士大夫往來，名譽益盛，列侯公卿，喜與接談，就是諸王邸中，亦常見王磐足跡。故伏波將軍馬援，有一姪女，嫁磐為妻。援卻不甚愛磐，且聞他出入藩邸，愈為磐憂，嘗與姊子曹訓道：「王氏已為廢族，為子石計，磐字子石。理應屏居自守，乃反在京浪遊，妄求聲譽，我恐他不免遭殃呢！」已而復聞磐子肅來往北宮，及王侯邸第，乃復語司馬呂種道：「國家諸子並壯，不與立防，聽令交通賓客，將來必起大獄！卿等須預先戒慎，免得株連！」觀人不可謂不審，料事不可謂不明。呂種似信非信，總道諸王勢大，可以無虞，因此將援言撇諸腦後，也在藩邸中奔走伺候，曲獻殷勤。哪知郭氏歿後，便有人詣闕上書，說是王肅父子，漏網餘生，反得為王侯賓客，終恐因事生亂，亟宜加防。光武帝覽書生憤，便飭郡縣收捕王肅父子，並及諸王賓佐，輾轉牽引，繫獄至千餘人。呂種亦遭連坐，不禁悔嘆道：「馬將軍真神人呢！」但禍已臨頭，嗟亦無及，就使沒有什麼大罪，到此已玉石不分，無從辯訴。冤冤相湊，又出了一種殺人的巨案。從前劉玄敗沒，光武帝嘗封玄子鯉為壽光侯。鯉記念父仇，遷怨劉盆子兄弟，因將盆子兄故式侯劉恭，乘間刺死。鯉與沛王輔友善，案情且連及沛王。故鯉坐罪下獄，沛王亦一同被繫。光武帝恨上加恨，遂將王肅父子，並諸王賓客，相率處死。沛王繫獄三日，經王侯等力為救請，才得釋出，乃一併遣令歸國，不得仍留京師。諸王奉詔，不得不入朝辭行，分道去訖。

第二十三回　納直言超遷張佚　信讖文怒斥桓譚

皇太子莊，春秋漸高，留居東宮，光武帝欲為選師傅，輔導儲君，因向群臣諮問，令他各舉所知。太子舅陰識，已受封原鹿侯，官拜執金吾，群臣俱上言太子師傅，莫如陰侯。獨博士張佚進說道：「今陛下冊立太子，究竟為天下起見呢？還是為陰氏起見呢？為陰氏起見，陰侯原可為太子師傅；若為天下起見，應該選用天下賢才，不宜專用私親！」光武帝點頭稱善，且顧語張佚道：「欲為太子置師傅，正欲儲養君德，為天下計；今博士且能正朕，況太子呢？」當下拜佚為太子太傅，佚直任不辭，受職而退。還有太子少傅一缺，另任博士桓榮，各賜輜車、乘馬等物。榮沛郡人，資望比張佚為優，少時遊學長安，師事博士朱普，習尚書學，家貧無資，傭食自給，十五年不歸問家園。及朱普病歿，送喪至九江朱家，負土成墳，遂在九江寓居，教授生徒，多至數百人。王莽末年，天下大亂，榮懷藏經書，與弟子逃匿山谷，雖時常飢困，尚是講學不輟。待亂事既平，乃復出遊江淮，仍以教授為生。建武十九年，始得闢為大司徒掾屬，年已六十有餘。弟子何湯，為虎賁中郎將，在東宮教授《尚書》。光武帝嘗問湯師事何人，湯以榮對，乃召榮入見，令他講解《尚書》，確有特識，因即擢為議郎，亦使教授太子。尋復遷為博士，常在東宮留宿，朝夕講經。太子莊敬禮不衰，及為太子少傅，榮已七十餘歲，乃大會諸生，具列車馬印綬，歡顏語眾道：「今日得蒙厚恩，全由稽古得力，諸生可不加勉麼？」以學術博取富貴，志趣亦卑，桓榮一得自矜，不足為訓。越二年復改任太常，事見後文。

且說建武三十年仲春，光武帝命駕東巡，行至濟南，從駕諸臣，俱表陳光武帝功德，宜就泰山行封禪禮，光武帝不許，毅然下詔道：

朕即位三十年，百姓怨氣滿腹，吾誰欺，欺天乎！曾謂泰山不如林放乎！何事汙七十二代之編錄！若郡縣遠遣吏上壽，盛稱虛美，必髡，令屯田。特詔。

詔書既下，群臣既不敢復言，待至光武帝東巡已畢，即奉駕還宮。好容易過了兩載，已是建武三十二年，光武帝偶讀《河圖會昌符》，讖記書名。有云：「赤劉之九，會命岱宗。」不由的迷信起來，暗想前次東巡，群臣都勸我封禪，當時我未見此書，還道封禪無益，所以駁斥。今讖文如此云云，莫非真要我行此古禮？乃命虎賁中郎將梁松等，按索河洛讖文，計得九世封禪，共三十六事。不知從何書查出。司空張純等，即希旨上書，奏請封禪，略云：

　　自古受命而帝，治世之隆，必有封禪以告成功焉。《樂·動聲儀》曰：「以雅治人，風成於頌。」有周之盛，成康之間，郊祀封禪，皆可見也。《書》曰：「歲二月東巡狩，至於岱宗，柴。」則封禪之義也。說得牽強。伏見陛下受中興之命，平海內之亂，修復祖宗，撫存萬姓，天下曠然，咸蒙更生，恩德雲行，惠澤雨施，黎元安寧，夷狄慕義。《詩》曰：「受天之祜，四方來賀。」今攝提之歲，蒼龍在寅，德在東宮，宜及嘉時，遵唐帝之典，繼孝武之業，以二月東巡狩，封於岱宗。明中興，勒功勳，復祖統，報天神，禪梁父，祀地只，傳祚子孫，萬世之基也。謹拜表上聞。

　　這書呈入，便蒙批准。未免自相矛盾。司空張純，忙將漢武帝封禪舊例，纂輯成編，呈將進去。光武帝以漢武故事，嘗有御史大夫從行，此次援照舊儀，就命純比御史大夫，伴駕東出。擇定二月初吉，啟行出都，沿途儀仗，比前較盛。既到東嶽，便柴望岱宗，封泰山，禪梁父，俱如漢武成制。唯刻石文，另行撰就，無非是歌功頌德的套話，小子無暇記錄。但封禪禮告成以後，準備迴鑾，不料張司空驟然得病，醫藥罔效，延挨了三五日，一命嗚呼。想是東嶽請他修文去了。光武帝不免掃興，當即撥司空從吏，護喪西歸，自己亦匆匆還宮。唯既行封禪禮，不得不循例大赦，蠲免泰山郡一年田租，且改建武三十二年為中元元年。擢太僕馮魴為司

第二十三回　納直言超遷張佚　信讖文怒斥桓譚

空，使繼純職。哪知司徒馮勤，也是一病不起，惹得光武帝越加懊悵，暫時不令補缺，直至孟冬時候，方授司隸校尉李欣為司徒。群臣尚一意貢諛，競言祥瑞，或謂京中有醴泉湧出，或謂都下有赤草叢生，就是四方郡國，也奏稱甘露下降，說得百靈效順，四海蒙庥。君有驕心，必有佞臣。一班公卿大夫，且上言天下清寧，祥符顯慶，宜令太史撰集，傳諸來世。還是光武帝虛靈不昧，未肯聽許，所以史官只略載一二，不盡鋪張。會值孟冬蒸祭，冬祭日蒸，見《禮記》。光武帝使司空告祠高廟，先日頒詔云：

昔高皇帝與群臣約，非劉氏不王，呂太后賊害三趙，專王呂氏。賴社稷之靈，祿產伏誅，天命幾墜，危朝更安。呂太后不宜配食高廟，同祧至尊。薄太后母德慈仁，孝文皇帝賢明臨國，子孫賴福，延祚至今。其上薄太后尊號曰高皇后，配食地祇，遷呂太后廟主於園，四時上祭，垂為永典，毋怠爾儀。

嗣是起明堂，築靈臺，作辟雍，又在北郊設立方壇，主祀地祇，略與南郊祭天壇相似，唯形式不同。費了若干工役，才得告成，乃宣布圖讖，昭示天下。先是光武帝從強華言，援據《赤伏符》讖文，乃即帝位。見前文。及四方寇亂，依次削平，越覺得讖文不爽，迷信甚深，給事中桓譚，嘗上書規諫道：

臣聞人情忽於見事，而貴於異聞。觀先王之所記述，咸以仁義正道為本，非有奇怪虛誕之事。蓋天道性命，聖人所難言也，自子貢以下，不得而聞，況後世淺儒，能通之乎？今諸巧慧小才伎數之人，增益圖書，矯稱讖記，以欺惑貪邪，詿誤人主，焉可不抑遠之哉！臣譚伏聞陛下窮折方士黃白之術，甚為明矣；而乃欲聽納讖記，又何誤也！其事雖有時合，譬猶卜數隻偶之類。陛下宜垂明聽，發聖意，屏群小之曲說，述五經之正義，略雷同之俗語，詳通人之雅謀，則不必索諸虛無，太平自庶幾矣！臣自知愚戇，謹冒死上陳。

光武帝覽疏，甚是不懌。及建築靈臺，擇視地點，又欲決諸讖文，譚復極言讖文不經，光武帝大怒道：「桓譚非聖不法，罪當處死！」譚不勝驚懼，叩頭流血，方蒙寬宥，唯尚降譚為六安郡丞。譚怏怏就道，得病即死，年已七十餘歲。何不早去？又有大中大夫鄭興，因光武帝語及郊祀，擬從讖文取斷，興直答道：「臣不覽讖文。」光武帝作色道：「卿不覽讖文，莫非不信讖麼？」興慌忙叩謝道：「臣素愚昧，書多未讀，並非不信讖文。」光武帝方才無語，但終不留任內用。後來興被侍御史訐奏，說他出使成都時，私買奴婢，應該加罪，遂謫興為蓮勺令。興赴任後，正欲繕修城郭，以禮教民，又奉朝命免官，歸老開封原籍。興素好古學，尤通《左氏》、《周官》，善長歷數，如杜林、桓譚諸人，往往向興問業，取承意旨，故世言《左氏春秋》，多半宗興學說。興歸里後，但至閭鄉授徒，三公屢加徵辟，不肯復起，得以壽終。識見比桓譚為高。子眾能承父學，下文自有交代。

　　未幾已是中元二年，光武帝已六十三歲，還是昧爽視朝，日昃乃罷，暇時輒召入公卿郎將，與談經義，至夜靜方才就寢。皇太子莊，常伺間進言道：「陛下明若禹湯，獨不似黃老養性，未免過勞，願從此頤養精神，優遊自適。」光武帝搖首道：「我樂為此事，並不覺疲勞呢！」話雖如此，究竟年老力衰，不堪煩劇，竟於中元二年二月間，染病日劇，在南宮前殿中，壽畢歸天。總計光武帝在位，共三十三年，起兵舂陵，迭經艱險，終能光復舊物，削平群雄，可見他智勇深沉，不讓高祖。至天下已定，務用安靜，退武臣，進文吏，明慎政體，總攬權綱。並且崇尚氣節，講求經義，耳不聽鄭聲，手不持玩好，與王侯等持盈保泰，坐致太平，比那高祖謾罵儒生，誅夷功臣，縱呂后禍劉，實是相差得多哩！也是確評。唯妻妾易位，嫡庶亂序，嬖倖梁松，薄待馬援，晚年尚迷信圖讖，侈志東封，這雖是瑕不掩瑜，免不得有傷盛德呢！小子有詩詠道：

第二十三回　納直言超遷張佚　信讖文怒斥桓譚

鬱蔥佳氣早呈祥，帝業重光我武揚。

三十三年膺大統，功多過少算明王。

蘇伯阿善望氣顧視舂陵鄉，嘗嘆語云：「氣佳哉，鬱鬱蔥蔥然！」

光武帝崩，太子莊當然嗣位，是為孝明皇帝。欲知明帝即位情形，待至下回再詳。

光武帝懲諸王之濫交，並令就國，乃慎選太子師傅，為儲養計。陰識本太子母舅，原不宜為太子師，張佚斥群臣之謬論，請擇用天下賢才，議固近是，乃其後居然自任，未聞有至德要道，進勖東宮，豈太子果不必指導歟？《後漢書》不為張佚列傳，想因其無行可述，故略而不詳。至少傅桓榮，獨詳為記載，有褒美意，但觀其誇示諸生，稱為稽古之力，但亦一借學沽名，駿而不醇。榮且如此，佚更可知，光武之因言舉人，得毋為佚所欺乎？桓譚以善琴干進，尤不足道；及論圖讖之不經，卻是持正之談。彼鄭興之學識，較譚為優，而光武帝俱斥而遠之，亦思依讖東封，有何效益。匝月而張純病死，踰年而車駕殯天，讖語果可信耶？不可信耶？光武邈矣！後之人幸勿過事迷信也。

第二十四回
幸津門哭兄全孝友　圖雲臺為后避勳親

第二十四回　幸津門哭兄全孝友　圖雲臺為后避勳親

卻說明帝繼承大統，即日正位，年已三十，命太尉趙熹主持喪事。時經王莽亂後，舊典多散佚無存，諸王前來奔喪，尚與新天子雜坐同席，藩國官屬，亦得出入宮省，與朝廷百官無別。熹獨正色立朝，橫劍殿階，扶下諸王，辨明尊卑；復奏遣謁者，監視藩吏，不得擅入，諸王且並令就邸，只許朝夕入臨；整禮儀，嚴門衛，內外肅然。不可謂非趙熹才能。尊皇后陰氏為皇太后，奉葬光武帝於原陵，廟號世祖。光武帝曾有遺言：一切葬具，俱如孝文帝制度，務從節省，不得妄費。因此多從樸實，屏去紛華。志此以見光武之儉。山陽王荊，為明帝同母弟，性獨陰刻，專喜害人。當聞喪入臨時，哭亦不哀，且偽作飛書，用函密封，囑使蒼頭冒充郭況家奴，送交東海王彊。彊展開一閱，大為驚異。但見書中寫著：

君王無罪，猥被斥廢，而兄弟至有束縛入牢獄者；太后失職，別守北宮，及至年老，遠斥居邊，海內深痛，觀者鼻酸。及太后屍柩在堂，洛陽吏以次捕斬賓客，至有一家三屍伏堂者，痛亦甚矣！今天下有喪，弓弩張設甚備，梁松飭虎賁吏曰：「吏以便宜從事，見有非法，而拘常制封侯，難再得也！」郎官竊惡之，為王寒心屏息。今天下方欲思刻害王以求功，寧有量耶？若歸併二國之眾，東海與魯。可聚百萬，君王為之主，鼓行無前，功易於泰山破雞子，輕於四馬載鴻毛，此湯武兵也。今年軒轅星有白氣，星家及喜事者，皆云白氣者喪，軒轅女主之位。又太白前出西方，至午猶現，主兵當起。又太子星色黑，日輒變赤，黑為病，赤為兵，請王努力從事！高祖起亭長，先帝興白水，何況於王為先帝長子，本故副主哉？上以求天下，事必舉；下以雪沉沒之恥，報死母之仇，精誠所加，金石為開。當為秋霜，毋為檻羊；雖欲為檻羊，又可得乎？竊見諸相工言王貴天子法也。人主崩亡，閭閻之伍，尚為盜賊，欲有所望，何況王耶？夫受命之君，天子所立，不可謀也。今嗣帝乃人之所置，強者為右，願君王為高祖、先帝所志，毋為扶蘇將閭，徒呼天也。

是書卻無署名，不過來人傳言，謂是大鴻臚郭況親筆。強亦不暇細訊，但將來使執住，解送闕下，並將原書呈入。明帝命將使人繫獄，不令窮治，唯留心訪察。知係山陽王荊所為，謀害東海王，自思荊為胞弟，未便舉發，不如暫從隱祕。但遣荊出止河南宮，至喪葬事畢，首先令荊還國。一面頒發詔令道：

　　方今上無天子，下無方伯，若涉淵水，而無舟楫。夫萬乘至重，而壯者慮輕，實賴有德左右小子。高密侯禹，元功之首；東平王蒼，寬博有謀；其以禹為太傅，蒼為驃騎將軍。弼予小子，欽哉唯命！

　　原來東平王蒼，係明帝同母長弟，少好經書，具有智略，明帝素與友愛，因特留任驃騎將軍，位居三公上。高密侯鄧禹，年已垂老，自從關中東歸，深居簡出，不求榮利，有子十三人，各使學成一藝，修整閨門，教養子孫，俱可為後世法則。光武帝在位時，曾因他杖策定謀，足為功首，所以特加寵異，至是復拜為太傅，進見時卻令東向，待若賓師。臣當北面，東向係賓師之位。禹就職踰年，已是永平紀元，朝賀以後，即患癃疾，好容易延至五月，祿壽告終。明帝優加賵贈，予諡曰元。分禹封為三國，令禹長子震嗣爵高密侯，次子襲封昌安侯，三子珍封夷安侯。接連是東海王強，亦已病故，訃至闕下，明帝從陰太后出幸津門亭，遙為舉哀，使司空馮魴持節至魯，護理喪事。諸王及京師親戚，一體會葬，予諡恭王。強本封東海，嗣加魯地。見前。從前魯恭王餘，景帝子。好築宮室，建造靈光殿，規模宏敞，雖經變亂，此殿獨存。光武帝憐強無罪，自願遜位，故特加給魯地，令他徙居魯殿，安享天年。偏強壽命不永，歿時只三十四歲。遺疏以子政不肖，未便襲封，願仍還東海郡，讓還魯地。明帝不忍依議，仍使政承襲舊封。果然政縱淫漁色，行檢不修。後至中山王焉病逝時，焉係郭後所出，見前。政往中山送葬，見焉妾徐姬，姿容韶秀，竟將她誘取了去，據為己妾。又盜

第二十四回　幸津門哭兄全孝友　圖雲臺為后避勳親

迎掖庭出女，載入都中，日夕圖樂。魯相及豫州刺史，奏請誅政，有詔但削去薛縣，薄懲了事，政幸得令終。這是後話不表。已為章帝時事。

且說西海一帶，西海即青海。向為羌人雜居地，秦初有無弋爰劍，為秦所拘，乘間脫去，匿居巖穴間。嗣出與劓婦相遇，諧成夫婦，劓女自恥失容，常用髮覆面，羌人遂沿為習俗。且因爰劍匿穴不死，必有後福，遂共推為酋長，徙居河湟。後來子孫日蕃，各自為種，或因地得名，或因人得名。秦漢時叛服靡當，漢武帝始遣將軍李息，討平群羌，特置護羌校尉。宣帝因先零羌寇邊，復使後將軍趙充國，擊破先零，屯田設戍。元帝時又有叛羌，再遣右將軍馮奉世出剿，才得平定。自從爰劍五傳至研，頗稱豪健，威服諸羌，子孫遂以研為種號。再傳八世，又出了一個燒當，雄武與研相同，子孫更自名為燒當種。王莽末年，中原大亂，四夷內侵，羌人亦還據西海，入寇金城。時隗囂據有隴西，不能平羌，索性發粟接濟，誘他拒漢。嗣經來歙、馬援兩將軍，一再征討，羌勢少衰。獨燒當玄孫滇良，為先零、卑湳諸羌所侵，發憤圖強，招攜懷遠，竟得收集各部，襲破先零、卑湳，據有兩羌土地。滇良死後，子滇吾嗣，輾轉收撫各羌種，教他攻取方略，作為渠帥。羌種沿革，已見大略。中元二年秋間，滇吾與弟滇岸等，帶著步騎五千人入寇隴西。隴西太守劉盱，出兵拒戰，為羌所敗，喪亡五百餘人。滇吾得了勝仗，趁勢號召諸羌，於是為漢役屬的羌人，亦起應滇吾，相率犯邊。明帝方才嗣立，忙遣謁者張鴻，領兵出塞，會同隴西長史閔颯，共討滇吾。哪知到了允吾縣唐谷間，中了滇吾的埋伏計，四面兜擊，全軍覆沒。於是再起馬武為捕虜將軍，使與監軍使者竇固，中郎將王豐，右輔都尉陳欣等，調集兵士四萬人，大擊滇吾。行至金城郡浩亹水，正值羌眾前來，馬武係百戰老將，便當先衝鋒，奔殺過去。羌眾不能抵敵，向後退去，武得斬首六百級，乘勝追抵洛都谷。谷中兩面削壁，不便驅馳，羌人卻

得依險返攻,來戰漢軍,漢軍措手不及,前隊多死。還虧馬武行軍有律,不致自亂,徐徐的退出谷外,安就坦途。羌眾卻也狡黠,掉頭自去,相引出塞。武檢點軍士,已傷斃了千餘人,尚幸全軍銳氣,未盡消失,乃復整陣追擊,直抵塞外。羌人總道漢軍敗退,不致再追,樂得放心安膽,解甲韜弓,信口唱著番歌,向西歸去。不意漢兵從後殺到,嚇得羌眾魂散魄馳,人不及甲,馬不及鞍,又沒有山谷可以暫避,偏偏在東西邯間,碰著大敵。東西邯有水分流,中央築亭,叫做邯亭,邯亭左右,邯水分繞,因名東西邯。這乃是往來大道,並無險阻,漢兵正好縱擊,大殺一陣,剁落四千六百顆頭顱,擒住一千六百個生口。滇吾、滇岸拚命逃生,餘眾或降或奔,不在話下。武乃振旅還朝,得增封邑八百戶。越二年,武即病終。垂暮得功,比伏波福運為優。

同時遼東太守祭肜,亦遣偏將討赤山烏桓,斬將搴旗,大獲勝仗,威聲四震,絕塞無塵。所有沿邊屯卒,各請罷歸,俾得休息。明帝因羌胡遠遁,四海無驚,正好追承先志,修明禮教。乃與東平王蒼等,議定南北郊祀禮儀,及冠冕車服制度,宗祀光武帝於明堂,登靈臺,望雲物,臨辟雍,行大射禮。總算是父作子述。嗣復援照古制,就辟雍養老,創設三老五更;三老知天地人三事,五更知五行更代,並不是有三人五人。當下拜李躬為三老,桓榮為五更。三老服都紵大袍,織紵為美布,故曰都紵。戴進賢冠,即古淄右冠。扶玉杖;杖端刻玉為鳩,故稱鳩杖,亦號玉杖。五更衣冠,與三老相同,唯玉杖不扶。明帝先至辟雍禮殿,就坐東廂,遣使用蒲輪安車,往迎三老五更。待他到來,由賓階升堂,明帝亦起座相迎,作揖如儀。三老就東面,五更就南面,三公設幾,九卿正履,明帝親袒割牲,執醬而饋,執爵而酳,祝哽在前,祝噎在後,實行那夏商周的遺制。及養老禮成,始引太學弟子升堂,由明帝自講經義,徐為引伸,諸儒執經問難,冠帶縉紳,都來觀聽,環列橋

第二十四回　幸津門哭兄全孝友　圖雲臺為后避勳親

門，以億萬計。於是賜榮爵關內侯，三老五更，皆以二千石祿養終身。李躬事不見列傳，且未得侯封，不知何故令為三老？榮年已逾八十，屢因衰老乞歸。明帝但加賞賜，不令告退，且始終以師禮相待，未嘗失敬。榮由少傅調任太常，明帝猶隨時存問，往往親臨太常府中，使榮就東面坐著，特設幾杖，召集公卿百官，及榮門生數百人，向榮問業。諸生或向帝請益，帝輒謙讓道：「太師在是，不必問我！」至罷講散歸，盡把太官供具，移賜與榮。榮有疾病，太官、太醫奉詔往視，陸續不絕。既而疾篤，由榮上疏謝恩，讓還爵土。明帝又親往問候，入街下車，擁經而前，撫榮垂涕，面賜床茵帷帳，刀劍衣被，好多時方才別歸。自是公卿問疾，不敢復乘車到門，步至榮室，悉拜床下。及榮壽終，明帝亦親自變服，臨喪舉哀，賜葬首陽山。榮長子雍早歿，少子鬱應當襲爵，鬱願讓封與兄子汛，明帝不許，鬱乃受封，所得租賦，仍畀兄子，明帝甚以為賢，召為侍中。鬱之賢，實過乃父。唯明帝既尊禮師傅，復追憶功臣，特就南宮雲臺中，圖繪遺像，共得二十八將，再加王常、李通、竇融、卓茂四侯，合成三十二人。當時諸人多已物故，賴有雲臺遺跡，表著千秋，特將官爵姓名，照錄如下：

　　太傅高密侯鄧禹
　　中山太守全椒侯馬成
　　大司馬廣平侯吳漢
　　河南尹阜成侯王梁
　　左將軍膠東侯賈復
　　琅琊太守祝阿侯陳俊
　　建威大將軍好畤侯耿弇
　　驃騎大將軍參蘧侯杜茂

執金吾雍奴侯寇恂
積弩將軍昆陽侯傅俊
征南大將軍舞陽侯岑彭
左曹合肥侯堅鐔
徵西大將軍陽夏侯馮異
上谷太守淮陽侯王霸
建義大將軍鬲侯朱祐
信都太守阿陵侯任光
徵虜將軍潁陽侯祭遵
豫章太守中水侯李忠
驃騎大將軍櫟陽侯景丹
右將軍槐裡侯萬修
虎牙大將軍安平侯蓋延
太常靈壽侯邳彤
衛尉安成侯銚期
驍騎將軍昌成侯劉植
東郡太守東光侯耿純
城門校尉朗陵侯臧宮
捕虜將軍揚虛侯馬武
驃騎將軍慎侯劉隆
橫野大將軍山桑侯王常
大司空固始侯李通
大司空安豐侯竇融
太傅褒德侯卓茂

第二十四回　幸津門哭兄全孝友　圖雲臺為后避勳親

　　這三十二人的籍貫，小子在前文中，俱已敘明，故不贅述。唯自鄧禹至劉隆，共二十八將，並佐光武帝中興，相傳為上應二十八宿，或竟說他是星君下凡，這未免穿鑿附會，不值一辯，所以小子亦不敢妄錄。但將雲臺所紀，史官所採，依次列入罷了。尚有伏波將軍馬援，也是個中興功臣，光武帝誤聽梁松，把他薄待，難道明帝也將他失記麼？說來又有原因，還請看官聽著：馬援元配賈氏，早歿無子，繼娶藺氏，生有四子三女，少子客卿，幼即岐嶷，六歲能應接諸公，專對賓客，援甚加鍾愛，因名為客卿。自援家遭讒失勢，客卿亦哭父病亡，藺夫人不勝悲悼，嘗患怔忡，外事由援子廖、防等主持，內事由援女料理。少女年僅十歲，才逾二姊，獨能整辦家事，駕馭僮僕，且勤且儉，事若成人；唯因生性好勞，常患疾苦。藺夫人令卜人占驗，卜人說道：「此女雖有小恙，將來必當大貴，卜兆實美不勝言。」旋又召相士審視諸女，相士又言少女極貴，他日當為國母，不過子嗣稍艱，若養他人子為子，比親生還要加勝哩！藺夫人雖然心喜，但因遭際多艱，也未敢信為真言。援兄子嚴，見叔父被讒，禍由梁松、竇固，不勝悲憤，本來與竇家結婚，為此將她離絕。且聞從妹生有貴相，特為求進掖庭，是時光武帝尚未崩逝，嚴即上書籲請道：

　　臣叔父援蒙恩不報，而妻子特獲恩全，戴仰陛下，為天為父。人情既得不死，便欲求福。竊聞太子諸王妃匹未備，援有三女，大者十五，次者十四，小者十三，儀狀髮膚，上中以上；皆孝順小心，婉靜有禮，願下相工，簡其可否？如有萬一，援不朽於黃泉矣。又援姑姊妹，併為成帝婕妤，葬於延陵，臣嚴幸得蒙恩更生，冀因緣先姑，當充後宮。謹冒死以聞。

　　這書呈入，總算蒙旨恩准，派遣宮監，至援家選女，仔細端詳，第三女最為韶秀，乃將她選入東宮。女年尚只十三，卻能奉承陰后，旁接

同列，禮儀修備，人無間言。後來年漸長成，越加頫晰，又生成一頭美髮，光潤細長，常籠髮四起，梳成大髻，尚覺有餘，再將髮梢繞髻三匝，方無餘髮。眉不施黛，唯左眉角稍有小缺，略加點染。身長七尺二寸，亭亭玉立，裊裊花姿，又能不妒不悍，上下咸安。看官試想如此淑媛，能不令人憐愛麼？明帝未即位時，已是寵愛異常，至嗣承大統，便冊為貴人。永平二年，竟立貴人馬氏為后。可巧雲臺繪像，與立后同時，東平王蒼至雲臺觀圖，獨不見有馬援遺容，便轉問明帝道：「何故不畫伏波將軍遺像？」明帝但微笑不答。揣明帝的用意，無非因援為后父，不便列入，省得他人滋議，其實是舉不避親，何妨列入？明帝意欲示公，反覺得不免懷私呢！小子有詩詠道：

蕙蕙冤深已掩忠，雲臺又復未銘功。

伏波若有遺靈在，地下應悲主不公。

馬援不列雲臺，馬后卻傳名千古，欲知馬后懿行，待至下回續敘。

儲君被廢，往往不得其死，獨東海王彊，隨遇而安，乃得令終。彊固賢者，明帝亦未嘗非賢，觀其不信蜚言，親愛如故；及聞彊病歿，奉母后至津門亭，哭泣盡哀，寧非情義兼至者耶？然彊年方逾壯，即致病歿，亦何莫非由幾經憂慮，乃促天年，追溯厲階，吾猶不能無咎於光武也！唯明帝嗣位以後，功臣多已凋謝，鄧禹、馬武，巋然僅存，一則進為太傅，半載即終；一則出平叛羌，未幾亦歿。明帝追念功臣，繪像雲臺，共得三十二人，垂為紀念，此亦未始非揚激之方。但以馬伏波之關係后戚，特為避嫌，未免為一偏之見，彰善癉惡，當示大公，若必以親疏別之，則陋矣。

第二十四回　幸津門哭兄全孝友　圖雲臺為后避勳親

第二十五回
抗北庭鄭眾折強威　赴西竺蔡愔求佛典

第二十五回　抗北庭鄭眾折強威　赴西竺蔡愔求佛典

　　卻說馬皇后正位中宮，尚無子嗣，唯后前母姊女賈氏，亦得選列嬪嬙，產下一男，取名為炟，后愛炟如己出，撫養甚勤，嘗語左右道：「人未必定自生子，但患愛養不至呢！」嗣又因皇子不多，每加憂嘆，見有後宮淑女，輒為薦引，既得進御，待遇尤優。陰太后嘗稱她德冠後宮，故命立為后。平居能誦《周易》，好讀《春秋》、《楚辭》，尤喜閱《周官》董仲舒書，持躬節儉，但用大練為裙，不加緣飾。每月朔望，諸姬入朝，見后袍衣粗疏，反疑是綺縠製成，就近注視，方知是尋常粗帛，禁不住微笑起來。后已知眾意，隨口解嘲道：「這繒特宜染色，所以取用，幸勿多疑。」後宮莫不嘆息。明帝嘗欲試后才識，故意將群臣奏牘，令后裁閱，后隨事判斷，並有條理，獨未敢以私事相干。幸遇賢后，不妨相試，否則啟後宮干政之漸。有時明帝出遊，后輒謂恐冒風寒，婉言規諫。一日車駕往遊濯龍園，六宮妃嬪，多半相隨，獨皇后不往，妃嬪等素蒙后愛，俱請明帝召后同行，明帝笑說道：「皇后不喜逸樂，來亦不歡，不如由她自便罷！」後來后聞帝言，也不以為慍，但遇帝遊覽，往往稱疾不從。是時國家全盛，海內承平，明帝政躬有暇，屢至濯龍園消遣。園近北宮，因欲增築宮室，與園相連，當下傳諭有司，召集工匠，大加興築。適值天氣亢旱，盛夏不雨，尚書僕射鍾離意，特詣闕免冠，上疏切諫道：

　　伏見陛下以天時小旱，憂念元元，降避正殿，躬自克責。而比日密雲，終無大潤，豈政有未得天心者耶？昔成湯遭旱，以六事自責曰：「政不節耶？使民疾耶？宮室榮耶？女謁盛耶？苞苴行耶？讒夫昌耶？」竊見北宮大作，人失農時，此所謂宮室榮也。自古非苦宮室小狹，但患人不安寧，宜且罷止，以應天心。臣意以匹夫之才，得叨重祿，擢備近臣，不勝愚款，昧死上聞。

　　明帝覽疏，當即答諭道：「湯引六事，咎在一人，其冠履，勿謝。」

意乃整冠而退。是日即下詔停止工作，減省不急，果然天心默應，即沛甘霖。會明帝賜降胡十縑，尚書郎誤十為百，轉交大司農。大司農登入計簿，復奏上去，被明帝察破過誤，頓時大怒，立召尚書郎入責，將加笞杖。鍾離意慌忙入謁，叩頭代請道：「過誤乃是小失，不足重懲；若以疏慢為罪，臣當首坐。臣位大罪重，郎官位小罪輕，請先賜臣譴便了！」說罷即解衣待縛。明帝聞言，怒始漸平，仍令衣冠如故，並貸免尚書郎。意乃拜謝趨出。唯明帝素好譏察，發人隱私，每遇大臣有過，輒加面斥，近侍尚書以下，且親手提曳，不肯少恕。嘗因事怒斥郎官藥崧，甚至自執大杖，欲加敲撲；崧懼走床下，明帝怒甚，連聲疾呼道：「郎出郎出！」崧答說道：「天子穆穆，諸侯煌煌，未聞人君，自起撞郎？」緊急時，尚能韻語，卻是絕好口才。明帝聽著，倒也轉怒為笑，擲杖赦崧。崧才出床下，謝恩乃去。但朝臣唯恐忤旨，莫不惴慄，獨鍾離意犯顏敢諫，屢次封還詔書，同僚有過被譴，輒為救解。明帝亦知他忠誠，終因直道難容，出為魯相。意本會稽郡山陰人，以督郵起家，至魯相終身。藥崧河內人，性亦廉直，官終南陽太守。虎賁中郎將梁松，永平初已遷官太僕，松恃勢益驕，屢作私書，請託郡縣，致被明帝發覺，飭令免官。松尚不知改省，反陰懷怨望，捏造飛書，訕謗朝廷，結果仍事發坐罪，下獄論死。終為馬伏波所料。先是明帝為太子時，常與山陽王荊，令梁松持取縑帛，往聘鄭眾。眾即前大中大夫鄭興子，有通經名，見二十三回。性獨持正，既與梁松晤談，便慨然答道：「太子儲君，無外交義，就是藩王，亦不宜私交賓客。舊防具在，還請為我婉辭！」松復勸駕道：「長者有意，不宜故違。」眾正色道：「犯禁觸罪，何如守正致死？」遂將縑帛卻還，不肯就聘。及松罹死罪，松友連坐多人。眾雖與松相識，終因卻聘一事，得免干連，明帝且召眾為明經給事中，再遷眾為越騎司馬，仍兼給事如故。會北匈奴又乞請和親，明帝特遣眾北行，

第二十五回　抗北庭鄭眾折強威　赴西竺蔡愔求佛典

持節報命。南匈奴須卜骨都侯，聞知漢與北庭修和，內懷嫌怨，意欲叛漢。因通使北匈奴，請他發兵相迎。眾出塞後，探悉情形，遂繕好奏牘，囑從吏馳遞闕廷，大致謂宜速置大將，防遏二虜交通。明帝乃命就塞外接度遼營，使中郎將吳棠行度遼將軍事，出駐五原；再遣騎都尉秦彭，出屯美稷，監製南、北兩匈奴。唯鄭眾徑詣北庭，見了北單于，長揖不拜，北單于面有慍色，左右喧呼道：「漢使何不下拜！」眾勃然答道：「眾為漢臣，只拜天子，不拜單于。」北單于益怒，令左右曳眾出帳，派兵圍守，不與飲食。眾語虜眾道：「單于不欲與大漢和親，倒也罷了；既欲和親，應該優待漢使。須知和親以後，誼關甥舅，不啻君臣，奈何與使人為難呢？如必迫眾下拜，眾寧可自殺，不願屈膝。」說著，拔出佩刀，意欲自刎。虜眾不禁慌張，一面勸眾息怒，一面轉報單于。單于恐眾或自盡，有礙和議，乃改顏相待，更遣使人隨眾還都。朝議又擬遣眾往報，眾不願再行，因上書陳請道：

　　臣伏聞北單于所以要致漢使者，欲以離南單于之眾，堅西域三十六國之心也。又當揚漢和親，誇示鄰敵，令西域欲歸化者，局促狐疑，懷土之人，絕望中國耳！漢使既到，便偃蹇自驕；若復遣之，虜必自謂得謀，其群臣之勸虜歸漢者，亦不敢復言。如是則南庭動搖，烏桓亦有離心矣。南單于久居漢地，具知形勢，萬一離析，必為邊害，今幸有度遼之眾，揚威北陲，雖勿報答，不敢為患。唯陛下裁察！

　　明帝覽書，不肯照准，仍令眾即日北往。眾覆上言道：「臣前奉使北庭，不為匈奴下拜，單于嘗遣兵圍臣，幸得脫免，今銜命再往，必見陵折。臣誠不忍持大漢節，屈膝氈裘，如令臣為匈奴所屈，實損大漢威靈，故請陛下俯察愚忠，收回成命！」云云。明帝依然不聽，一味專制。眾不得已出發，途中尚再四上書，固爭不已，惹得明帝性起，竟飭使召還，繫眾下獄。後因匈奴使至，面問眾與單于爭禮情形，匈奴使臣

據實對答,且言眾意氣壯勇,不亞蘇武,明帝乃赦免眾罪,遣歸田里。

　　東平王蒼,以至親輔政,聲望日隆,不免有位高震主的嫌疑,乃連上數疏,奉還驃騎將軍印綬,情願退守屏藩。明帝不忍拂意,許他歸國,仍將驃騎將軍印發還,使得兼職。此外三公卻改易數人,永平三年,太尉趙熹,司徒李欣,皆免官,另任南陽太守虞延為太尉,左馮翊郭丹為司徒。越年丹復免職,連司空馮魴,一併罷去,改用河南尹範遷為司徒,太僕伏恭為司空。又越二年,皇太后陰氏壽終,年已六十,尊諡光烈,合葬原陵。九江太守宋均,即前伏波監軍,矯制平蠻。自涖任後,政寬刑簡,百姓又安。向來郡中多虎,隨處安設檻阱,終難免患,均命將檻阱撤去,虎患反息。有人謂虎已渡江東行,故得弭患。後來鄰郡多蝗,獨飛至九江境,輒東西散去,不害禾稼,因此名傳遠近。明帝聞均賢名,徵拜尚書令,每有駁義,多合上意。均嘗語僚友道:「國家每喜文法廉吏,以為足以止奸。均見文吏好為欺謾,廉吏只知潔身,實與百姓無益;常思伏闕諫諍,無如積習難返,一時尚未可進言,他日總當一伸素願呢!」未幾均被調為司隸校尉,終不得言,有人向明帝報聞,明帝亦為稱善,但也未能遽改舊俗,只好遷延過去。忽夜間夢一金人,頂上含有白光,馳行殿庭,正要向他詰問,那金人突然飛昇,向西徑去。不由的驚醒轉來,開目一瞧,殘燈未滅,方知是一場春夢。詰旦視朝,向群臣述及夢境,群臣俱不敢率答。獨博士傅毅進言道:「臣聞西方有神,傳名為佛,佛有佛經,即有佛教。從前武帝元狩年間,驃騎將軍霍去病,出討匈奴,曾得休屠王所供金人,置諸甘泉宮,焚香致禮,現在已經亂後,金人當不復存。今陛下夢見的金人,想就是佛的幻影呢!」夢兆亦何足憑,傅毅乃以佛對,也是多事。這一席話,引起明帝好奇思想,遂遣郎中蔡愔、秦景,西往天竺,求取佛經。天竺就是身毒國,身毒讀如捐篤,即天竺之轉音,今印度國便是。距洛陽約萬餘里,

第二十五回　抗北庭鄭眾折強威　赴西竺蔡愔求佛典

世稱為佛祖降生地。佛祖叫做釋迦牟尼，為天竺迦維衛國淨飯王太子，母摩耶氏夢天降金人，方才有娠，生時正當中國周靈王十五年，天放祥光，地湧金蓮，已有一種特別預兆。及年至十九，自以為人生在世，離不開生老病死四字，欲求解脫方法，唯有屏除嗜欲，自去靜修。乃棄家入山，日食麻麥，參悟性靈。經過了十有六年，方得成道，獨創出一種教旨，傳授生徒。教旨又分深淺，淺義的名小乘經，深義的名大乘經。小乘經有地獄輪迴諸說，無非勸化愚民；大乘經有明心見性諸說，乃是標明真諦，這也是一種獨得的學識。不過與儒家不同，儒家講修齊平治，佛氏主清淨寂滅；修齊平治，是人己兼顧的，清淨寂滅，是專顧自己的。也是確論。相傳佛祖釋迦牟尼，嘗在鹿野苑中，論道說法。又至靈山會上，拈花示眾，借燈喻法。從前天竺多邪教，能使水火毒龍，好為幻術，當釋迦苦修時，邪教多去誘惑，釋迦毫不為動。及道術修成，摧制一切，眾邪帖服，都信心皈依，願為弟子。男號比邱，女號比邱尼，剃鬚落髮，釋累辭家。釋迦教他防心攝行，懸示五大戒：一戒殺；二戒盜；三戒淫；四戒妄言；五戒飲酒。這五戒外，尚有許多細目，男至二百五十戒，女至五百戒。總計釋迦在世，傳教閱四十九年，甚至天龍人鬼，並來聽法。後至拘尸那城圓寂，圓寂便是屍解的意思。或說他圓寂以後，復從棺中起坐，為母說法，待至說畢，忽空中現出三昧火，把棺焚去，本體化作丈六金身，湧起七尺圓光，頂上肉髻，光明透澈，眉間有白毫，毫中空右旋，宛轉如琉璃筒，俄而不見。語太荒唐，不足聽信。弟子大迦葉與阿儺等五百餘人，追述遺緒，輯成經典十二部，嗣是輾轉流傳，漸及西域。唯中國在秦漢以前，未聞有佛教名目，武帝時始攜入金人，才有佛像。哀帝元壽元年，西域大月氏國，使伊存至長安，能誦佛經，博士弟子秦景憲，請他口授，語多費解，因此也不以為意。至蔡愔、秦景，奉了明帝詔令，出使天竺，經過了萬水千山，

飽嘗那朝風暮霧，方才到天竺國，訪問僧徒。天竺人迷信佛教，僧侶甚多，聞有中國使人到來，卻也歡迎得很，彼合掌，此拱手，雖是言語不通，尚覺主賓相洽；且有翻譯官互傳情意，更知中使奉命求經，於是取出經典，舉示二人。愔與景學問優長，在洛陽都城中，也好算是文人領袖，偏看到這種經典，字多不識，還曉得什麼經義？幸有沙門攝摩騰、竺法蘭，略知中國語言文字，與愔、景二人講解，尚可模糊領略，十成中約曉一二成。沙門就是高僧別號，住居寺中，愔、景與他盤桓多日，好似方外交一般，遂邀他同往中原，傳授道法。兩沙門也欲觀光，慨然允諾，遂繪就釋迦遺像，及佛經四十二章，用一白馬馱著，出寺就道。繞過西域，好容易得至洛陽，愔、景入闕報命，並引入攝、竺兩沙門，謁見明帝。兩沙門未習朝儀，奉旨得從國俗，免拜跪禮，何必如此？唯呈上佛像佛經，由明帝粗閱大略。佛像與夢中金人，未必適符，但也不暇辨別異同。所有佛經四十二章只看了開卷數語，已是莫名其妙，急切不便索解，想總是玄理深沉。遂命就洛城雍門西偏，築造寺觀，供置佛像，即使攝、竺兩沙門，作為住持，就是馱經東來的白馬，亦留養寺中，取名為白馬寺。寺內更造蘭臺石室，庋藏佛經，表明鄭重的意思。這便是佛經傳入中國的權輿。表明眉目。明帝日理萬機，有什麼空閒工夫，研究那佛經奧義？王侯公卿以下，多半是不信佛道，當然不去顧問；只有楚王英身處外藩，聞得佛經東來，意欲受教，特遣使入都，向二沙門訪求佛法。二沙門錄經相示，楚使亦茫乎若迷，不過將如何齋戒，如何拜祭，得了一些形式，返報楚王英。英遂照式持齋，依樣膜拜，在楚宮中供著佛像，朝夕頂禮，祈福禳災。適當永平八年，有詔令天下死罪，得入縑贖免。楚王英也遣郎中齋奉黃縑、白紈三十匹，託魯相轉達朝廷。表文有云：

　　託在藩輔，過惡累積，歡喜大恩，奉送綿帛，以贖愆罪。

第二十五回　抗北庭鄭眾折強威　赴西竺蔡愔求佛典

明帝瞧著，很覺詫異，煞是奇怪。當即頒下復諭道：

楚王誦黃老之微言，尚浮屠之仁祠，潔齋三月，與神為誓，何嫌何疑？恐有悔吝，其將縑帛發還，以助伊蒲塞桑門之盛饌。特此報聞。

楚王英接得復諭，頒示國中，於是借信佛為名，交通方士，創製金龜玉鶴，私刻文字，冒作禎祥。哪知後來竟求福得禍，化祥為災，好好一位皇帝介弟，反弄得削藩奪爵，亡國殺身。小子有詩嘆道：

無功無德也封王，只為天潢屬雁行。
我佛有靈寧助逆，貪心不足總遭殃。

楚獄將起，先出了一種藩王逆案。欲知何人構逆，容待下回表明。

鄭眾出使匈奴，抗禮不屈，幸得脫身南歸，是固可謂不辱使命者矣。明帝必欲令眾再往，是使之復入虎口，於國無益，於身有害，無惑乎眾之一辭再辭也。況眾已具陳情跡，言之甚詳，而明帝猶未肯聽納，強迫忠臣於死地，果胡為者？及召還繫獄，嫉眾違命，微虜使言，則罪及忠臣，幾何不令志士短氣耶？明帝對於藥崧，欲自杖之，對於鄭眾，乃輕繫之，雖其後聞言知悟，而度量之褊急，可以概見，蓋已不若乃父矣。洎乎夢見金人，即令蔡愔、秦景等，萬里西行，往求佛法，夫修齊平治之規，求諸古訓而已足，奚必乞靈於外族？就令佛家學說，亦有所長，究之畸人之偏身，未及王道之中庸，而明帝乃引而進之，反開後世無父無君之禍，是亦一名教罪人耳。邱瓊山之譏，豈刻論哉？

後漢演義——從假符命封及賣餅兒至赴西竺求佛典

作　　者：蔡東藩
發 行 人：黃振庭
出 版 者：複刻文化事業有限公司
發 行 者：複刻文化事業有限公司
E-mail：sonbookservice@gmail.com
粉 絲 頁：https://www.facebook.com/sonbookss/
網　　址：https://sonbook.net/
地　　址：台北市中正區重慶南路一段 61 號 8 樓
8F., No.61, Sec. 1, Chongqing S. Rd., Zhongzheng Dist., Taipei City 100, Taiwan

電　　話：(02)2370-3310
傳　　真：(02)2388-1990
印　　刷：京峯數位服務有限公司
律師顧問：廣華律師事務所 張珮琦律師

定　　價：350 元
發行日期：2024 年 09 月第一版
◎本書以 POD 印製
Design Assets from Freepik.com

國家圖書館出版品預行編目資料

後漢演義——從假符命封及賣餅兒至赴西竺求佛典 / 蔡東藩著 . -- 第一版 . -- 臺北市：複刻文化事業有限公司, 2024.09
面；　公分
POD 版
ISBN 978-626-7514-84-9(平裝)
857.4522　　　113013439

電子書購買

爽讀 APP　　臉書